OS NOSSOS REFÚGIOS

Emma Lord

Os nossos Refúgios

TRADUÇÃO
Guilherme Miranda

PLATAFORMA21

TÍTULO ORIGINAL *The Getaway List*

Plataforma21 é o selo jovem da VR Editora

EDIÇÃO Thaíse Costa Macêdo
ASSISTENTE EDITORIAL Andréia Fernandes
PREPARAÇÃO Raquel Nakasone
REVISÃO João Rodrigues
DIAGRAMAÇÃO Gabrielly Alice da Silva e Pamella Destefi
ARTE DE CAPA Vi-An Nguyen
ADAPTAÇÃO DE CAPA Gabrielly Alice da Silva e Pamella Destefi
PRODUÇÃO GRÁFICA Alexandre Magno

Dados Internacionais de Catalogação na Publicação (CIP)
(Câmara Brasileira do Livro, SP, Brasil)

Lord, Emma
Os nossos refúgios / Emma Lord; tradução Guilherme Miranda.
– Cotia, SP: Plataforma21, 2024.

Título original: The Getaway List
ISBN 978-65-88343-74-6

1. Ficção juvenil I. Título.

24-194208 CDD-028.5

Índices para catálogo sistemático:
1. Ficção: Literatura juvenil 028.5
Cibele Maria Dias – Bibliotecária – CRB-8/9427

VR EDITORA S.A.
Via das Magnólias, 327 – Sala 01 | Jardim Colibri
CEP 06713-270 | Cotia | SP
Tel.| Fax: (+55 11) 4702-9148
plataforma21.com.br | plataforma21@vreditoras.com.br

A Janna e Alex, por estarem ao meu lado desde o começo. Posso ter me mudado para Nova York sem minha "Lista de Refúgios", mas, graças a vocês, realizei mais sonhos do que eu me atreveria a escrever.

Capítulo um

Se parar para pensar, ser rejeitada por todas as dez universidades para as quais me candidatei é um feito e tanto. Fiz todo aquele lance de escolher três faculdades fáceis de entrar, três mais ou menos e três improváveis – fui tão ousada que até me candidatei na Universidade de Nova York, afinal vai que algum parente distante e rico morre e me deixa um zilhão de dólares para a minha mensalidade? – e recebi em resposta uma enxurrada de e-mails cheios de "Obrigado, mas" e envelopes finos demais endereçados a Riley Larson. Claro, o coitado do carteiro não me olha nos olhos desde abril, mas quer saber? Estatisticamente falando, isso faz com que eu seja alguém importante.

Minha mãe não está muito contente por eu ter transformado as cartas de rejeição numa colagem de papel machê que grudei no meu capelo de formatura, mas fui praticamente uma filha modelo nos últimos tempos. Sem mencionar que abri mão do meu verão para ajudá-la na cafeteria. Tenho direito a um pouco de rebeldia adolescente. Afinal, depois de quatro longos anos de privação de sono, lágrimas por conta das provas finais e humilhação de ter literalmente uma minhoca como mascote da escola (não me pergunte), os estudantes de Falls Creek High merecem um alívio cômico. Estou apenas fazendo minha parte.

Passo pelos meus colegas rumo à minha cadeira com o resto dos sobrenomes *L*, entre Elle Lake (faculdade estadual), que já está bêbada; e Chet Lawrence (Harvard, a nerd), que está com a cara muito fechada. Pelo visto, o pessoal da escola deixou pacotes de minhoquinhas de goma em nossos assentos. Uma gracinha meio óbvia, mas, depois que abro o meu, ergo uma minhoca verde e brilhante e digo:

– Um brinde a dar o fora daqui.

Vários dos meus colegas entram no brinde besta, embora eu esteja sentindo um leve amargor que nem a minhoquinha de limão consegue tirar da minha boca. A maioria deles vai, *sim*, dar o fora daqui. Até onde eu sei, vou ficar presa em Falls Creek até cair dura.

Antes de entrar na Coitadolândia, passo os olhos pela plateia de pais atrás de nós em busca da minha mãe, que, como uma verdadeira mãe, conseguiu chegar antes de mim, sabe-se lá como. Ela deve estar em algum lugar na primeira fileira e, por isso, já mandei mensagem com uma lista quilométrica de alunos que pediram que ela os gravasse subindo no palco. Ela vai ter o maior prazer em fazer isso. Ninguém ama mais uma missão que minha mãe. É até provável que ela filme todos os quinhentos formandos "só para garantir".

Antes que eu a encontre, meu celular ganha vida com uma mensagem de, olha só, quem diria, Tom.

Estão transmitindo ao vivo. Não faça cagada.

Meu rosto se ilumina pelo carinho imediato e um sorriso se abre em meus lábios. Tom é meu melhor amigo de todos os tempos, mas também o pior – melhor porque literalmente morreríamos um pelo outro, pior porque, no último ano, ele me escreveu com a frequência de uma rocha pré-histórica.

O azul da minha toga de formatura
realça meu pavor existencial?

A resposta de Tom é instantânea: Não tanto quanto o preto de sempre, mas até que serve.

Sei que é impossível que Tom realmente consiga me ver, considerando que a câmera está focada no palco, mas, mesmo assim, é como se ele estivesse aqui nesse ginásio abafado. Poxa, ele estaria se a mãe dele, Vanessa, não o tivesse levado para Manhattan abruptamente depois do primeiro ano do ensino médio numa tentativa descarada de destruir nossas vidas. (Certo, ela arranjou um trabalho extremamente descolado como roteirista e diretora – seu filme indie de estreia virou um clássico cult de sucesso indicado ao Oscar –, mas o outro argumento ainda vale.)

O que houve com a cidade de NY que deixou você tão entediado a ponto de estar assistindo a isto aqui? Pensei que você estaria curtindo com um bando de nerds da Columbia a essa altura, respondo.

O diretor me lança um olhar incisivo do palco. Abro meu sorriso mais insolente, mas nem me esforço para tentar esconder o celular. O que ele vai fazer, me suspender de novo nos meus últimos cinco minutos do ensino médio? Já passei por isso, tanto que o episódio foi parar no meu histórico permanente.

Saca só essa reviravolta acho que vou tirar um ano sabático? Enfim a balada do momento em NY são formaturas on-line da Virgínia. Está na hora de se atualizar

Fico encarando a tela e solto um "Hum" audível. Até onde eu sabia, Tom estava supercurtindo essa coisa de Ivy League. Tanto que lhe dei uma caneca da Etsy com o logo da Columbia de um lado e as palavras "suco nerd" do outro.

Como é que é?? O que você vai fazer com um ano sabático??? E então, para amenizar a agressividade dos meus pontos de interrogação, acrescento: Se você entrar para o circo e não tiver me convidado você vai se arrepender.

Tom não responde de imediato, mas isso é de se esperar. Nos últimos tempos, toda vez que lhe faço uma pergunta pessoal, ele leva de três a 314 vezes mais tempo para responder. Eu me acomodo com minhas minhoquinhas de goma e me dou o direito de me dissociar completa e absolutamente durante todos os cinco discursos de formatura enquanto leio o mais novo romance de fantasia que baixei no celular, até ser puxada fisicamente por Elle, quando finalmente é a vez da nossa fileira de subir ao palco.

Muitas coisas me vêm à cabeça conforme subo os degraus do palco. Em sua maioria, coisas inúteis – por exemplo, que ainda não faço ideia de como escrever um cheque, embora a moça do banco tenha cometido a imprudência de me dar uma caixa toda de cheques quando abri uma conta no meu aniversário de dezoito anos mês passado. Ou que nunca cozinhei bem nada que não tivesse instruções de micro-ondas. Ou que não faço ideia do que planejo fazer da minha vida, ou o que vou fazer depois deste verão, ou que não tenho nem uma noção suficientemente sólida dos meus próprios hobbys e interesses para não reprovar até no teste mais rigoroso de "Monte uma panqueca de café da manhã e vamos dizer sua futura carreira" do Buzzfeed.

Não demora para Elle estar andando na minha frente, abrindo seu sorriso mais radiante de quem diz "juro que não tomei às escondidas goles do vinho de caixa da minha mãe" enquanto atravessa o palco. Sinto meu celular respirar fundo no bolso, movido por uma calma súbita. Tom está aqui. Ou o mais *aqui* que poderia estar. Por mais que o tempo passe, sempre vou assumir minha versão mais valente quando estou perto dele.

As luzes estão tão fortes quando passo pelo palco periclitante que mal consigo encontrar a câmera que está transmitindo o evento ao vivo, mas consigo localizá-la a tempo. Pego o diploma das mãos do nosso diretor – que talvez pudesse se esforçar mais para fingir que não está feliz de me ver ir embora – e, quando ele estende a mão para me cumprimentar, olho no fundo da câmera e faço uma série de gestos rápidos que termina comigo fazendo um trompete com os dedos no nariz.

Os alunos explodem em gargalhadas. Mando um beijo para finalizar, e bem nessa hora avisto minha mãe com a palma de uma mão na testa, mas a câmera ainda firmemente erguida com a outra.

Tom já me mandou mensagem antes de eu voltar para a minha fileira. Parabéns, você é uma pessoa absolutamente ridícula. Na sequência, vem uma série de emojis imitando o aperto de mãos que acabei de executar em uma versão unilateral e aproximada no palco, que inventamos no quinto ano.

O sorriso que abro até dói um pouco, pensando em como mudamos desde que éramos aquelas criancinhas bagunceiras.

Agora por favor me explica o que você fez com o coitado desse capelo de formatura, ele acrescenta.

Eu me sento na cadeira, tirando o capelo e colocando-o no colo para olhar as cartas de rejeição, que brilham com a cola glitter. Tom sabe dessas rejeições, claro. Mando mensagem para ele pelo menos uma vez por semana com novidades e perguntas sobre o que ele anda fazendo, embora eu quase sempre sinta que estou falando com uma parede. Sei que ele vai rolar de rir do meu projetinho de arte, mas, antes de tirar uma foto, viro o capelo para olhar do lado de dentro, e é como se eu estivesse virando a parte mais sensível do meu coração.

Tem mais uma folha de papel colada precariamente ali embaixo. O texto foi escrito à mão e é algo que apenas Tom reconheceria – "a Lista de Refúgios", como a batizamos depois que Tom se mudou. Ela é composta de aventuras que nunca fizemos – um curso interativo de escrita em Manhattan que queríamos fazer no verão depois do primeiro ano, antes da minha mãe ser promovida e precisar da minha ajuda quando eles estavam com falta de pessoal no café. Um acampamento que tentamos combinar com alguns amigos no segundo ano e que não deu certo. Um trabalho de meio período que eu queria fazer no verão passado, no mesmo trabalho de entrega de bike em que Tom trabalha na cidade grande, para que pudéssemos reviver os dias de glória andando de bicicleta por esta cidadezinha, mas minha mãe me deixou de castigo por tempo indeterminado por causa daquela suspensão infame.

A ideia era que, quando nos encontrássemos de novo, fizéssemos todas as coisas da lista para compensar o tempo perdido.

O problema é que ficávamos perdendo cada vez mais tempo. A lista começou como uma negação da realidade de que estávamos longe, mas, com o tempo, tornou-se apenas a aceitação de que não havia nada que pudéssemos fazer para mudar isso. Uma aceitação que me trouxe a este momento absurdo, em que, com uma dor renovada, me dou conta de que faz quase três anos que não vejo a pessoa que me conhece melhor do que ninguém.

Parece arriscado lembrar Tom da lista, porque faz meses que nenhum de nós a menciona. Fico com receio de que seria quase como admitir derrota. É só quando estou enviando a Tom uma foto da lista e sinto um raro calafrio de nervosismo que entendo a verdade – parte de mim ainda tem esperança de conseguirmos fazer algumas coisas, e outra parte mais forte tem medo de estarmos tão distantes das crianças que começaram aquela lista que Tom nem queira mais fazer nada daquilo.

Ele não responde na hora, mas recebo uma mensagem da minha mãe que diz Mal posso esperar para mostrar isso para os seus avós, junto com uma foto de mim sorrindo que nem uma palhaça no palco com o polegar enfiado no nariz. Rio e deixo o celular guardado durante o resto da cerimônia, tentando tirar a ansiedade da cabeça.

É como se tivessem apertado *fast-forward* na manhã porque, quando dou por mim, o diretor está parabenizando a turma de formandos e cadeiras bambas estão rangendo enquanto todos nos levantamos. Capelos de formatura e minhoquinhas de goma estão voando pelo ar, adolescentes estão gritando como se tivessem ganhado um terceiro pulmão, e sinto a eletricidade do salão vibrando nos meus ossos.

Não, espera. Meu celular está literalmente vibrando no meu quadril. Eu o pego e vejo a resposta atrasada de Tom.

Sinto uma baita saudade de você sabe. Todo santo dia. Desculpa por ser ruim em manter contato então só queria dizer isso.

Fico encarando a mensagem com um nó na garganta. Capelos ainda estão voando e estudantes estão se acotovelando e gritando e estourando canhões de confete e estou no meio disso tudo, olhando para a tela do celular e digitando as palavras Também sinto uma baita saudade de você.

– Riley!

Ergo a cabeça e vejo Jesse quase correndo na minha direção. Sua toga já está toda aberta, com a calça jeans preta e a camiseta desbotada de banda fazendo um forte contraste com a elegância de todos, incluindo o suéter laranja da minha mãe que estou usando agora e tem um tom perturbadoramente parecido com o de cones de trânsito.

Estou quase considerando exigir que ele troque de roupa comigo – naqueles meses que namoramos durante o segundo ano, trocávamos tanto de roupa que não dá para saber se a camiseta que ele está usando é minha –, mas ele já está transbordando de entusiasmo, sua cabeleira de cachos loiro-escuros se erguendo enquanto ele corre.

– Cara, toca aqui.

Obedeço a Jesse, que não apenas me dá um toquinho, mas pega minha mão e a ergue como se eu fosse uma lutadora campeã. Parece que alguém iluminou seus olhos com néon.

– Olha só pra gente, partindo pro mundo e seguindo nossos *sonhos* – ele diz, enfatizando a última palavra com mais um aperto na minha mão.

– Comprar um McFlurry e cochilar até agosto? – pergunto.

Jesse está ainda mais absurdamente entusiasmado por estar vivo do que nunca, porque me gira e me solta como se eu fosse uma bailarina desengonçada.

– Não, estou falando em tacar um "foda-se o sistema!" e seguir nosso próprio caminho. Sabia que estamos entre os poucos seletos alunos sem uma faculdade ao lado do nosso nome no programa de formatura? – ele diz, erguendo o programa com orgulho.

Não sabia nem que havia um programa, muito menos que ele nos dedurava. Jesse o guarda com cuidado na toga, como sempre faz com panfletos e bugigangas de eventos, colecionando lembrancinhas feito um corvo alto.

– Hum. Bom, não estou muito a fim de gritar com o sistema – admito. – É provável que eu só comece a estudar na faculdade comunitária no outono.

O sorriso de Jesse murcha como se ele não estivesse esperando que algo tão sem graça saísse da minha boca e, para ser justa, eu também não esperaria. Ele se recupera rapidamente e diz:

– Bom, talvez você tenha que ir a Nova York. Você pode dormir na casa dos Walking JED quando quiser.

– A banda vai se mudar pra Nova York?

Estou mais surpresa por não saber do que pela mudança em si. Os Walking JED (assim batizados porque seus nomes são Jesse, Eddie e Dai, e porque os três são terrivelmente obcecados por histórias de zumbi) são tão talentosos que meio que é de se admirar que eles não tenham feito supletivo e largado essa espelunca anos atrás. Jesse é o vocalista e compõe a maioria das músicas e, juntando seu senso de estilo completamente excêntrico e sua característica voz doce e rouca, é apenas uma questão de tempo até alguma gravadora esfregar um contrato na cara deles.

Jesse faz que sim enquanto seu corpo todo vibra de energia.

– Amanhã cedinho!

Desta vez, não há como ignorar a pontada entre as costelas – elas estão doendo logo abaixo da superfície há meses. É verdade que não tenho nenhum projeto nem faculdade, então não é como se eu estivesse sendo deixada para trás no sentido literal. É mais no sentido figurado. Olho ao redor e todos têm algum plano. Faculdade. Correr atrás de uma paixão. Ver o mundo.

Já eu tenho o *drive-thru* do McDonalds e depois apenas uma tela em branco gigante com "???". Sinto uma onda de medo irracional, como se tivesse acabado de chegar perto demais da beirada e não tivesse me dado conta de que era um penhasco.

Mas então sinto dois braços firmes me envolverem por trás e o familiar hálito mentolado da minha mãe soprando no meu ouvido:

– Ora, se não é minha sapequinha recém-formada.

Eu me entrego ao abraço enquanto ela me dá um beijo na testa e um aperto extra antes de me soltar.

– Olha – digo, entregando-lhe o diploma. – Pode queimar.

Mas os olhos dela se enchem de lágrimas e ela diz:

– Aposto que conseguimos encontrar uma boa moldura pra isso. Que tal pendurar em algum lugar no seu quarto?

Estou prestes a me opor à ideia de estragar a energia de qualquer lugar do apartamento com um lembrete dos anos mais monótonos da minha vida quando Jesse estreita os olhos para nós e diz com franqueza:

– Nossa, sempre esqueço como vocês são a cara uma da outra.

Ele não está errado. Isso se deve em parte ao fato de eu ser uma cópia carbono tão perfeita da minha mãe que é como se a única coisa que o pai que nunca conheci fez foi apertar Ctrl + C, Ctrl + V no teclado interno dela e sair andando. Temos exatamente o mesmo cabelo ondulado e cor de mel, os mesmos olhos castanhos, o mesmo corpo alto e magro e até, sabe-se lá como, a mesma sarda do lado direito do lábio inferior.

Mas a semelhança é ainda mais exagerada pelo fato de minha mãe ser apenas dezenove anos mais velha que eu, e metade das pessoas partem do princípio de que ela é minha irmã, não minha mãe.

– Ah. Oi, Jesse. – Ela olha para ele de cima a baixo, achando graça: – Estou vendo que você fez umas tatuagens novas.

Minha mãe até que gosta de Jesse, principalmente agora que definitivamente não estamos mais juntos. Jesse e eu nunca aprontamos as peripécias que eu e Tom fazíamos durante a infância e que deixavam minha mãe doida, mas namorá-lo logo depois que Tom foi embora não deve ter ajudado. O amor de Jesse por tatuagens e guitarras a lembra até demais da sua tal "juventude transviada" em Nova York, que ela tem medo que eu repita provavelmente desde que nasci. Sem querer ofender minha mãe, que deve ter sido bem fodona, mas ficar acordada até tarde em uma balada ao som dos hits do começo dos anos 2000 com uma calça de cintura baixa bebendo Fireball de um cantil decorado com glitter não é exatamente a praia da sua filha meio nerd.

(Para deixar claro, só tenho essa imagem mental engraçadíssima por causa dos relatos das minhas tias; minha mãe encobre os detalhes como se tivesse medo de que eu fosse tomar notas.)

– Sim – diz Jesse, entusiasmado, puxando a manga bufante da sua toga de formatura. – Olha. Essa daqui é uma guitarra, mas as cordas estão chorando.

– Genial – diz minha mãe, com ironia.

Eu a puxo para longe antes que ela possa perguntar se a tattoo tem alguma relação com Taylor Swift, o que definitivamente tem – o cover versão punk rock de "Cardigan" da banda dele foi eleito como o hino da escola pelos alunos, o que posso ou não ter ajudado a orquestrar (a diretoria da escola ficou transtornada demais para um grupo de adultos que deixou a coisa da "minhoca" acontecer) –, mas não há tempo suficiente no mundo para deixar Jesse entrar no seu glorioso modo swiftie. Quero aquele McFlurry para *ontem*.

– Espera, meu capelo. – Eu me dou conta de que estou sem ele.

Fiquei tão animada em jogá-lo para cima que me esqueci de pegá-lo de volta. Nossa. Estou formada, mas até labradores têm mais bom senso.

Minha mãe solta um *pfft*.

– Você não acha que dá pra viver sem essa relíquia em particular?

– Não, não, é importante – digo, dominada pelo pânico. – Eu...

Me interrompo abruptamente, porque minha mãe na verdade não sabe sobre a Lista de Refúgios. A maior parte dos conflitos da minha parte foram por causa do horário dela, quase todo devotado às horas que ela passa no café que gerencia entre uma aula e outra para nos sustentar – a última coisa que quero é que ela pense que sou ingrata por isso.

– Bom, tenho certeza de que está aqui em algum lugar – ela fala, começando a revirar os capelos abandonados no chão.

Noto sua olhada rápida no relógio do celular. Ela trocou de turno para estar aqui. Se quisermos manter nossa tradição sagrada de McFlurry, já estamos em cima da hora.

Sinto minha garganta se apertar. Talvez seja isso mesmo. A despedida que a Lista de Refúgios merece. Então acabou mesmo; estamos passando para o capítulo seguinte das nossas vidas. Não existe mais *Tom&Riley* e *Riley&Tom*, como todos no bairro costumavam falar quando éramos muitas coisas, mas, acima de tudo, um pacote. Somos apenas Tom e Riley agora. Amigos para sempre, mas levando vidas bem diferentes.

– Meus pais estão ali – diz Jesse. Dou um abraço rápido nele com um braço só e, quando retribui, ele acrescenta: – Falando sério, me avisa se estiver na cidade. Faz tempo que estamos nos devendo uma aventura.

– Pode deixar – respondo, mas as palavras soam vazias até para os meus ouvidos.

Ele me solta e me sinto fraca, como se fosse chorar. Como se de repente uma parte de mim quisesse essa aventura mais que qualquer coisa, mas estou perdida demais para saber por onde começar. Apesar de todo o caos ali no ginásio, um silêncio insuportável cai sobre a minha cabeça agora. Como se, sem o barulho das aulas e das atividades extracurriculares e das inscrições para a faculdade, restasse apenas esse vazio me encarando onde era para estar meu reflexo.

O problema é que eu nem saberia por onde começar – faz séculos que sinto que não sou mais a mesma. Aquela que pregava peças nos professores que eram maldosos com nossos amigos, como quando o sr. Zaff chamou Jesse de "bebezão" por chorar uma vez com um filme que vimos na aula, e no dia seguinte Tom e eu colocamos travas de portas para bebês em todas as gavetas e armários da sala dele. Aquela que fazia pegadinhas nos colegas a seu bel-prazer, como quando Tom hackeou o alto-falante da escola para eu fazer minha melhor voz de professora e pedir para Ava e Josh se dirigirem à recepção (ao todo, existem 33 Avas e 25 Joshes matriculados, então aquela tarde de sexta logo se transformou em um caos na escola inteira). Aquela que jogava o que Tom batizou de "jogo do duende sorrateiro", deixando quinquilharias aleatórias nos armários dos amigos, e que corria para todo canto da cidade fazendo perguntas para quebrar o cérebro de qualquer adulto racional.

Minha mãe não era exatamente uma mãe superprotetora quando eu era criança, mas no ensino médio Tom e eu aprontávamos tanto que ela quase me deixou surda com seus sermões. Depois do incidente que me fez ser suspensa, ela me colocou em tantas atividades extracurriculares além dos meus trabalhos de meio período que não havia uma fração de segundo sequer que eu não pudesse ser localizada – ou uma fração de segundo que eu conseguisse ter qualquer pensamento coerente além de "Como posso tornar essa chatice menos chata?".

O que significa dizer que passei a maior parte dos últimos dois anos, mais ou menos, lendo não tão discretamente livros de fantasia e minhas fanfics abandonadas no celular enquanto todas essas coisas chatas aconteciam ao meu redor. Essa estratégia de sobrevivência estava funcionando razoavelmente bem até agora, mas, pelo visto, não sou uma nobre que carrega o fardo de um poder antigo nem um cavaleiro infiltrado num reino distante com um segredo sombrio, mas apenas Riley. Indefesa e comum e insegura. Só agora que estou aqui, depois de viver minha vida pela metade, que me dou conta de como sou insegura.

Bem quando estou piscando para conter o ardor profundamente inconveniente e inoportuno das lágrimas, meu celular vibra de novo no bolso. É uma mensagem de Tom, com uma foto da sua própria versão da Lista de Refúgios na sua letra encantadora e grande. Só que, em vez das oito coisas que tínhamos escrito originalmente, ele acrescentou uma nona: *Realmente nos ver em nossas formas corpóreas.*

Dou risada, tanto de alívio quanto pela referência. Quando éramos crianças, eu e Tom ficamos obcecados por *Marés do Tempo*, uma série de livros de viagem no tempo com protagonistas que viajavam com seus corpos ou como projeções de si mesmos. Como resultado, "corpóreo" era uma das maiores palavras que sabíamos aos oito anos de idade; digitei tanto essa palavra nas fanfics que escrevi para a série que as letras se desgastaram no teclado.

O sorriso no meu rosto só se alarga a partir desse momento. Fica até mais afiado, assumindo a forma de um sorriso encrenqueiro que não abro há tanto tempo que tenho que o ajustar.

Talvez esse seja o chacoalhão de que preciso. O desfibrilador que vai restaurar minha psique. A ideia se forma tão rápido que já estou praticamente voando para Nova York antes de ela se materializar – pela primeira vez em literalmente anos, tenho o fim de semana livre. Posso facilmente pegar um ônibus. Posso esmagar Tom com um daqueles nossos abraços ridículos de sempre antes do cair da noite. Podemos até riscar algumas coisas da Lista de Refúgios. Que jeito melhor de me reconectar com meu antigo eu do que fazer todas as coisas que ela queria fazer, com alguém que conheço praticamente desde que me entendo por gente?

Talvez me reconectar com Tom me inspire a voltar a escrever, já que foi ele quem me encorajou a publicar minhas histórias no começo. Talvez eu arranque dele o motivo de ter passado os últimos meses tão quieto, e eu possa ter meu parceiro de crime de volta. Talvez eu pare de me sentir essa versão monótona de mim que não faz mais palhaçadas para divertir os amigos, porque ser a piadista da turma era a única forma de passar o tempo quando eu estava totalmente sobrecarregada.

Talvez eu até consiga começar a entender meu *novo* eu, ter uma noção do que realmente quero, agora que o ensino médio finalmente ficou para trás.

Meu coração está palpitando sob as costelas feito um pássaro que tomou cafeína demais.

Vou comprar a passagem do ônibus da tarde pra NY, respondo.

Tom responde com uma série de emojis risonhos. Não sei bem ao certo se estou brincando e, a julgar pela resposta de Tom, ele também não sabe. Até que é um alívio. Que minha velha versão ainda viva na cabeça dele – a versão audaciosa, decidida, *divertida*.

Se eu encontrar o caminho de volta para ele, talvez eu consiga achá-la também.

Encontro minha mãe procurando o capelo embaixo de uma fileira de cadeiras dobráveis, junto com os pais de Jesse, que entraram para a busca com suas camisetas dos Walking JED. Faço uma nota mental de perguntar onde posso comprar uma para mim quando toco o ombro da minha mãe, subitamente eufórica.

– Tudo bem – falo. Não preciso da minha lista se Tom tem a dele. – Não precisa. Alguém vai encontrar. Vamos.

Claro que tenho acesso a McFlurries quase todos os dias da minha existência humana, mas McFlurries são acontecimentos sagrados. Pelo menos eles estão aqui por mim e minha mãe. Ela costumava me comprar um toda vez que eu tomava uma injeção quando era pequena, e eu a arrasto para tomar um toda vez que ela finaliza mais um semestre da faculdade comunitária. Assim, em algum momento, tomar McFlurry passou a significar realizar qualquer coisa que parecia assustadora ou difícil.

– Oreos ou M&Ms? – minha mãe pergunta enquanto entramos em seu velho Honda nada confiável, mas ridiculamente adorável, cujo para-choque enchemos de adesivos de florzinha alguns anos atrás.

– Hoje vou voar o mais perto possível do sol. Os dois.

– Aí, sim – diz minha mãe enquanto o carro ganha vida ao sair, relutante.

Quando nos acomodamos no estacionamento e começamos a encher a cara de sorvete, já encontrei o horário do ônibus, fiz uma lista mental de coisas que preciso colocar na mala e estou com "New York, New York" na cabeça, apesar de não saber direito nenhuma das outras palavras da letra além dessas.

Limpo a garganta.

– Então, eu estava pensando... hoje é sexta.

– Bem observado – ela fala, pegando um pedaço de Oreo com a colher.

Ergo o joelho mais para cima no painel.

– E só começo no café na segunda. Pensei em pegar o ônibus hoje à tarde pra finalmente ver Tom em Nova York.

Minha mãe pisca como se um inseto tivesse acabado de voar para dentro do olho dela.

– Espera, quê?

Dou risada.

– Estou falando sério. Já percebeu que faz quase três anos que não o vejo? – Olho fixamente para o celular. – E Tom parece meio... sei lá, não sei.

Não sei mesmo, e faz tempo que não sei. Sei das maiores coisas da vida dele, tipo que ele anda viajando com a mãe e que finalmente decidiu estudar psicologia, dentre a miríade de assuntos que ele domina, sendo o nerd que é. Sei como ele passa parte do tempo: assistindo à adaptação televisiva de *Marés do tempo* ou fazendo entregas de bicicleta para o aplicativo "Com amor", que permite que as pessoas mandem presentes anônimos para amigos, crushes ou familiares por toda a cidade. O resto são detalhes que sempre quis descobrir quando estivéssemos juntos.

As mãos da minha mãe apertam o volante.

– Estava pensando que a gente podia dar uma volta este fim de semana, eu e você. Comemorar um pouco. Faz séculos que não temos um dia inteiro juntas.

O McFlurry azeda na minha boca, e não é por causa dos restos de minhoquinhas que enfiei ali. Ela tem razão. Mas sinto que isso é mais culpa dela do que minha – em uma tentativa de me manter longe de "confusão", ela me matriculou em quase todas as atividades extracurriculares que existem sob o sol. Estou me referindo a tudo, desde preparação para a Olímpiada de Ciência a salsa e simulação da ONU, sendo que todas essas atividades têm uma coisa em comum: não tenho qualquer talento para nenhuma delas.

Ela acha que não passei em nenhuma faculdade por causa da suspensão de dois dias no meu histórico. Mas tenho quase certeza de que é porque não tenho nenhum hobby nem traço de personalidade discernível – como ela ficava me matriculando em coisas e eu ficava tentando dar um jeito de escapar delas, nunca me mantive em nenhum dos clubes escolares tempo o suficiente para parecer minimamente comprometida. Não ajudava o fato de que os turnos na cafeteria me impediam de participar de qualquer uma das competições nos fins de semana. Como resultado, minha candidatura universitária parece ter sido escrita por inteligência artificial, que apenas regurgitou todos os hobbies e trabalhos de meio período da cidade, e minhas notas e pontuações de prova até que decentes não bastaram para convencer ninguém.

O que quer que tenha acontecido, estamos aqui agora, diante de dias livres que não tenho em anos. Perdi tempo demais fazendo coisas de que não gosto para perder a chance de fazer algo que vou amar.

– Bom, a gente pode comemorar no fim de semana que vem, então? – pergunto. Depois, apesar de estar me coçando para clicar em COMPRAR no site de passagem de ônibus, acrescento: – Ou podemos passear neste fim de semana e posso visitar Tom no seguinte.

Minha mãe não está olhando direito para mim e encara seu sorvete derretendo.

– Não acho que seja uma boa ideia ir pra lá sozinha.

O tom da conversa entrou num território em que nunca estivemos. Eu me sinto como o cachorro do vizinho, Ribbit, quando colocaram aquela cerca elétrica – como se estivesse testando limites que eu não sabia que existiam.

– Seriam só dois dias – digo, com cautela.

– Dois dias? – Ela tenta dar um sorriso irônico, mas as palavras saem tensas. – Conheço você. Você se meteria em confusão em dez segundos. E você quer que eu confie em você em Manhattan por quarenta e oito horas?

"Confusão" não é bem a palavra, e ela sabe disso. O certo seria "travessura". Coisas inofensivas que envolvem pregar peças e interromper a aula vez ou outra e, ok, talvez matar umas aulas para realizar missões nerds, como me juntar com outros adolescentes do fã-clube regional do Discord de *Marés do Tempo*. Não é como se fizéssemos nada muito perigoso, tirando as poucas vezes que Tom confiou em mim para interpretar um mapa.

Solto uma risada, tentando manter a conversa leve, e digo:

– É, então, tenho dezoito anos.

Não tenho a intenção de começar uma briga, porque isso é simplesmente algo que não fazemos. Mesmo se quiséssemos, como nós duas trabalhamos e estudamos, não temos tempo para isso. Mas minha mãe se encolhe como se eu não apenas tivesse acabado de começar uma briga, mas erguido dois punhos no ar inadvertidamente.

– Tenho que trabalhar – ela diz de repente, ligando o carro e nos guiando para casa.

Seguro o McFlurry na mão como se fosse uma corda.

– Tá, mas, sério, quando posso ir? Tem um ônibus que sai do metrô, posso ir sozinha quando quiser.

Digo as palavras como uma oferta, não uma ameaça, mas minha mãe volta a cabeça imediatamente para mim e diz:

– Então é isso? Você vai simplesmente fugir e fazer o que quiser agora?

– Não. – Eu me encolho, sem jeito. – Só estou dizendo que... tecnicamente não preciso nem pedir.

Ela abana a cabeça.

– Você não vai para Nova York.

Meu queixo cai de surpresa, e as únicas palavras que consigo formular são:

– Por que não?

– Porque aquela cidade não é nada além de confusão, e nós duas sabemos que você é um ímã de confusão. Conseguimos passar por todo o ensino médio sem que nada desse errado demais, não podemos deixar assim? Quer dizer, já faz anos, por que você precisa tanto ver Tom do nada?

Baixo o McFlurry, estranhamente zonza.

– Espera um minuto. Espera um minuto – digo, como se minha boca não conseguisse acompanhar as engrenagens girando em meu cérebro. – Esse tempo todo... você não me deixou ir pra lá de propósito?

Ela ignora completamente a pergunta.

– Só acho que você precisa de um tempo aqui. Você nunca foi pra cidade. E agora, um segundo depois da formatura, quer entrar num ônibus me avisando em cima da hora? – Ela sacode a cabeça, claramente sem querer uma resposta. – Sei que você estava conversando com Tom hoje. Você fez aqueles gestos porque ele devia estar assistindo. Mas isso não é motivo pra largar tudo pra vê-lo.

– Não estou largando nada – protesto.

– Mas é impulsivo. E é exatamente o que acontece quando você e Tom se juntam. Vocês ficam se dando corda e acabam trazendo à tona o pior um do outro.

Se ela estava procurando o ponto mais fraco para me atingir, acabou de acertar em cheio. Essa versão de mim que estou me esforçando para recuperar não foi simplesmente perdida. Minha mãe estava tentando ativamente se livrar dela. Fico sem palavras. Nunca pensei que sentiria rejeição de uma maneira tão profunda ou imediata, muito menos da minha própria mãe. Especialmente não depois de passar a segunda metade do ensino médio fazendo de tudo para jogar de acordo com as regras dela.

– Aquela versão não é o pior de mim – consigo dizer. – Aquela sou *eu*.

– Aquela é você mais irresponsável – ela diz. – E sei que Vanessa está ocupada com o trabalho. Ninguém vai ficar de olho em vocês dois. A última coisa de que preciso é você na casa do Tom numa cidade repleta de lugares implorando pra vocês arranjarem confusão a cada esquina.

A ficha vai caindo em ondas. Como se eu tivesse dormido por muito tempo e estivesse acordando lenta demais, toda desconjuntada e confusa.

– Ah, meu Deus. Você me afastou mesmo dele.

O mais doido é que, mesmo que ela não enxergue isso, Tom sempre foi o mais responsável. Era ele quem realmente ficava de olho na hora quando saíamos em nossas desventuras e quem enchia os bolsos de lanchinhos como se fosse uma mãe coruja. E, mesmo se não fosse, não é como se tivéssemos nos enfiado em algo *tão* ruim assim. Minha mãe está falando como se estivéssemos perto de sermos mandados para um reformatório.

Sua voz se suaviza:

– É só que não quero que você faça nada de que se arrependa depois.

– Tarde demais – digo, com a voz engasgada. – Porque me arrependo de todos os minutos que perdi sem perceber que você estava nos mantendo separados.

É mais que isso, mas não tenho nem palavras para explicar para ela. Ou ao menos palavras que não pareçam ter saído de uma novela adolescente da Netflix. Não estou apenas magoada.

Me sinto traída. Eu e minha mãe podemos não concordar em tudo, mas pensei que éramos sinceras uma com a outra. E pensar em todas aquelas oportunidades que julguei estarem fora do meu controle, todos aqueles anos baixando a cabeça e simplesmente aceitando que era assim que as coisas eram... se ao menos eu tivesse forçado um pouco mais. Apertado a cara no vidro. Desafiado minha mãe uma vez que fosse, como quando eu era mais nova e valente e realmente presente na minha própria vida... Talvez eu tivesse me dado conta muito antes de que ela estava fazendo isso.

Talvez eu tivesse compreendido muitas coisas antes, e não me sentiria tão perdida quanto estou agora.

Ela para na frente do nosso prédio – a essa altura, está tão atrasada para o turno dela que nem adianta estacionar para eu sair.

– Quando você for mais velha e as coisas estiverem mais calmas, você vai ver. Foi pro seu próprio bem – ela diz, mais para o para-brisa do que para mim.

Fico surpresa com o que faço em seguida. Não estou mais pedindo. Estou avisando.

– Tem um ônibus que sai às quatro.

Ela fecha os olhos e solta uma longa expiração.

– Riley.

– Desculpa – digo, porque não consigo evitar. Porque, apesar de tudo, é sincero. – Mas você me deve pelo menos um fim de semana. Você tem que me deixar ir.

Ela abre os olhos de novo, abanando a cabeça abruptamente.

– Não faça isso.

Estou com tanta raiva que poderia gritar no meu copo vazio de McFlurry, poderia sair batendo a porta do carro feito o Hulk, mas estou falando sério. Eu vou. E não quero sair brigada com ela. Enquanto tomo a decisão, percebo que vai ser a primeira vez na vida que fico longe dela.

Me demoro ali. Apesar de tudo, ainda estou esperando pela deixa dela.

– Mando mensagem quando chegar lá – digo finalmente.

Ela não responde. Apenas apoia a cabeça em mim por um breve momento e solta um suspiro pesado e impossível de interpretar. Saio do carro mais devagar do que nunca, parando diante da porta aberta. Ela olha para mim como quem pergunta: *Está esperando o quê?*, e percebo que é sua permissão. Posso tê-la enrolado quando era criança e até tirado sarro dela uma ou outra vez, mas nunca a desafiei diretamente antes.

Ela não vai ceder. Agora enfim tenho que decidir algo por conta própria. A sensação é eletrizante e aterrorizante, e meu coração está mais leve do que o ar; meu estômago, pesado como pedra. Como se houvesse tanto caos em mim que ele só pudesse dar lugar a uma calma estranha. Respiro fundo, dou permissão para mim mesma e fecho a porta do carro com delicadeza.

Quando desço do ônibus e coloco os pés em Nova York pela primeira vez na vida, acho a cidade tão caótica e congestionada e emocionante quanto Tom disse que seria. Meus olhos pousam em praticamente tudo, cheios de curiosidade sobre cada portinha vendendo sanduíche e cada passeador de cães caminhando apressado e cada móvel abandonado ao acaso nas ruas, enquanto todas as histórias em tamanho natural passam por mim num piscar de olhos. Estou pasma. Deslumbrada. Quero correr atrás de tudo, tocar em tudo, me transformar em parte de tudo também.

Mas sou uma garota com uma missão, então não paro ainda. O sol está começando a se pôr quando carrego minha mala até a entrada de serviço do prédio residencial de Tom no Upper West Side, subo de elevador para o trigésimo terceiro andar e bato na porta. Mesmo assim, só parece real de verdade quando escuto seus passos – sólidos e rítmicos e tão típicos que já estou abrindo um sorriso de orelha a orelha.

E então lá está ele, e meu primeiro pensamento coerente é: *Puta que pariu*. Porque é Tom, mas não é. É Tom com seus olhos castanho-claros e lábios que sempre se curvam para cima, Tom com aquele redemoinho no cabelo castanho, Tom com aquela firmeza inerente na postura e ternura no rosto. Mas também é um Tom mais de dez centímetros mais alto que eu, com ombros largos e maxilar e maçãs do rosto definidos, como se alguém tivesse pegado um desenho dele e afilado ligeiramente todos os ângulos.

Pisco, surpresa não apenas pela versão de dezoito anos de Tom ao vivo e em cores, mas pelo que quer que acabou de palpitar embaixo das minhas costelas. Seria um momento extremamente inconveniente para qualquer um dos meus órgãos dar defeito.

Mas então o rosto dele se abre num sorriso e seus olhos lacrimejam de um jeito tão inconfundível que tudo que consigo sentir é uma onda de carinho me preenchendo quando ele abre a boca e diz:

– Riley.

Ele fala com absoluto espanto e um toque de divertimento, do tipo que faz eu me sentir reconhecida. Sua voz está mais grave. Eu já sabia disso pelas conversas diárias no telefone ou pelo FaceTime, mas essas ligações ficaram raras nos últimos meses, e sua voz é algo completamente diferente quando somada ao resto. Eu me pergunto se pareço tão mudada para ele quanto ele parece para mim; e depois me pergunto se isso importa, se está claro pela maneira como estamos sorrindo um para o outro agora que, apesar de todas as mudanças no mundo, o reconhecimento ainda é tão profundo e imediato quanto quando nos vimos pela última vez.

– Oi. – Preciso erguer um pouco o pescoço para olhar nos olhos dele. Jesus. Na última vez que o vi, tenho quase certeza de que *eu* era mais alta. – Eu estava na vizinhança, então...

Tom me observa, inclinando a cabeça. Seus olhos estão mais secos agora, seu sorriso ainda ameaçando explodir, embora ele tente ser fiel à brincadeira que acabei de começar.

– Você encurtou – ele diz.

Olho para seu jeans justo e seu tênis branco e para a caneca de café na mesinha de entrada ao lado dele.

– Você ficou mais nova iorquino.

Ele claramente se cansou da brincadeira, e seus olhos se enchem de lágrimas quando diz:

– Vem logo aqui. – E me puxa para um dos nossos abraços esmagadores.

A princípio, o alívio é tão avassalador que inspiro o sabão floral que sua mãe sempre usa e aquele cheiro terroso inato de Tom, e tudo em que consigo pensar é: *Estamos de volta.* Como se vagássemos por muito tempo e tivéssemos acabado de encontrar nosso caminho de volta para casa. É só quando nos afundamos no abraço que percebo não apenas a diferença, mas também a sinto. Antigamente, eu conseguia envolver os braços ao redor do corpo desengonçado dele como se fôssemos a mesma pessoa, mas ele é muito maior que eu agora. Não consigo esmagar seus ossos como fazíamos quando éramos crianças porque ele é simplesmente inesmagável agora, e dá para ver que ele está pegando leve comigo, que há toda uma nova onda de força que ele não está usando.

– Nossa – digo, afundando a cabeça em seu ombro. – É como tentar abraçar o monte Olimpo.

Consigo praticamente sentir seu sorriso sarcástico quando ele me ergue ligeiramente até meus pés estarem no ar.

– *Esse* truque é novo – acrescento.

Ele solta uma gargalhada, a qual sinto em meu peito, antes de me colocar de volta no chão, sem exatamente me soltar. Nossos braços ainda estão no tronco um do outro, ainda estamos sorrindo. Estou quase com medo de piscar, como se a terra pudesse simplesmente nos engolir por mais três anos e, da próxima vez que eu tentasse abraçá-lo, ele fosse ter altura de uma árvore.

Ele finalmente me solta, só porque nós dois sabemos o que vem agora – ao longo dos anos, nosso aperto de mãos secreto se tornou mais uma lei que um ritual. Damos um passo deliberado para trás e começamos a executar uma sequência sem sentido de toques, giros e gestos, rindo um do outro por ainda lembrarmos cada etapa. Talvez rindo até demais, porque é um alívio enorme ver que não esquecemos.

Terminamos com o polegar no nariz como sempre, esbaforidos e zonzos, tão cambaleantes que quase caímos em cima do outro.

– Você não está nem um pouco surpreso em me ver? – pergunto.

Ele só balança a cabeça.

– Não – responde Tom. – Aprendi a não ficar surpreso com você há mais ou menos uma década. Essa é uma coisa muito Riley de se fazer.

Coro sob o sorriso largo, porque não tenho me sentido muito Riley nos últimos tempos, mas é bom ouvir isso de alguém. É como vestir uma jaqueta jeans antiga que ainda serve perfeitamente.

Encosto a cabeça em seu ombro.

– Que bom. Além disso, espero que você não pense que vou começar a ser civilizada só porque você está mais gato – digo, descalçando os tênis e entrando.

Ele pisca, e fica evidente que ainda consigo surpreendê-lo.

– Hum, isso nem passou pela minha cabeça.

– Sua mãe está casa? – pergunto, e então: – Eita, porra. Vocês estão ricos, *ricos*, hein.

A fachada do prédio era bonita, claro, mas, por ter entrado às escondidas, nem passei pelo saguão. E o saguão poderia ter dado indícios do que estou vendo agora, que é uma sala com pé-direito alto e janelas imensas com vista para a rua e o Central Park e o resto da cidade além dele, as centelhas de luzes dos prédios começando a se destacar em contraste com o azul do céu escurecendo. Assisti TikToks de apartamentos nova-iorquinos demais com pessoas embutindo camas retráteis na parede e usando os parapeitos da janela como mesas de cozinha improvisada para saber que esse é outro nível de imóvel.

Tom solta um riso baixo e diz:

– Minha mãe está em Aglorapond.

– Saúde.

– É uma ilha fictícia do filme novo dela. Na verdade, ela está no Havaí pra filmagem.

Tiro os olhos da vista absurdamente cinematográfica e franzo a testa para ele.

– E você está *aqui*?

Tom pega a mala do meu ombro.

– Sorte a sua, senão você estaria dormindo numa caixa de pizza hoje.

– Tem várias vagas num hostel do centro – digo porque, por mais impulsiva que tenha sido essa coisa de "fugir de casa, só que não, porque sou maior de idade", não pretendia importunar Tom e Vanessa sem perguntar.

As sobrancelhas dele se franzem.

– Riley – ele diz, com o *não seja ridícula* implícito enquanto leva a mala pelo corredor. – Até quando você pode ficar?

Sinto uma pequena emoção pela maneira como ele pergunta: não quanto tempo vou ficar, mas até quando posso ficar. Sei que não existe nenhum universo em que Tom não queira passar tempo comigo, mas ele anda tão distante que é bom ouvir isso mesmo assim.

– Estava pensando em ficar pro fim de semana – digo.

Tom assente.

– Não é nem de perto tempo suficiente pra doutrinar você plenamente na seita das sobremesas nova-iorquinas, mas vou aceitar.

– Você não está ocupado?

– Não – diz Tom, enquanto passamos pelo quarto que claramente é dele; eu reconheceria aquele lençol azul desbotado em qualquer lugar. As fronhas ainda têm estrelinhas. Abro mais a porta e ele fica tão envergonhado que é agora que vou entrar mesmo.

– Tem certeza? – pergunto, quando vejo a mochila cheia em cima da cama.

– Ah. – Ele a tira da cama e a coloca no guarda-roupa. Só me esqueci de desfazer a mala antes.

Observo o quarto, me detendo em todas as relíquias de que me lembro. Um peso de papel de *Marés do Tempo* que comprei para ele de aniversário com o formato das pedras azuis parecidas com orbes que os personagens usam para se mover pelo tempo e pelo espaço. Um monte de livros desgastados de ficção científica e romances policiais enchendo uma estante. Alguns troféus antigos de plástico das temporadas na equipe de atletismo no ensino fundamental. Todos esses pedaços de Tom que parecem quase teimosa e precisamente os mesmos no meio desse apartamento digno de *Succession* – pedaços que evocam uma sensação de nostalgia tão intensa que quero abraçá-lo de novo.

Há coisas mais novas também. Um notebook moderno na escrivaninha. Cartazes de filmes que não vi. Um amontoado de copos de café com os dizeres PRAZER ATENDER VOCÊ em cima da mesa de cabeceira, os quais devem ter vindo da barraca do lado de fora do prédio, mais um lembrete silencioso de quanto tempo se passou, porque quase só tomávamos o chocolate quente da minha mãe para o café na última vez que nos vimos cara a cara. Mas as estrelas que brilham no escuro coladas nas paredes parecem amarrar tudo nesse Tom maior.

– Que bom que você ainda é nerd – digo.

Ele belisca meu cotovelo.

– Que bom que você ainda é xereta.

– Por falar nisso – digo, levando a mão à folha de papel jogada ao acaso em cima da escrivaninha toda arrumada.

É a versão dele da Lista de Refúgios. Bastar dar uma olhada para ver mais um indício da passagem do tempo: sua letra é um pouco maior e desleixada nos primeiros itens, quando escrevemos as coisas que queríamos fazer aos quinze anos, comparada à letra mais bonita e caprichada perto do fim, quando ficamos mais velhos. Me aproximo para dar uma olhada na lista – é a cópia exata da minha, palavra por palavra.

Lista de Refúgios

1. Fazer uma viagem de carro depois que tirarmos carteira de motorista.
2. Fazer o curso interativo de escrita de ficção de *Marés do Tempo*.

3. Participar de uma caminhada de *Marés do Tempo* no Central Park.
4. Ver os Walking JED ao vivo.
5. Ir a um karaokê.
6. Acampar.
7. Ser colegas de trabalho no aplicativo "Com amor".
8. Fazer brownies customizados na Brownie Bonanza.
9. Realmente nos ver em nossas formas corpóreas.

Tom espia atrás de mim, roçando os ombros em minhas costas enquanto pega uma caneta, e coloca um visto ao lado do item número nove.

– Pronto – ele diz. – Um já foi, faltam oito.

Dou risada, baixando os olhos para a lista. Cheguei a todo vapor na expectativa de cumpri-la, mas agora que estou realmente aqui – agora que tenho Tom perto o suficiente para conversar e cutucar e abraçar de novo –, estou me perguntando se é certo mergulhar nisso de cabeça. Se talvez não seja tarde demais. Se talvez nosso tempo não seria mais bem gasto de alguma outra forma que essa versão mais velha de Tom valorize mais.

Na realidade, parte do problema já foi resolvida por mim.

– Merda. Metade dessas coisas são impossíveis agora. – Passo o dedo sobre o item número um, a aula que inaugurou a lista quando mal tínhamos terminado o primeiro ano. – Talvez se tivéssemos uma pedra do tempo, daria.

– Na verdade, essa aula ainda está rolando – diz Tom. – Todo sábado de manhã.

Eu me viro para ele tão rápido que não me dou conta de como ele está perto, e nossos rostos quase se batem. Sinto minhas bochechas arderem quando ele tem que recuar, mas ignoro isso, perguntando:

– Sério?

Ele limpa a garganta.

– Sério. Minha mãe dá workshops na escola de escrita às vezes. – As bochechas de Tom também coram, e ele diz: – Ela tem créditos grátis de docente. Podemos ir. Quer dizer... se você quiser.

– Só se você quiser – respondo.

Há um impasse de dois segundos em que nós dois tentamos sentir qual é a do outro, até eu voltar a mim e me lembrar de que esse é *Tom*. Não preciso fazer rodeios com ele. Não preciso ter vergonha de nada.

– Seria muito absurdo tentar fazer as coisas da lista depois de todo esse tempo?

O lábio dele se curva como se ele estivesse torcendo para eu perguntar exatamente isso.

– Absolutamente – ele diz. – Mas seria mais absurdo *não* fazer, então uma absurdidade cancela a outra.

O alívio toma conta de mim de maneira tão intensa que quase quero me afundar nele. Como se eu não tivesse outra forma de medir o quanto fazer isso tudo com Tom significa para mim até ter certeza de que ainda significa algo para ele também.

– Olhe só pra você, exibindo suas habilidades de matemática de escola particular cara – digo em vez disso, cutucando-o no ombro. Ele está com o corpo tão largo que é quase como cutucar uma parede quentinha.

– Minha próxima equação: Riley mais longa viagem de ônibus deve ser igual a muito faminta e cansada.

De repente, estou mesmo, mas só no meu corpo. Meu cérebro ainda está operando a mil por hora, tentando entender como é espremer uma vida em um único dia. Acordei de manhã na minha cama em Virgínia, e agora Tom está colocando minha mala na cama da mãe dele numa cidade onde nunca estive antes; agora Tom e eu estamos pedindo pizza, de uma pizzaria da rua, no sofá da casa dele como se fosse uma sexta à noite qualquer, sendo que não nos víamos havia anos; agora sou uma pessoa que desobedece à própria mãe e pega um ônibus interestadual.

Quando estamos sentados com a pizza, olho o celular para ver se ela respondeu à mensagem que mandei ao chegar. Vejo que ela leu, mas não respondeu.

– Tudo bem? – Tom pergunta.

Faço que sim, baixando o celular e ignorando o leve revirar no meu estômago. Este é o nosso fim de semana. Ela roubou tempo demais de nós, então, pelo menos nos próximos dois dias, não vou deixar que faça mais isso.

Limpo as mãos sujas de pizza num guardanapo, pego a cópia de Tom da Lista de Refúgios da mesa e digo:

– Certo. Precisamos de uma estratégia. Vamos tentar fazer essas coisas em ordem ou entramos no modo caótico pra fazer o maior número possível em um fim de semana?

Tom nem olha para a lista, me encarando com a sombra de um sorriso no rosto.

– Precisa mesmo perguntar?

– Então vamos de caos absoluto.

A verdade é que, quando conheci Tom, não queria nada com ele. Nossas mães nos arrastaram para um encontro de Facebook de mães solo da região, o que nos levou a uma grama morta que se dizia ser um playground, onde na verdade havia apenas dois balanços, um escorregador quebrado e uma árvore enorme, embaixo da qual Tom estava sentado com a cara enfiada num livro infantojuvenil.

– Aquele menino não estuda na sua escola? – disse minha mãe. – Vai lá dizer oi.

Era uma instrução bastante simples, exceto que, em minha era pré-Tom, chegava a ser ridículo o quanto eu era extremamente tímida. Não que eu não tivesse o que dizer. Era só que toda vez que tentava interagir com alguém que eu não conhecia, sentia as palavras se prendendo na garganta como se um punho invisível as estivesse enfiando de volta. Então ignorei Tom, em parte por causa desse pavor irracional e também porque, mesmo aos sete anos, eu reconhecia um nerd quando via um, e a última coisa que eu queria fazer era falar sobre *livros*.

Em vez disso, me escondi atrás da minha mãe. Teoricamente, minha mãe e a mãe de Tom eram as que menos tinham coisas em comum do grupo – a minha era uma jovem de 26 anos criando uma filha surpresa e pegando turnos duplos numa cafeteria enquanto eu quicava entre minhas tias e meus avós como um brinquedo de dar corda, e Vanessa tinha 43 anos, teve Tom com um doador de esperma, e tinha deixado recentemente seu emprego em finanças corporativas para se concentrar na escrita. Quando chegamos, o short cintura alta e a regata cintilante da minha mãe a fizeram ser confundida por uma babá por todas menos Vanessa, que quis saber onde ela tinha feito a tatuagem de dente-de-leão no ombro, porque estava se sentindo muito liberta depois de largar o emprego e queria uma tatuagem igualmente delicada no tornozelo.

Já morrendo de tédio, eu me virei para olhar para o menino do livro, mas o vi absorvido por um grupo de crianças. Mesmo de longe, estava claro que ele era o coração daquele grupinho – seu sorriso era largo e tranquilo, os olhos eram iluminados por uma travessura discreta, e todos estavam olhando para ele, claramente disputando sua atenção, apesar da disposição dele em distribuí-la.

A essa altura, eu já estava acostumada a ficar às margens das coisas e ir me inserindo devagar, como um pequenino carniçal. Crianças eram receptivas com recém-chegados, mesmo os mais quietos. Exceto que, nesse momento, Tom se virou como se estivesse me esperando e disse, com um sorriso simpático:

– Oi, como você se chama?

Naturalmente, congelei. Eu o odiei instantânea e absolutamente por isso. Todas aquelas crianças ficaram me encarando e meu lance de não falar não chegaria a acontecer.

Mesmo naquela idade, Tom era um mestre em superar situações constrangedoras. Ele apenas se apresentou e apresentou os outros como se eu não tivesse acabado de me transformar numa rocha em forma de Riley. Fiquei com o grupo, mas não abri a boca a tarde toda, mantendo um olho desconfiado nas outras crianças e outro sempre, sempre em Tom, que parecia ser o eixo ao redor do qual todos giravam. Ao fim da tarde, eu não conseguia dizer se o odiava, ou se queria ser sua amiga ou se queria ser ele, mas era tudo complexo demais para o meu cérebro infantil, que só entrou em curto-circuito.

Para o meu mais absoluto pavor, nossas mães se deram bem tão de cara que passei de mal conhecer Tom a vê-lo praticamente dia sim, dia não. Naquele verão, Vanessa passava na cafeteria em que minha mãe trabalhava para escrever, deixando as crianças na mesa para dividir um brownie. Minha mãe me levava ao parque para que ela e Vanessa pudessem correr na trilha circular nas manhãs de sábado. Quando as aulas voltaram, elas começaram a revezar caronas, minha mãe nos deixando na escola de manhã e Vanessa nos buscando. Elas também saíam sem a gente às vezes, e acabávamos assistindo à Netflix com a babá de Tom ou uma das minhas tias enquanto elas iam a um bar de vinhos, ou um curso de cerâmica ou faziam a primeira tatuagem de Vanessa.

Tom tentava puxar conversa comigo e, às vezes, eu até conseguia me acostumar com ele o suficiente para responder – um alívio enorme para a minha mãe, que me via falar a mil por hora com minhas tias e meus primos, mas travava com praticamente qualquer outra pessoa. Quase sempre, só ficávamos quietinhos. Algumas vezes, eu até lia discretamente por sobre o ombro dele, pelo visto com a sutileza de um sino de vaca – ele sempre virava as páginas mais devagar quando eu estava atrás dele.

Poderia ter continuado assim para sempre, mas um dia Tom me deu um livro sem cerimônia e disse:

– Se for pra ficar lendo partes, é melhor começar do começo.

Eu tinha acabado de evoluir para frases curtas com ele.

– Não gosto de ler.

Em algum lugar, há um universo paralelo em que Tom deu de ombros e pegou o livro de volta e *Marés do Tempo* não se tornou meu maior, mais gritante e mais persistente traço de personalidade. Mas existimos no universo em que Tom empurrou o livro nas minhas mãos e disse:

– Quero saber o que você acha.

Talvez tenha sido esse choque que me fez abrir o primeiro livro. Tom passava tanto tempo perto de pessoas que adorariam dar suas opiniões para ele e, por algum motivo, ele queria a minha.

Ele acabou recebendo mais opiniões do que tinha pedido. Naquela noite, fiz algo que nunca tinha feito e li um livro inteiro de uma vez só. Nós o buscamos na manhã seguinte para a carona e, antes que eu pudesse me sentar no banco de trás, eu pedi:

– Você tem o segundo?

Foi a primeira vez que senti toda a potência de um sorriso de Tom voltado para mim – não o sorriso ensaiado que ele parecia usar para deixar todos à vontade, mas o sorriso radiante que iluminava seu rosto como fogos de artifício.

Depois disso, ele provavelmente não conseguiria ter me feito calar a boca nem se nossas vidas dependessem disso. Devorei a série *Marés do Tempo* tão rápido que os professores passaram a arrancar os livros das minhas mãozinhas durante as aulas, e eu quase destruía a porta do carro da mãe dele na pressa de conversar com Tom sobre a série depois da escola. Eu era obcecada pela personagem principal, Claire, de onze anos, uma aluna que estudou em uma escola separada do espaço e do tempo para que ela e seus amigos pudessem aprender a atravessar o contínuo e manter o universo em ordem. Ela era como eu – precipitada, impulsiva, lenta para fazer novos amigos, mas estava sempre pronta para uma aventura. E Tom também a adorava. Por algum motivo, isso tornou mais fácil acreditar que ele realmente queria fazer amizade.

Não demorou para que Tom e eu começássemos nossas próprias aventuras – algumas nossas mães aprovavam, outras nem tanto, e outras elas nunca descobriram. Não podíamos ir para a Grécia antiga, nem para a Nova York de 1950 nem para o Marte de 3033, mas podíamos sair às escondidas para o matagal ao redor do parquinho durante o recreio e desenhar coisas na terra. Podíamos usar o celular de Vanessa enquanto ela estava trancada no escritório numa "sessão de escrita" para mapear o caminho para a sorveteria do centro e sair às escondidas. Podíamos falar sem parar sobre o que teríamos feito de diferente ou o que queríamos que acontecesse quando saísse o livro seguinte, como escrever fanfic antes mesmo de saber o que era isso.

Em algum ponto do caminho, não era mais só com Tom que eu abria a boca, mas com todo mundo. Como se ser amiga dele tivesse sido o catalisador necessário para eu criar coragem e botar minhas opiniões para fora para o resto do mundo escutar. No fundo, éramos sempre *Riley&Tom* ou *Tom&Riley*, mas, assim como Claire e seu grupo crescente de amigos, trouxemos pessoas para a nossa órbita ao longo do caminho. Enquanto Tom era constante como o sol, eu me imaginava como Mercúrio, o planeta que girava mais perto dele, o que o via em todas as suas nuances, o que mostrava para os outros planetas como era fácil ficar em seu campo gravitacional.

Até que Tom foi embora e, por um tempo, foi como se o sol tivesse se apagado. Como se a Lista de Refúgios fosse uma brasa que ainda me mantinha em movimento. Precisei encontrar novas formas de me orientar no universo sem ele e, embora não fosse tão assustador ou solitário quanto pensei que seria, a dor da distância nunca aliviou.

Só agora que estou acordando no mesmo lugar que ele entendo como isso era profundo; só agora que passamos a manhã arrumando a mochila para o dia e pegamos a fila do café da manhã – coisas mundanas demais para parecerem tão preciosas – entendo o todo maior de todas as coisinhas que perdemos.

Pegamos o trem R para o East Village e faço meu melhor para não bancar a turista que sou, mas não consigo evitar.

– O metrô é esquisito pra caralho. Você entra num poço escuro e ele te regurgita num mundo completamente diferente.

– É tudo interconectado também – diz Tom. – Você pode entrar em qualquer estação com a mesma tarifa e, se conseguir entender as baldeações, dá pra ir pra qualquer lugar da cidade.

Não faço ideia de como uma pessoa poderia entender isso se a mensagem anunciada em um dos trens expresso soava algo como "akdfjgkljga" para o meu ouvido destreinado, mas me atenho a essa emoção mesmo assim. Me atenho à ideia de que alguns trocados podem abrir novos mundos infinitos como este, que à primeira vista parece ser povoado por grupos de hipsters sonolentos passeando com seus cachorros e estudantes da Universidade de Nova York voltando para seus dormitórios com os olhos entreabertos de ressaca. É como se o sistema de metrô tivesse sua própria pedra do tempo e todo dia você pudesse simplesmente fechar os olhos e escolher um lugar novo para ir.

Tom desdobra um mapa que imprimiu hoje cedo exibindo a rota para a aula de escrita interativa, que começa e termina no Tompkins Square Park. Dou um passo para a beirada da calçada de maneira teatral.

– Preciso manter distância de você – explico, em resposta a seu olhar curioso. – Esse mapa está acabando com a nossa moral na rua.

– Ah, desculpa, você não queria que ninguém soubesse que você é uma TURISTA? – Tom fala alto, inclinando a cabeça para um grupo de estudantes. – É isso mesmo, pessoal, ela está turistando! O sanduíche de bacon, ovo e queijo na mão dela é um acessório!

Dou um empurrão nele, um ato absolutamente em vão porque ele nem para. Em vez disso, ele coloca um braço ao redor de mim, acenando alegremente para o grupo que nos lança olhares curiosos.

Eu me desvencilho dele e digo:

– E aí? Quer dizer que você tem acesso a aulas grátis de escrita há quatro anos e essa é a primeira vez que está indo?

Tom volta a dobrar o mapa.

– Eu considerei. Mas, com minha mãe, é meio que... enfim. – Ele suga os lábios. – "Whitz" é meio que um sobrenome bem inconfundível.

– Ah, entendi. Pressão de performance.

Tom balança a cabeça em negativa.

– É que nunca é, tipo, *Oi, sou Tom, a pessoa*. É sempre: *Oi, sou o filho da mulher que escreveu aquele filme sobre o qual você quer fazer sua dissertação/escrever sua fanfic/elaborar sua próxima fantasia de Halloween*. Daí esse é o único assunto sobre o qual eles querem conversar.

Vivo esquecendo que, em todos os sentidos, Vanessa é famosa agora, ao menos nos círculos de Hollywood e de escrita. Ela só teve dois grandes sucessos, mas seu estilo é incrivelmente característico e seu método, ainda mais. Ela escreve esboços gerais de roteiros com base em uma trama inicial, mas a maior parte da escrita acontece literalmente no momento da filmagem – ela vai saber o ponto A e o ponto B de uma cena, mas se recusa a definir tudo até estar com os atores no set, quando então o texto sai jorrando dela. É tudo muito visceral e inflamado e emocional e um monte de outras palavras-chave que vi em críticas, anunciando-a como tudo – desde gênia a um fiasco e ao próximo grande movimento do cinema. Por bem ou por mal, o nome dela está mais aliado a seu trabalho do que os outros.

É por isso que ela está no Havaí agora e vive em locação para filmar seus próximos projetos, muitas vezes levando Tom a tiracolo. Por mais solidária que eu queira me sentir em relação a toda a situação de fama passiva, a solidariedade é um pouco reduzida pela inveja desbragada de que Tom já comeu queijo parisiense e andou pela Grande Muralha e viu Chris Evans com seus próprios olhos humanos, e eu nunca nem entrei num avião.

– As pessoas escrevem mesmo fanfics pros filmes da sua mãe? Pensei que a maioria dos personagens dela batia as botas.

– Daí as fanfics – diz Tom, com um ar sábio. – Tem mais de cem páginas no Archive of Our Own de pessoas tentando "consertar" as coisas dela.

– Bom, se isso não é um incentivo pra matar todos os seus personagens hoje, não sei o que é.

Então chegamos ao parque, onde um grupo de pessoas está sentado em um banco com um cartaz que diz OFICINA IMERSIVA DE ESCRITA. Dou um passo para trás apenas porque estou acostumada ao nosso ritmo natural – Tom vai na frente, e eu fico para trás –, só que Tom vacila. Olho de canto de olho para ele, pensando que ele vai assumir aquela desenvoltura que ele tem com estranhos desde que éramos crianças, mas ele está com uma cara que acho que nunca vi antes. Parece quase nervoso.

Viro a cabeça para ele. A desenvoltura que eu estava esperando volta a seu rosto, e ele diz:

– O último a matar seu personagem hoje paga o almoço.

– Sua mãe ficaria orgulhosa.

Somos absorvidos pelo grupo, com Tom ainda a meio passo atrás de mim. Somos de longe os mais jovens ou, pelo menos, penso que somos até o garoto que está marcando seu nome na lista de presença dizer:

– Ah, onde vocês estão na lista? Vou marcar os seus também.

– Estamos no Whitz – digo, sem pensar.

Ele fica tão imóvel que fico um pouco preocupada que seus ossos tenham parado de funcionar.

– Espera um minuto. Whitz? Vocês são... Tipo, vocês não são... – Ele baixa a voz. Ou pelo menos tenta. A pergunta acaba saindo como um gritinho agudo. – Parentes da *Vanessa* Whitz?

Não preciso me virar para sentir Tom tenso atrás de mim. Estendo a mão para o garoto de olhos arregalados e fervorosos e cabelo ruivo e desgrenhado, e digo com tranquilidade:

– Isso mesmo. Sou Tom Whitz. Vanessa é minha mãe.

Ele pega minha mão com tanto entusiasmo que é quase como se eu tivesse me apresentado como um dos Beatles, enquanto um sorriso se de orelha a orelha se abre em seu rosto sardento.

– Vanessa Whitz é sua *mãe*?

– Sim – digo. – Mas sou apenas Tom, a pessoa.

Tom solta uma risada contida atrás de mim.

– Vou desmaiar – o garoto diz, e pisca com força, lembrando-se só agora de soltar minha mão, que ele está apertando com tanta força que quase a arranca do meu pulso. – Quer dizer, sou Luca. Luca Bales. E a parte do desmaio foi um exagero. Acho. Ai, meu Deus. Sua *mãe* é *Vanessa Whitz*.

Várias cabeças curiosas se viram. Algumas nos encaram por tanto tempo que fica claro que Tom não estava exagerando sobre o *fandom* da mãe. Antes que qualquer um deles possa se aproximar, dou as costas e aponto para Tom, dizendo:

– E esse é meu amigo Riley.

A instrutora, que parece realmente conhecer Tom, ergue uma sobrancelha para nós, mas não nos corrige. Muito menos Tom, que está contendo um sorriso e balançando a cabeça.

– Não acredito – diz Luca em um fôlego só. – Estou economizando pra fazer o curso dela há séculos porque quero *muito* ser ela... quer dizer, não, só estou falando que quero ter meu próprio estilo como ela... e você está aqui! Puta merda! Certo, certo, vou ficar de boa, juro. Mas você precisa me contar tudo.

Felizmente, a instrutora pede silêncio, explicando o conceito do curso. Ainda é o mesmo de quatro anos atrás, quando queríamos desesperadamente fazê-lo no verão depois do primeiro ano: um tour híbrido de escrita e caminhada, em que você vai tendo ideias de histórias com base nos estímulos do ambiente conforme vai andando. Cada um de nós vai pegar papeizinhos em um chapéu para determinar a idade do personagem, um de seus hobbies e uma fraqueza, e isso é tudo o que teremos para imaginá-lo em qualquer um dos lugares que virmos – pontos turísticos de Nova York há pelo menos algumas décadas. Assim, ficamos livres para imaginar nossos personagens em qualquer era.

O conceito de tempo e espaço da aula foi inspirado inicialmente por *Marés do Tempo*, porque foi naquela época em que a adaptação televisiva fez o *fandom* já transbordante entrar em erupção com um vulcão de nerds. Mas a escrita assim no calor do momento tinha tanto o estilo de Vanessa que ela chegou a dar alguns workshops para um programa de extensão de jovens escritores quando os primeiros instrutores saíram, o que explica por que Luca parece estar prestes a desmaiar com a ideia da prole dela estar aqui.

Tom tira seu personagem aleatório e diz:

– Tenho nove anos, gosto de pregar peças nos outros e minha fraqueza é ser barulhenta.

Estreito os olhos para o meu.

– Tenho 74, gosto de astronomia e minha fraqueza é "ser bonzinho demais com as pessoas". – Olho para Tom. – Espera, você pegou eu criança e eu peguei você velhinho.

Ele franze a testa.

– Não sou bonzinho demais.

– Uma moça trombou em você no metrô e você disse "obrigado" – eu o lembro.

– Fiquei sem jeito!

– Sem jeito *bonzinho*.

– E você não é barulhenta – diz Tom.

Encosto o ombro no dele, apoiando metade do meu peso pois sei muito bem que ele não vai cair.

– Está aí uma mentira que uma pessoa boazinha demais diria – digo, fazendo Tom rir. Ele coloca o queixo no topo da minha cabeça.

Luca está de lado, rindo de nervoso, como se não soubesse ao certo se pode se inserir na conversa. Eu me viro para ele, curiosa, e ele me encara visivelmente aliviado e diz:

– Tenho 58, gosto de fazer meu próprio queijo, e minha maior fraqueza só diz... "abelhas".

Aceno.

– Tábuas de frio de alto risco, então.

Começamos a andar em grupo na direção do primeiro ponto. Não demos nem dez passos e Luca pergunta:

– Como é ter Vanessa Whitz como mãe?

Ele parece tanto um cachorrinho que me sinto um pouco mal por pregar uma peça nele, mas imagino que nunca mais vou vê-lo de novo. Eu me mantenho na personagem, mas não me prolongo.

– Ah, sabe como é. Muitas viagens – digo.

– Aposto que sim. Como é vê-la trabalhar?

Eu me viro para Tom.

– Difícil dizer. O que você acha, Riley?

Tom aperta os lábios em um sorriso irônico.

– Não sei, Tom. Ela passa a maior parte do tempo no mundinho dela. Meio que esquece as outras pessoas.

Tom abaixa os olhos rápido, quase como se estivesse surpreso com o que acabou de sair da sua boca. Antes que eu possa perguntar mais, Luca diz:

– Faz sentido. Sinto como se eu estivesse travado tentando ter ideias... ou tenho um monte, mas não encontrei a história *perfeita* pra escrever ainda, sabe? Uma que seja profunda mas meio que chamativa mas real mas pessoal mas também, tipo, universal? Enfim, sua mãe acerta toda vez. Vi um vídeo de bastidores dela uma vez. Ela é tão *focada*. Tão concentrada.

Olho para Tom com um ar conspiratório, perguntando-me se algum de nós vai confessar a mentira, mas Tom está quieto. Quando olha em meus olhos, é como se os cantos de seus lábios estivessem se erguendo para conter o sorriso.

Paramos no primeiro lugar, um edifício impressionante em estilo vitoriano que a instrutora nos diz ter sido construído como pensão de jornaleiros nos anos 1850, depois virou um centro educacional judaico nos anos 1920 e, por fim, se transformou em apartamentos residenciais nos anos 1970. Ela nos dá um breve histórico de como seria a vida dos inquilinos e estudantes do edifício em cada uma dessas épocas, então nos diz que temos dez minutos para conversar sobre onde nossos personagens podem se encaixar em algum ponto do tempo.

Tom ainda está quieto ou, pelo menos, penso que está, até eu perceber que ele está se colocando entre mim e um cara mais velho do curso claramente prestes a me abordar para perguntar alguma coisa, com uma expressão ligeiramente fanática nos olhos. Imagino que seja um dos fãs da mãe dele. Socorro.

– Ai, Deus. Não sei – diz Luca, parecendo subitamente assustado. – É bloqueio de escrita se seu cérebro todo para de funcionar ou é só bloqueio humano? Não consigo pensar em nada exceto abelhas.

Limpo a garganta, porque essa é exatamente a minha especialidade. Por puro tédio, faz anos que crio histórias descabidas.

– Talvez nos anos 1980 um vizinho rico e excêntrico tenha montado uma produção de mel na saída de incêndio do último andar, depois convenceu seu personagem queijeiro a colaborar com uma tábua de frios para poder lançar as abelhas contra você e cometer o assassinato perfeito impunemente.

Os olhos de Luca se iluminam com partes iguais de entusiasmo e alívio.

– Ah, mas ele deve ter tido um bom motivo para me matar. Talvez eu não o tenha convidado pra minha festa de aniversário de 58 anos.

– Um esnobe audaz e imperdoável – concordo. – Você só continua vivo porque houve um eclipse naquela noite e meu personagem estava subindo a escada de incêndio pra dar uma olhada. Usou o telescópio pra tirar seu agressor da frente antes que ele soltasse as abelhas.

Luca chega mais perto, as palavras saindo dele como se sua boca não conseguisse acompanhar a velocidade dos pensamentos:

– E então o agressor olha diretamente pro eclipse, e o choque é tão avassalador que ele cai na própria caixa de abelhas e se tranca lá dentro... Não sei como funcionam caixas de abelhas, mas ele deixa a rainha brava e é picado um zilhão de vezes.

– Ele é o avô da minha personagem – diz Tom –, que herda toda a vasta fortuna e as abelhas assassinas dele.

Eu e Luca soltamos uma risada abrupta e inesperada e, quando me viro, Tom é Tom de novo – pelo menos a versão descontraída e relaxada que ele costuma ser em grupo. Passamos os minutos seguintes improvisando outras ideias. Aparentemente, os meninos que moravam lá quando o prédio era um abrigo de jornaleiros não podiam falar palavrão, então decidimos que o personagem de Luca morava ali quando criança e só gritava “ABELHAS!” como se fosse um palavrão até a vida adulta. Tom concebe uma ideia elaborada, mas Luca e eu gentilmente o avisamos que o enredo já existe e é a trama completa do filme *Extra! Extra!* Expandimos mais o nosso primeiro enredo. Luca e eu alimentamos as ideias um do outro tão rapidamente que quase não notamos quando o resto do grupo começa a seguir em frente.

– Eita – diz Luca, balançando a cabeça para mim enquanto passamos para o próximo local. – Parece que talento é mesmo genético.

O elogio é tão inesperado que quase tropeço no próprio calcanhar. Não estou acostumada com elogios, só isso – pelo menos, não nos últimos tempos. Eu tinha um bom número de seguidores no Archive quando ainda escrevia fanfics, mas faz séculos que não tenho tempo nem inspiração para escrever. Vivo tão distraída fazendo coisas em que sou medíocre, em que meus únicos talentos de verdade eram entreter colegas entediados com minhas palhaçadas ou ficar lendo na conta do Kindle que divido com minha mãe e minhas tias.

Tom me cutuca com uma ponta de orgulho no sorriso, mas mesmo assim não consigo pensar no que dizer.

– Você parece decepcionado – Tom diz a Luca, retomando facilmente o ritmo da conversa que deixei morrer.

– Ah, sim – diz Luca, com tristeza. – Meus pais são as pessoas mais monótonas da face da terra.

Tom aperta uma mão no ombro dele.

– Não se preocupa. Li em algum lugar que monotonia pula gerações.

Encontro o olhar dele e faço com a boca as palavras "bonzinho demais" e ele balança a cabeça para mim com ar afetuoso.

Passamos o resto da manhã andando pelo East Village, parando em uma velha casa de punk rock, na segunda igreja mais antiga da cidade e no quarteirão que compõe a Little Tokyo, criando novas histórias e acontecimentos malucos para nossos personagens ao longo do caminho. A instrutora manda uma pessoa diferente compartilhar suas ideias por vez, mas, como os mais novos do grupo, somos poupados do julgamento público. Isto é, até chegarmos a Veselka, um famoso restaurante ucraniano que esteve em um monte de filmes clássicos ambientados em Nova York, e a instrutora nos diz:

– Eu adoraria ouvir as ideias do seu grupo.

Luca dá um passo para trás, fechando-se imediatamente. Tom me dá um empurrãozinho para frente. Sinto a pulsação rápida de medo correr crepitante por minhas veias, mas, se eu sou o raio, Tom atrás de mim é o lugar sólido para ele cair.

Respiro fundo.

– Certo, então. Meu personagem é um ex-astrônomo que caiu em desgraça depois de identificar erroneamente um cometa que não estava realmente caindo na direção da Terra como ele disse, então agora ele está juntando dinheiro com bicos como figurante – digo. – Ele consegue um em um filme de comédia romântica ambientado aqui. Só que ele quer economizar dinheiro, então come o máximo possível de comida do cenário e enfia alguns pierogis no bolso. Mas, como seu defeito fatal é ser bonzinho demais, ele divide todos os pierogis com a ridícula da melhor amiga dele, apesar de naquele mesmo dia ela ter brigado com ele porque não tinha conseguido o trabalho de figurante. Eles fazem as pazes com o poder das batatas e da amizade.

Tom está rindo atrás de mim porque essa é uma versão aproximada de acontecimentos da vida real. Na terceira série, ele tinha tirado notas tão altas nas provas complementares que foi convidado para um tipo de almoço a que as outras crianças não foram. A versão de "foda-se o sistema" do pequeno Tom foi enfiar um monte de brownies no bolso feito um mini Robin Hood e deixá-los em cima da minha mesa, porque eu estava morrendo de inveja. (Da sobremesa grátis, para deixar claro.)

As pessoas estão começando a murmurar ao nosso redor em tons de divertimento e aprovação, e parte de mim se incomoda com isso porque, por mais barulho que eu faça, ainda há aquela parte de mim de criança que não gosta de ser vista. Pelo menos não muito profundamente. Estou prestes a dar um passo para trás de Tom, quando pisco, lembrando-me da nossa aposta.

– Ah! – acrescento. – No fim das contas, ele estava certo sobre o cometa, que, uma hora depois, aniquilou todos imediatamente.

Há várias risadas e a instrutora me dá um joinha rápido que faz uma emoção ridícula e estranha me perpassar. É raro eu me importar com o que um professor pensa. Não entendo bem por que me sinto tão diferente, até ela chegar perto de mim antes de a turma ser liberada.

– Ei, "Tom" – diz a instrutora. – Só queria que você soubesse que temos turmas regulares que se encontram uma vez por semana, algumas especificamente para novas vozes emergentes. A próxima rodada de cursos começa no outono. Acho que você realmente tem jeito para a coisa, se quiser participar.

Não há absolutamente nenhuma realidade em que isso possa se tornar verdade para mim, mas, por um momento, fico chocada demais para me importar. É que faz tanto tempo que não me sinto no meu hábitat que estava começando a duvidar de que ao menos *tivesse* um. Como se talvez eu tivesse simplesmente perdido a capacidade de estar presente e feliz em alguma situação, exceto quando leio às escondidas em atividades extracurriculares ou converso com meus amigos entre as aulas. Sinto um alívio tão grande que tudo em que consigo pensar é que mal posso esperar para contar para minha mãe, mas me lembro de que ela ainda não me respondeu desde que cheguei.

– Então, há quanto tempo você e Riley estão juntos? – Luca me pergunta, tirando-me de meus pensamentos.

Tenho que fazer uma ginástica mental rápida para entender o sentido dessa frase e, quando entendo, sinto o rosto corar.

– Ah. Nós não... nós somos melhores amigos – digo.

As sobrancelhas de Luca se erguem em surpresa.

– Jura? Tinha certeza de que vocês tinham um lance.

Quero perguntar o que ele quer dizer com isso, mas estou envergonhada demais e, pelo visto, Tom também está, pois ficou completamente imóvel ao meu lado, como se estivesse se preparando para ouvir minha resposta, assim como estou me preparando para ouvir a dele. Esse é definitivamente um território inexplorado na nossa amizade. Ninguém teria nos perguntado esse tipo de coisa na infância – éramos pequenos demais e, mesmo no breve período em que não éramos, era quase como se Tom e eu fôssemos próximos *demais* para namorar.

No fim, lanço um olhar irônico para Tom e digo a Luca:

– Sério? Sempre pensei que ficar com Riley seria um pouco como ficar comigo mesma.

Isso arranca um sorriso de Tom. Luca acena como se entendesse, dá meia-volta, depois se vira abruptamente e fala de uma vez:

– Quer talvez trocar números de telefone?

– Ah. – Aí vem a culpa. Ficamos tão concentrados na oficina que nunca confessei minha mentirinha. Além disso, vou embora da cidade em aproximadamente vinte e quatro horas. – Hum...

Luca entende mal minha hesitação e diz rapidamente:

– Não pra... quer dizer, não é por causa da sua mãe. É só que não tenho nenhum amigo escritor, e gosto do seu cérebro. – Duas manchas vermelhas ardentes se formam nas bochechas dele e ele diz: – O que quero dizer é que seu cérebro é bom. Não, piorei. Quer dizer... tudo bem se não quiser. Mas, se quiser...

– Me dá seu celular. – Dou risada.

Ele me oferece o aparelho, o rosto todo vermelho. Digito meu número e o devolvo para ele.

Luca inclina a cabeça para a tela.

– Por que você colocou "Tom" entre aspas?

– Depois te conto. Prazer em conhecer você, Luca.

Ele acena alegremente enquanto entra na estação de metrô.

– Até mais!

Começo a me dirigir para o lado errado, porque Tom coloca a mão no meu cotovelo e me guia para o outro lado.

– Com todo respeito, posso ter minha identidade de volta agora?

– Aff. Estava gostando tanto de ser gato e nerd e um baita de um gostoso de um metro e oitenta – digo, mais para provocá-lo. Tentar deixar Tom sem graça pelo celular não é nem de longe tão divertido quanto fazer isso pessoalmente. – Nem isso posso ter?

Só que Tom responde tranquilamente:

– Você pode ser só uma gata descolada de um metro e setenta e cinco.

Pisco porque, historicamente, sou eu que provoco Tom, e não o contrário. Muito menos em relação a beleza. Antes que eu possa pensar demais na maneira como meu corpo todo começou a formigar, Tom cutuca minha cabeça e diz:

– E não vou pagar seu almoço, aliás.

– Como é que é? – digo, ao mesmo tempo frustrada e aliviada pela mudança abrupta de assunto. – Ganhei a aposta de maneira justa.

– Você me matou com seu *cometa* do fim do mundo. É uma saída fácil se você literalmente destrói o universo inteiro.

– Beleza. Vou reescrever. O cometa contorna a terra, mas você morre valorosamente salvando filhotes de gatos órfãos de um incêndio.

– Um pouco melhor.

– A questão é que você tirou todos os gatinhos, mas, assim que pôs os pés na calçada, pisou numa casca de banana, escorregando de volta para as chamas...

– Tá, tá. Guarda isso pro seu primeiro romance – diz Tom.

É uma piada, mas algo em meu peito se aquece com a ideia mesmo assim. Faz séculos que não penso em mim mesma como escritora – eu me sentia tão espremida na minha vida que não havia muito espaço para pensar sobre o futuro. Nas últimas horas, senti como se esse futuro estivesse se expandindo para novas possibilidades, ou talvez eu esteja começando a me abrir para elas.

– Sabe, é engraçado – digo. – A gente só queria fazer esse curso por causa de *Marés do Tempo*, mas acho que deve ter sido a primeira aula que eu realmente gostei desde, tipo... sempre?

– Viu? – diz Tom, cutucando minha costela. – Eu sabia que

os nerds pegariam você mais cedo ou mais tarde. Aprender pode ser divertido.

Uso a cutucada como desculpa para me apoiar nele enquanto paramos na frente da lanchonete que ele escolheu. Tom sempre teve talento para atrair pessoas. Um magnetismo discreto. Qualquer outra pessoa poderia usar isso em benefício próprio, mas Tom sempre o usou para o bem dos outros.

Essa desenvoltura me repeliu tanto no começo que só me resta pensar que foi a tal nerdice que me pegou, no fim das contas. A forma como ele ama tão sincera e fervorosamente aprender – sobre tudo, desde o que diverte as pessoas a como o universo funciona. Ele mergulha de maneira tão absoluta em livros e pesquisas que eu não podia não querer sentir as margens dessa paixão, participar das aventuras com ele, porque metade da diversão era observá-lo se entusiasmar ao aprender algo novo.

O que é o motivo por que algo que está rodeando meus pensamentos há um tempo finalmente ganha voz.

– Ei – digo, baixo. – Você não chegou a me contar por que vai tirar um ano sabático.

Ele baixa os olhos para os nossos tênis por um momento.

– Acho que talvez porque sinto o mesmo que você? Tipo, faz quatro anos e só quero experimentar algo novo.

Essa resposta é tão satisfatoriamente típica dele que relaxa parte da minha preocupação.

– Então o que você está planejando fazer? – pergunto.

– Planejando? – diz Tom, franzindo o nariz com repulsa. – Vou fazer no estilo Riley. Caos absoluto.

Sua voz é provocativa, causando uma ternura em mim que é quase imediatamente estragada por algo mais. *Essa não é você,*

Riley. O fato é que você e Tom trazem à tona o pior um do outro. Sempre foi e sempre vai ser assim.

Tom também fica em silêncio ao meu lado, como se nós dois estivéssemos perdidos em pensamentos, embora eu ainda esteja encostada nele. Estamos criando um pequeno engarrafamento na calçada, e sou egoísta demais para corrigir isso porque, por um momento, não consigo me afastar. É como se, se ficarmos nessa ilhazinha só nossa, talvez possamos fingir que as forças que estão prestes a nos separar não existem.

Naturalmente, nossos celulares vibram com mensagens ao mesmo tempo. A minha é de Jesse, que deve ter visto meu *story* no Instagram.

Você está em NY???????? Você precisa ir no nosso show hoje! 20h no milkshake club! Chama o tom também!!!

– Eita, porra. Os Walking JED vão tocar na cidade hoje.

Deve ser sorte ou destino, ou algum outro grande acontecimento universal, porque um item da lista que eu tinha certeza de que não conseguiríamos fazer – pelo menos não este fim de semana – era ver um show dos Walking JED. Na primeira vez, Tom viria de Nova York, mas, no último minuto, o cronograma de filmagem de Vanessa mudou e ele teve que ir com ela. Nunca vamos poder ver o show que Tom veria com nossos amigos em Falls Creek, o primeiro grande show de abertura deles para uma banda em turnê nas férias de inverno do nosso segundo ano, mas imagino que a estreia deles na cidade grande ainda valha para os nossos propósitos.

Tom se crispa e sinto como se uma agulha estourasse meu balão antes mesmo de saber por que ele fez essa cara. Estou aqui há tempo suficiente para saber que Tom e eu não somos exatamente as mesmas pessoas que éramos quando nos despedimos um do outro pela última vez – ele está mais reservado do que me lembro, e eu devo estar muito mais confusa existencialmente –, mas estamos rodeando tanto esse problema que era apenas uma questão de tempo até tropeçarmos nele.

– Mas não precisamos ir – digo, rápido, sem querer estragar o clima. – Quer dizer... tem um monte de outras coisas que podemos fazer da lista.

– Não, não, não é isso, é que... – Ele coça a nuca, envergonhado. – Jesse me mandou algumas mensagens pra dizer que ia se mudar pra cá e acabei de me dar conta que não respondi.

– Por que não?

– É só que... estou me sentindo mal. Esqueci – diz Tom. – Ele deve estar puto.

– Nem um pouco – falo, mostrando a mensagem de Jesse. – Mas, sério. A gente não precisa ir. Já fizemos uma coisa da lista e isso é um verdadeiro milagre.

Tom parece tão visivelmente aliviado que não consigo evitar a vontade de indagar mais. Nos últimos meses, as mensagens dele ficaram tão esparsas que mais pareciam cartas intercontinentais, mas nunca pensei muito nisso porque ele estava sempre ali, caso eu realmente precisasse. Não passou pela minha cabeça que ele fosse tão ruim em manter contato que ignoraria as mensagens informando que a forma humana de Jesse estava se mudando para Manhattan.

Mas consigo ver pelo timbre de Tom que ele não quer que eu questione e, por egoísmo, não sei se quero – faz tanto tempo que não o vejo, e sabe-se lá quanto tempo vai demorar para a gente se ver de novo. As perguntas delicadas podem esperar.

– Não, vamos sim. Vamos superar o milagre – diz Tom. – Riscar três coisas da lista em um dia.

– Duas – digo, sem entender quando e como de repente fiquei melhor em matemática do que ele.

– Três. – Ele me mostra a tela do celular. – Quer dizer, se você topar.

É uma notificação turquesa cintilante do que só pode ser o *back-end* do "Com amor" sobre a distribuição das entregas. A mensagem diz: "Uma entrega foi aceita!" com detalhes indicando que o remetente anônimo gostaria de presentear o destinatário com uma miscelânea de diferentes barras de chocolate. Embaixo da mensagem está escrito: "Aceitar missão?", com opções para oferecer a entrega para outro entregador ou aceitar.

Pego o celular da mão dele, tão animada que quase trombo numa menina loira que está colocando o lixo da lanchonete para fora.

– Vou finalmente poder ser uma entregadora?

Tom ri da minha ansiedade, o que é justo. Nem todo mundo ficaria empolgado com a ideia de se desviar de táxis e pessoas tentando filmar TikToks em um dia de trinta graus em Nova York. Mas o "Com amor" sempre teve um lugar especial no meu coração porque fazia com que eu me lembrasse do "jogo do duende sorrateiro" que Tom e eu jogamos por anos.

Começou do mesmo jeito nerd da maioria das nossas tradições: um dos personagens de *Marés do Tempo* deixava pequenas bugigangas em bolsões do espaço e do tempo para os outros encontrarem, caso precisassem de um estímulo ou uma ferramenta, levando o vilão principal a chamá-lo de "duende sorrateiro". (Imagino que o insulto seria mais pesado se não fosse uma série infantil.) Em algum momento, enfiei na cabeça que Tom e eu deveríamos fazer uma versão disso também. Então, quando nossos amigos estavam se sentindo para baixo por alguma coisa, colocávamos coisas em seus armários de maneira anônima – como quando Dai não entrou na equipe de atletismo e colocamos uma palheta de guitarra em que tínhamos colado uma foto do cachorro dele, ou quando uma das Avas não pôde ir ao baile, então pedimos para as amigas dela escolherem uma playlist e imprimimos o QR Code do Spotify para ela.

Acho que ninguém descobriu que éramos nós, mas todos sempre ficavam tão felizes em ser visitados pelo duende da escola que fiquei determinada a dar continuidade mesmo depois que Tom foi embora. É por isso que nunca me senti totalmente distanciada dos meus colegas, por mais cheia que estivesse minha agenda, e é por isso também que gostei tanto da ideia do "Com amor" desde o momento em que Tom disse que tinha arranjado um trabalho de mensageiro de bicicleta. Parecia uma versão real da nossa brincadeira, que poderia se estender não apenas por toda a escola, mas por toda uma cidade. Distribuindo presentinhos de amor sem esperar nada em troca. Fazendo as pessoas se sentirem vistas, mesmo quando achavam que não eram.

Tom já foi essa pessoa para mim. Poder ser a "duende" da escola e ajudar no "Com amor" eram oportunidades para ser essa pessoa para os outros também. E agora, depois de todo esse tempo, finalmente tenho essa chance.

– Vou deixar você fazer as honras – diz Tom, apontando para a tela do celular.

Clico no botão ACEITAR, e o aplicativo nos mostra as ruas transversais onde encontrar o destinatário, informando que a entrega deve ser feita daqui a uma hora.

Tom sorri, radiante, enquanto devolvo o celular para ele.

– Bem-vinda à equipe.

Por um momento, a felicidade é tanta que preciso desviar os olhos porque estou transbordando, como se estivesse me preenchendo tão rapidamente que fosse me derramar.

– Literalmente que se fodam todos os outros dias – digo –, porque este é o melhor dia da minha vida.

Temos tempo para matar, então, depois que dividimos dois sabores diferentes de queijo quente tão deliciosos que praticamente vejo o multiverso quando os mordo, Tom e eu nos dirigimos a um mercado para pegarmos barras de chocolate suficientes para gastar o orçamento de dez dólares que o remetente anônimo nos deu. Opto por barras simples de Hershey's e Crunch, enquanto Tom, que claramente ama doces fartamente recheados, escolhe as barras de Snickers e Take 5. Arrumamos tudo com capricho em uma sacolinha de papel branca e nos dirigimos a West Village para encontrar o destinatário, que compartilhou a localização com o aplicativo quando aceitou a entrega.

– Espera – diz Tom, abrindo a mochila. – Pra pessoa saber quem é você.

Ele tira um boné turquesa com um COM AMOR bordado na frente. Coloca o boné na minha cabeça e dá uns passos para trás para me avaliar, satisfeito.

– Perfeito – ele diz, com os olhos calorosos e fixos nos meus.

Vou mesmo ter que reavaliar minhas reações biológicas porque, por algum motivo, isso causa mais uma onda estranha logo abaixo das minhas costelas, que não consigo conter nem mesmo ao atravessar a rua. Tom está me deixando fazer isso sozinha para eu poder ter a experiência completa. Mesmo assim, olho para trás na direção dele e mostro a língua, e ele me responde com um joinha, como um pai cuja filha está prestes a subir no palco.

– Ai, caralho. Diz que não são barras de chocolate *de novo.*

Meio metro a minha frente está uma humana de beleza impressionante – olhos brilhantes, bochechas cheias, cachos tão escuros e brilhantes que praticamente refletem todas as cores do sol que cai sobre nós.

– Se eu dissesse, seria mentira – respondo.

Ela me olha de cima a baixo como se estivesse tentando me identificar. Ela não consegue, mas abre um sorriso genuíno quando me pergunta:

– Você gosta de chocolate?

Pisco sem entender, porque Tom me deu roteiros muito genéricos sobre como essas transações costumam acontecer – eu entregaria o presente, a pessoa apertaria o botão RECEBIDO em seu aplicativo, e seguiríamos a vida –, e nenhum deles abordava isto. E também porque, fora sua beleza impressionante, ela conseguiu dominar o olho de gato perfeito e o batom vermelho fosco, duas coisas que eu só me atreveria a usar se minha mãe ou uma de nossas amigas da escola fizessem em mim, e está arrasando com uma regata de retalhos com duas estampas extremamente diferentes que fazem todos os outros looks do quarteirão parecerem sem graça.

– Sim? – respondo.

– Perfeito. – Ela pega a sacola da minha mão e então, abruptamente, a empurra de volta para mim. – Um presente meu pra você.

– Não acho que seja assim que funciona – digo.

Ela dá de ombros.

– Quem quer que tenha mandado isso claramente não me conhece bem o bastante pra saber que tenho uma leve alergia a amendoim, então, na verdade, é sua responsabilidade cívica comer esses chocolates, senão eles vão pro lixo.

Pego a sacola.

– Bom, quando você coloca nesses termos... – digo, como se já não estivesse cheia de queijo quente e um híbrido de cookie e brownie que Tom e eu dividimos nem uma hora atrás.

Eu me viro para olhar para ele em busca de algum tipo de orientação, só que ele não está mais do outro lado da rua, mas bem do meu lado.

– Oi, Mariella – ele diz.

O sorriso de reconhecimento de Mariella é tão cativante e largo e caloroso que fico com medo que cause um acidente de trânsito.

– Ora, se não é o Tommyzinho! – ela diz, acolhendo Tom em um abraço, apesar dos trinta centímetros de diferença entre eles. Ela mantém os olhos em mim o tempo todo, acrescentando: – Eu estava pra dizer que não tinha visto essa entregadora antes.

Eu me pergunto com que frequência ela recebe presentes de admiradores, se está tão familiarizada com todos, mas, depois de trinta segundos experimentando seu charme bruto, não é difícil chutar que a resposta é "sempre".

Tom dá um passo para trás depois que ela o solta e diz:

– Vimos a mensagem entrar e era perto, então aceitamos. Mas não tinha me tocado que era você.

– Espera – diz Mariella. Ela pega minha mão e ergue meu braço como se para garantir que não sou uma marionete ou um robô. Estou achando essa reviravolta engraçada demais para me incomodar. Ela solta meu braço e diz a Tom, ainda me examinando: – Tom Whitz, com uma amiga de verdade em carne e osso?

Dou risada, porque Tom tem amigos de sobra, mas me contenho, vendo as bochechas de Tom corarem tão rápido que não sei bem se é uma piada. Tom se recupera, soltando um "Engraçadinha" contrariado, depois se vira para mim e diz:

– Essa é Riley.

– Vai se foder! Não pensei que conheceria *a* Riley – Mariella solta, um lado da boca se curvando. – Prazer em conhecer você. Sou *a* Mariella.

– Ah. Oi – digo.

Pela minha cara inexpressiva, ela dá um tapinha em Tom e diz:

– Jura? Sua namorada não faz ideia de quem eu sou?

Tom solta um barulho indignado de protesto e diz:

– Nunca disse que ela era... quer dizer, Riley e eu não somos... somos melhores amigos.

O sorriso irônico de Mariella se intensifica.

– Tá, tá, não precisa ficar sem graça. – Ela se vira para mim e diz: – Mariella Vasquez. Ex-colega de classe de Tom, atual ameaça à sociedade, futura fotógrafa mundialmente renomada. – Então ela acrescenta em um falso sussurro: – Ele fala muito de você.

– Espero que só coisas ruins – respondo.

Ela gargalha.

– Vamos nos divertir. Não sabia que você estava se mudando pra cá.

– Ah, só estou aqui pro fim de semana – admito, com uma relutância que só parece ficar mais forte a cada hora.

Ela coloca um braço ao redor do meu ombro, me apertando como se ela própria fosse a cidade grande que está me tomando para si.

– Vamos dar um jeito nisso. E, quando dermos, você precisa me deixar tirar uma foto sua. – Ela dá um tapinha na bolsa, tão colorida quanto sua blusa, coberta de broches: há um de um gato de bandana e chapéu de caubói, um em formato de coração com a bandeira porto-riquenha, um com um logotipo de brownie estranhamente familiar. Saindo um pouco para fora há um estojo de câmera que parece novinho. – Gostei da sua energia.

Não faço a mínima ideia de que tipo de energia eu emano, mas, em vez de questionar, me viro para Tom.

– Lamento informar que você não é mais meu melhor amigo. Mariella vai te substituir.

Tom balança a cabeça.

– Triste, mas inevitável. Aliás, desde quando você curte fotografia? – ele pergunta a Mariella.

– Desde um mês atrás, e não é da sua conta, Tommyzinho – diz Mariella. Ela se volta para mim. – Eu precisava de hobbies melhores. Enfim, Tom tem meu número. Me dá um toque. Ao contrário de Tom, sei me divertir.

Inclino a cabeça para Tom com curiosidade, mas ele ignora esse comentário deliberadamente, assim como fez com o "amiga de verdade em carne e osso".

– Até parece – ele diz. – Vamos pra balada hoje.

O sorriso de Mariella vacila, e ela afrouxa o braço em meu ombro. Tom esclarece rapidamente:

– Vamos ver um show no Milkshake Club.

Ela abre um sorriso radiante tão rapidamente que devo ter imaginado a hesitação.

– Excelente ideia. Estou dentro.

Ela me solta e segue a rua, voltando-se para trás só para mandar um beijo vagamente na nossa direção.

– Vejo vocês à noite.

Mando um beijo de volta e Tom solta uma risada exasperada, como se já estivesse algumas horas no futuro e soubesse perfeitamente que está prestes a virar uma vela na pista de dança.

– Tudo bem por você? – Tom pergunta mesmo assim.

– Quanto mais, melhor – digo, sincera.

O que não digo é que é um alívio ver que Tom tem uma amiga em Nova York. Passa pela minha cabeça que ele nunca falou muito sobre seus amigos daqui; nos falamos tão pouco nos últimos anos que ficávamos mais nos atualizando sobre nossas vidas e nossas mães e nada além disso.

Mas devo estar me preocupando à toa. Tom é Tom. Ele faz amigos respirando.

– Ei – digo mesmo assim, sem saber ao certo o que estou prestes a perguntar primeiro.

Talvez por que Mariella deu a entender que Tom não é de sair muito, ou por que ele estava estranho hoje cedo ou por que ele não parecia ter nenhum plano para o fim de semana quando caí de paraquedas em seu novo planeta.

Mas então o celular de Tom vibra de novo.

– O que você acha? – ele diz, me mostrando mais uma notificação de outra entrega. – Quer dar mais algumas voltas? Pode ser um jeito divertido de conhecer a cidade.

É um pouco óbvio evitar problemas literalmente fugindo deles por toda a cidade? Talvez. Mas os olhos de Tom estão brilhando de novo como quando éramos parceiros de crime em tempo integral, e a intensidade é forte demais para resistir.

Tão forte, aliás, que não consigo deixar de soltar uma gargalhada ligeiramente histérica depois que pegamos nossos capacetes de bicicleta no apartamento de Tom e pedalamos pela ciclovia do Central Park em Citi Bikes alugadas.

– Tudo bem aí em cima, Tarzan? – Tom diz, acelerando para me alcançar.

Eu me viro para ele e digo, sem ar:

– Não acredito que podemos ir pra onde quisermos. Tipo, o dia todo! Nem sei o que fazer com essa tal liberdade. Essa liberdade desregrada. Estou amando tudo isso.

Este é, naturalmente, o momento preciso em que o universo decide me humilhar por meio de um esquilo que entra correndo na ciclovia. Penso rápido o suficiente para não jogar a bike na de Tom, mas, pelo visto, não o suficiente para manter o equilíbrio porque, quando dou por mim, estou atravessando a calçada, pulando o meio-fio e caindo na grama.

Tom freia abruptamente e fecho os olhos por uma fração de segundo porque estou bem, exceto por minha irritação por não poder abrir um buraco no chão para me engolir por inteiro e me salvar do que deve ser o espetáculo público mais vergonhoso da minha vida.

– Riley? Caralho, Riley, você está bem?

– Tudo certo! – falo alto, consciente mesmo no chão que já atraí uma rodinha de curiosos preocupados. – Só estou moralmente humilhada!

Tom me tira da bicicleta e para tão em cima de mim que não consigo me levantar sem bater a cabeça na dele. Suas mãos pairam sobre a minha cabeça e meus ombros, e seus olhos se movem tão rápido que praticamente consigo sentir as ondas do seu pânico como se fossem sólidas no ar.

– Tem certeza? – ele pergunta.

– Absoluta. E também: foda-se aquele esquilo – digo, na esperança de fazê-lo rir.

A testa de Tom só se franze mais.

– Seu joelho está sangrando.

– Tudo bem – digo, sentando-me. – Tenho outro.

Tom já está revirando a mochila. Contenho uma risada sem sucesso, porque sua tendência Dora, a Aventureira de colocar coisas aleatórias na bolsa para as nossas aventuras infantis aparentemente evoluiu para uma versão madura de amigo-mãe. Em menos de cinco segundos, ele está com Band-Aids e lenços antissépticos na mão.

– Quero você no meu time pro apocalipse – digo a ele.

Tom finalmente relaxa depois dessa.

– Como se houvesse outra pessoa com quem eu gostaria de passar o fim do mundo.

Ele usa um dos lencinhos para limpar meu joelho e consigo não chiar de dor, mas não consigo evitar a careta. Tom me responde com uma careta de solidariedade e diz:

– O que você estava falando sobre essa tal liberdade?

Ele faz a pergunta com um tom leve, mas seu olhar é pesado. Ansioso, até. Como se estivesse esperando que eu falasse sobre isso desde que apareci na sua porta praticamente sem avisar.

– Ah. Pois é. Sabe como minha mãe é.

Engulo em seco ao lembrar que ela não respondeu a minha mensagem. Por algum motivo, o joelho ralado deixa essa mágoa mais funda, como se eu tivesse voltado à versão criancinha no parquinho.

– Sei. Parece que ela estava deixando você bem ocupada – diz Tom. – Toda vez que você tentava vir, alguma coisa te impedia.

Não quero mencionar que minha mãe estava ativamente nos mantendo afastados para que Tom não saiba que ela não me queria aqui, e isso significaria abrir toda uma caixa de Pandora que não quero dissecar agora.

– Acho que não posso botar toda a culpa nela. Ela ficou pior depois da suspensão.

Tom balança a cabeça.

– Foi ridículo você ter sido suspensa.

Tom tem o direito de fazer essa avaliação porque é uma das poucas pessoas que sabe todos os detalhes da tal suspensão. Ele sabe que, em algum momento, minha mãe me inscreveu em tantas coisas que ficou bem claro que estava apenas tentando me manter longe de encrenca – ou, pelo menos, da ideia dela de encrenca –, então elaborei um pequeno plano. Nossas detenções depois da aula aconteciam entre o fim das aulas e o começo das atividades extracurriculares, uma hora que eu costumava passar no limbo apenas fazendo lição de casa ou lendo livros. Um dia, Eddie estava louco para ir ao ensaio quando me viu sentada no corredor com o Kindle velho da minha tia e me ofereceu vinte contos para que eu ficasse no lugar dele na detenção.

Acho que minha resposta foi algo na linha de "porra, óbvio", e por que não? Era o crime perfeito. Tudo que eu precisava fazer era dizer "presente" quando nosso professor de educação física perturbadoramente distraído fizesse a chamada, depois passar a hora seguinte sentadinha, fazendo minha lição de casa, e ainda ganhar vinte pilas.

Não demorou para a notícia sobre meus "serviços" se espalhar, e não me faltavam motivos para aceitar. Eu nem cobrava se não pudessem pagar. O que eu tinha a perder? Pelo menos, ficar sentada numa cadeira de detenção era mais confortável do que no chão do corredor.

É óbvio que acabei sendo pega, e todo o meu império da detenção caiu por terra. Fui suspensa por dois dias, o que foi registrado no meu histórico permanente. Nunca precisei devolver aquele dinheiro, que minha mãe colocou na minha conta bancária – "Estou muito decepcionada com você, mas tecnicamente você ganhou esse dinheiro daqueles idiotas", foram mais ou menos as palavras dela –, mas esse foi o começo e o fim das regalias. Depois disso, estive basicamente em uma prisão perpétua e nunca mais tive um momento livre para mim mesma. Eu já tinha provado que não poderia ter sequer uma hora do dia livre; fazia sentido eliminar o maior número possível de horas livres.

Tom termina de fazer o curativo no meu joelho com cuidado, e a ternura do gesto me faz dizer mais do que eu pretendia:

– Minha mãe acha que isso arruinou todas as minhas perspectivas universitárias, mas, pra ser sincera, nem ligo se for isso mesmo. Fiquei meio que aliviada por não ter entrado em nenhuma faculdade.

É a primeira vez que admito isso em voz alta. Não que eu ache que Tom vá entender perfeitamente de onde isso vem, como sei que muitos amigos meus entenderiam – é só que, de todos em minha vida, Tom é o que mais tenta entender. Não por ele, mas por mim.

E de fato, em vez de tentar me pressionar, ele apenas diz:

– É?

Estendo a mão e belisco seu nariz brevemente com dois dedos.

– Não sou como você. Ainda não faço ideia do que quero fazer. E tentar acompanhar todas as coisas que minha mãe me forçou a fazer não deve ter ajudado.

Ele baixa os olhos para o meu joelho.

– Não mesmo. – Ele ergue os olhos para mim com uma sinceridade repentina e diz: – Mas não estou preocupado. Sei que você vai dar um jeito.

Não tenho tanta certeza, mas mesmo assim isso significa muito vindo de Tom.

– Bom, se o futuro estudante de psicologia diz, quem sou eu pra duvidar? – brinco.

Tom reconhece claramente a mudança de assunto e meio que deixa por isso mesmo. Ele não insiste, mas diz:

– Ei, eu só... deve ter sido uma loucura pra você e só fico... muito feliz que, mesmo com tudo isso, você sempre tenha feito questão de manter contato.

É fofo que ele pense que tenha que me dizer isso. Como se existisse algum momento de dúvida sobre a profundidade da nossa amizade, mesmo quando ele esteve distante. Essa é a questão: não escolhemos simplesmente um ao outro tantos anos atrás. Escolhemos um ao outro para sempre. Essa é a única escolha que nunca duvidei e nunca vou duvidar.

– Thomas Whitz, seu patetinha lindo – digo. – Não existe nenhum universo que poderia manter você longe de mim.

Os cantos dos lábios de Tom se erguem, e seus olhos lacrimejam apenas o suficiente para destacar o castanho deles.

– Nem com uma pedra do tempo e acesso a realidades infinitas?

Disto tenho certeza:

– Seríamos melhores amigos em todas elas.

Os olhos de Tom descem para a grama por um instante, o que me dá um frio na barriga, com medo de ter dito a coisa errada. Mas ele se levanta e me estende a mão e diz:

– Boto fé.

Pego sua mão e volto a sentir toda a potência de *Tom&Riley* e *Riley&Tom*. Duas partes feitas para compor um todo. Mesmo se não nos encaixamos mais como antes, consigo sentir que estamos nos ajustando para criar algo novo. Queria só poder ficar tempo suficiente para saber que forma assumiríamos antes de termos que nos ajustar outra vez.

Capítulo cinco

Estar no Milkshake Club é um pouco como estar no banco de passageiro do conversível rosa-choque da Barbie a mais de cem por hora – tudo é cintilante e rosa e barulhento e, como diz o nome, cheio de sorvete. O lugar ainda não está lotado, já que os Walking JED só vão abrir o show, mas, quando Tom e eu chegamos de banho tomado depois da tarde de entregas, o palco está praticamente montado para a noite, exceto pela passagem de som que deveria estar em andamento agora.

Há um *click-flash* que nos faz piscar, surpresos. Mariella ergue os olhos semicerrados da câmera chique que tem pendurada em volta do pescoço.

– Aff. Ainda não sou boa com iluminação artificial. Aliás, vocês são altos pra caralho, vou precisar subir em um daqueles banquinhos pra enquadrar seus rostos. Aliás, oi – ela diz, chegando perto e tentando me abraçar com um braço e Tom com o outro, o que não deve ser fácil para as panturrilhas dela.

– Oi – digo, e estou prestes a perguntar onde ela comprou

essa regata cintilante tão fofa quando recebo um abraço surpresa de lado de Jesse, que parece estar muito esbaforido e suado.

– Oi, caralho, que cidade pequena mas também enorme? Eu me perdi tanto agora.

Mariella dá um passo para trás, julgando Jesse com sua franja que diz "você já sabe que sei tocar guitarra" e sua camiseta com a gola rasgada e suas várias tatuagens.

– A cidade tem uma planta ortogonal, amigo.

Jesse concorda com a cabeça, mas diz:

– Mas leste é parecido com oeste e às vezes os trens podem simplesmente virar trens *diferentes*. Tipo, bom pra eles, apoio a decisão, mas seria legal avisar. Tom! – Jesse joga um braço abruptamente ao redor de Tom, depois recua para dar um empurrãozinho em seu ombro. – Ele está vivo!

O entusiasmo agressivo de Jesse arranca uma gargalhada de Tom, e o vejo assumir tão tranquilamente seu velho eu sereno que fico inquieta, como se houvesse duas Rileys ao mesmo tempo – a de logo antes de Tom ir embora, quando estar com ele e Jesse e nossos outros amigos fosse apenas uma noite de sábado qualquer, e a que sou agora, incrédula que isso esteja acontecendo.

– Espera – diz Mariella, colocando a lente de volta na câmera. – Tom tem não só uma, mas *dois* amigos descolados? Você estava escondendo o jogo. Mariella, a propósito.

– Jesse. E estou muito, mas *muito* atrasado. – Ele chega perto e pega meu rosto entre as mãos, dando-me um beijo desastrado e exagerado na bochecha, e diz: – Caralho, estou muito feliz em ver vocês. Guardem um pouco de sorvete pra mim se o resto dos Walking JED não me matar... era pra eu ter ajudado a montar a bateria, e aquele palco parece vazio sem ela.

Tom alterna o olhar entre minha bochecha e a boca de Jesse por uma fração de segundo antes de voltar a si, seguindo para ajudar Jesse e cumprimentar Eddie e Dai. Antes mesmo que eles se afastem, Mariella vira para mim e diz:

– Quem é esse ser desengonçado e quantas tatuagens da Taylor Swift acabei de contar nele?

– Isso é entre Jesse e seu armário de produtos swifties. E ele é um velho amigo nosso da escola. Quer dizer, tecnicamente também é meu ex – acrescento, sem saber bem por quê. Minhas bochechas ainda estão quentes onde Jesse as tocou, despertando um sentimento antigo.

– Você namorou aquele espetáculo de ser humano?

– Quando éramos, tipo, bebês – digo, entrando na fila do balcão de milkshake. Já até sei o pedido de Tom: sorvete de baunilha com todas as coberturas que eles tiverem. – A gente meio que só andava de mãos dadas.

Na verdade, nem sei bem se posso considerar aquilo um "namoro". Namoro com rodinhas, talvez. Quando conheci Jesse no quinto ano, eu já estava bem distante da era Não Falar com Ninguém Nunca, tendo absorvido parte da autoconfiança de Tom por osmose. Por isso, Jesse e eu ficamos bem próximos naquele verão tenebroso antes do ensino médio quando Tom se mudou. Começamos a sair com mais frequência sobretudo porque havia um buraco gigante nos nossos dias e o fantasma de Tom precisava ser preenchido, mas, quando setembro chegou, a coisa se transformou. Estávamos vendo algum filme da Marvel, e ele estendeu o braço e pegou minha mão, que apertei em resposta, e sorrimos um para o outro como se fosse uma piada. Só que não soltamos as mãos ao sair do shopping, como se estivéssemos nos pregando uma peça, em parte piada e em parte, não. A parte piada continuou até começarmos a fazer isso com mais frequência – nos corredores da escola, no caminho para o parque de skate – e todo mundo começou a dizer que estávamos namorando. Assim, não sei como, começamos a namorar aos pouquinhos.

Tínhamos quinze anos, então nossos "encontros" consistiam basicamente em idas ao Taco Bell e maratonas de Netflix e lição de casa depois da aula. Nos beijamos algumas vezes, timidamente, sentados no balanço vacilante do quintal dele e no baile da escola. O fim do relacionamento foi tão acidental e banal quanto o começo – minha mãe começou a me sobrecarregar, a banda de Jesse passou a ser contratada para shows de verdade, e voltamos a nossa antiga amizade tranquila sem nunca nem discutir a questão. Ou, pelo menos, fizemos o melhor que podíamos com agendas tão ridiculamente lotadas quanto as nossas.

– O que tem na água daquela sua cidade? – Mariella pergunta, olhando com apreciação para Tom e para os membros dos Walking JED, montando o palco, e depois para mim. – Porque, considerando a qualidade de todas as importações que estamos recebendo este fim de semana, talvez eu precise experimentar.

Chegamos ao balcão para pedir nossos milkshakes, Mariella optando por um combo impressionante de quase todas as coisas com gomas e frutas que existem sob o sol e eu por chocolate maltado com chantily de chocolate.

Pego o meu e o de Tom, experimentando os dois só para garantir, e pergunto:

– Como você conheceu Tom?

– Fizemos o mesmo curso de ciências da computação. Tom precisava de ajuda com um projeto, senão talvez ele nunca se dignasse a falar comigo.

– O Tom de Nova York é, tipo... tímido? – pergunto, por falta de uma forma melhor de expressar isso.

Mariella ergue as sobrancelhas.

– Existe alguma versão dele que não seja?

O milkshake de Tom é abruptamente arrancado da minha mão e do alcance da minha boca por ninguém mais que o próprio, que sorri para mim com ironia.

– Estou vendo que você andou experimentando.

– Sou como um daqueles bobos da corte que experimenta tudo pra ver se não tem veneno, só isso.

– O mínimo que posso fazer é retribuir o favor – diz Tom, abaixando-se de repente para dar um gole no meu milkshake, que ainda está perto do meu rosto. Seus olhos estão próximos, brilhando com sua antiga travessura de novo, que consegue se tornar ainda mais cativante sabendo que a maioria das pessoas da sua altura ridícula a superaram.

Tomamos nossos milkshakes até a banda entrar no palco, começando com – surpresinha – um cover de "Welcome to New York", de Taylor Swift. Jesse pisca na minha direção com os acordes de abertura e Mariella dá um gritinho, tira meu milkshake da minha mão para dá-lo a Tom e me puxa para a pista de dança. Estamos bem no centro e somos as primeiras a entrar, liderando o ataque. Não temos nem tempo para ficarmos tímidas, porque as pessoas ao redor logo se juntam atrás de nós, e o Milkshake Club vai ganhando vida.

Mesmo nesses primeiros minutos, sinto que as luzes rosa-choque e a música pulsante estão trazendo uma parte de mim para fora, polindo-me e me transformando em algo novo. Estou esperando há muito tempo pela chance de estar no centro da minha própria vida, em vez de esperando do lado de fora. Sinto como se eu estivesse transbordando energia em potencial, como se houvesse mil coisas diferentes que eu poderia fazer – dançar com um estranho, cantar a plenos pulmões, começar um trenzinho –, e cada uma delas conduziria a uma noite diferente e, finalmente, *finalmente*, a história seria toda minha.

A banda passa para uma de suas músicas autorais, e fico surpresa por nunca a ter escutado antes. "Wildflower", Jesse anuncia, e é pulsante, absorvente, o ritmo muda no refrão de uma forma cativante e inesperada que faz seu cérebro querer escutar de novo no mesmo instante. Na primeira vez que há uma pausa logo antes do refrão, Jesse encontra meu olhar e abre um sorriso largo, com as luzes do palco iluminando a alegria absoluta em seu rosto, exalando euforia em cada respiração.

– Acho bom esses moleques estarem no Spotify, senão vou processá-los por danos morais. Essa música é foda – diz Mariella. Ela pega a câmera. – Vou tentar tirar umas fotos perto do palco.

– Vou matar Tom de vergonha – respondo.

Deixei que ele ficasse com os milkshakes porque ele nunca foi de dançar. Não porque seja um estraga-prazeres nem nada assim, mas, quando ele curte uma música, é quase como se se esquecesse de se mexer. Dito e feito, eu o encontro olhando hipnotizado para o palco, os milkshakes basicamente derretidos em uma gosma diante dele.

Os olhos de Tom brilham quando ele me vê chegando perto, mas ele diz:

– Nem sonhando.

– A vida é curta, Tom. Aquele meteoro de hoje cedo pode cair a qualquer momento.

– É um bom argumento – diz Tom, que sei que não precisa de muito para ser convencido. – Mas…

Me aproximo.

– A boa gente do Milkshake Club merece ver todos os seus três passos de dança. Em particular aquele com o tema "verificando o teor de fibra deste cereal".

Tom ri, balançando a cabeça, e estendo a mão para pegar a dele. Minha intenção é puxá-lo como Mariella fez comigo, mas nossos dedos se entrelaçam de uma forma natural, espontânea e inédita, encaixando-se perfeitamente. Seus olhos encontram os meus e, por um momento, ficamos muito imóveis.

Tom é o primeiro a voltar a si, apertando minha mão e dizendo:

– Tá. Mas você precisa prometer que não vai ficar intimidada com as minhas habilidades. Ainda sou um mortal.

Então ele faz com que eu e um monte de outros dançarinos comecemos a rir ao fingir solenemente empurrar um carrinho de compras enquanto se sacode ao som de um cover da Ariana Grande. De tantas em tantas batidas, ele ergue a mão para uma gôndola imaginária, estreita os olhos para enxergar tabelas nutricionais e preços invisíveis, e abana a cabeça ou coloca algo no carrinho imaginário.

– Não se preocupa – ele me diz quando a música termina, cochichando. – Peguei uns Pop-Tarts invisíveis pra você comer depois.

Alguns dançarinos ao nosso redor parecem desconcertados por nossa proximidade, e percebo com um sobressalto que talvez seja a terceira vez hoje que as pessoas pensam que Tom é meu namorado. Rio alto da ideia, assustando um pouco Tom, que, obviamente, mal nota os olhos nele, e digo:

– Meu sabor favorito.

Não demora para Mariella se juntar a nós na pista de dança, e os Walking JED encerram o show de abertura sob fortes aplausos. Jesse não perde tempo depois de a banda sair do palco para correr até nós, saindo apenas por um breve momento para comprar um milkshake merecido com o resto dos Walking JED antes de nos acompanhar na nossa mais nova estratégia de dança, que parece se limitar a pular para cima e para baixo no meio da multidão de humanos alucinados por milkshake e tentar não pisar nos sapatos uns dos outros.

Em algum momento, formamos uma bolha semiprotetora comigo, Jesse, Tom e Mariella, quando Jesse usa os braços compridos para nos reunir e diz:

– Caraca. Tenho certeza de que vocês tinham planos pra hoje, mas estou muito feliz por terem vindo.

Eu me aconchego no nosso círculo suado, sorrindo de orelha a orelha.

– Nós usamos vocês – admito. – Agora que curtimos o estilo vocal dos Walking JED, podemos riscar um item crucial da Lista de Refúgios.

– Espera. – Jesse alterna o sorriso entre mim e Tom com o orgulho de alguém que acabou de ser indicado a um Oscar. – Os Walking JED estavam na Lista de Refúgios?

Mariella enfia o corpo esguio no círculo e diz:

– Existe uma Lista de Refúgios?

A mochila de Tom está pendurada em um gancho embaixo do bar de milkshake, então ele se abaixa para abri-la enquanto conto da lista para Mariella.

– Acho justo deixar que Jesse faça as honras de riscar esse item – diz Tom.

Concordo com a cabeça.

– E Mariella pode riscar o "Com amor". – Giro a mão e acrescento: – Agora faz uma dancinha e vira esse corpão alto aí.

Apoio a Lista de Refúgios nas costas de Tom enquanto Mariella pega uma caneta do balcão do bar. Jesse grita de alegria ao ver o item da banda na lista enquanto ela fica na ponta dos pés, examinando o resto.

– Vocês não chegaram nem na metade – diz Mariella, com um tom reprovador, embora seus olhos brilhem de entusiasmo por poder riscar um dos itens.

– Bom, eles têm o verão inteiro – fala Jesse. Ele também está avaliando a lista agora, apontando o dedo para um dos itens. – Eita, porra, esqueci que vocês perderam aquele acampamento no segundo ano. Vocês vão fazer essa também? Escuta, se quiserem companhia, tenho uma técnica pros marshmallows que é quase um pecado.

Eu me encolho.

– Na verdade, vou embora amanhã.

– Que droga! – Jesse exclama.

– Que droga – Mariella concorda.

Tom completa a missão de prancheta viva e se vira com um sorriso triste, mas resignado.

– Bom, você tem que voltar pra gente terminar, certo? – diz Jesse, com esperança.

Tom e eu trocamos um olhar por um breve momento de incerteza, impregnado por algo mais que não dá para sentir plenamente aqui por causa do barulho e das luzes.

Antes que a tensão possa se adensar, Mariella pega a lista e a dobra cuidadosamente, devolvendo-a para Tom.

– Acho bom, porque também quero participar. Poxa, todos temos uma responsabilidade com isso agora. Quero tirar fotos dessas aventuras ridículas, e Jesse aqui obviamente não consegue ler um mapa nem se sua vida dependesse disso, então ele não pode ficar sozinho. – Ela se vira para mim e Tom abruptamente, apontando um dedo para nós. – Não é mais uma lista, crianças. É um bendito projeto humanitário.

Pouco depois disso, a banda principal entra a todo vapor com um pot-pourri de temas da Disney em versão punk rock que quase ameaça a integridade estrutural do Milkshake Club com nosso entusiasmo, e a noite passa voando em uma corrente de glitter e luzes fortes e gritos de alegria até, repentina e abruptamente, tudo acabar, e todos estarem comprando milkshakes para a viagem de metrô de volta para casa.

Todos pegamos nossos pertences e Mariella me abraça com força, dizendo:

– Você entende que Nova York é o único lugar que importa, certo? – Ela enfatiza isso com um aperto extra. – É loucura ir embora depois de dois dias.

Ela se vira nesse momento para dizer algo a Tom perto do bar de milkshake. Fico sozinha com Jesse quando ele se aproxima para me abraçar, cheirando a suor salgado e baunilha, caloroso e familiar.

– Concordo com ela. – Ele ri, e penso que vai me soltar, mas ele me segura um instante a mais. Tempo suficiente para eu sentir a levíssima mudança entre nós, passando da antiga familiaridade que tínhamos quando estávamos namorando para a novidade dessas nossas versões mais altas.

Ele inspira tão profundamente que consigo sentir o movimento em minhas costelas e se afasta, mantendo a mão no meu ombro.

– Falando sério – ele diz. – Seria bom ter mais um rosto conhecido por aqui.

Eu me aproximo, apoiando o peso de brincadeira na palma da mão dele.

– Você tem a banda.

Jesse olha para os caras, que estão terminando seus segundos milkshakes, pousando os olhos em Dai por uma fração de segundo.

– As coisas estão um pouco... tensas agora.

Não quero me intrometer, mas também não quero menosprezar o que quer que estava se formando em seus olhos.

– Está rolando algum drama de *boy band*? – pergunto, dando espaço para ele dizer que não é nada, caso prefira.

Jesse faz que não, me colocando de volta no chão antes de soltar meu ombro.

– Não. Só drama de Jesse, acho.

Aceno, deixando o assunto de lado, não sem antes me questionar se isso tem algo a ver com o boato de que Jesse e Dai estavam ficando no fim do último ano. Não seria a primeira vez que eles ficam com outro cara, mas seria bem surpreendente, considerando que Jesse talvez seja o único na escola cuja boca é maior do que a minha. Se eles realmente tivessem ficado, imagino que metade da escola já estaria sabendo antes que eles pudessem piscar um para o outro.

– Bom, estou saindo só da cidade, não do planeta – digo. – Me liga se quiser conversar.

Jesse faz que sim, piscando para abandonar sua linha de pensamento antes de seus lábios se curvarem em um sorriso triste.

– Cara, achei que esse poderia ser o verão em que finalmente rolaria aquela troca! Lembra que fiquei de te ensinar guitarra e você ficou de me ensinar a plantar bananeira?

Lembro, mesmo que meu corpo humano não se recorde. Não consigo mais plantar bananeira desde a época em que eu usava aparelho – o que foi um longo (e vergonhoso) tempo atrás.

– Não posso prometer que consigo ensinar isso sem sacudir nossos cérebros. Mas ei. Tom e eu temos mais itens da lista pra riscar. Vou voltar – digo, na esperança de que seja verdade. O pavor pelo amanhã já está se infiltrando na minha pele.

Jesse abre a boca para dizer alguma coisa, mas, nesse momento, Eddie o chama. Ele me dá outro abraço rápido com um braço só e diz:

– Vou cobrar, hein.

As luzes do Milkshake Club começam a diminuir, botando todo mundo para fora, mas isso não é o suficiente para apagar essa chama nova que está se acendendo dentro de mim. Vim para Nova York porque me sentia perdida em relação ao futuro, e a verdade é que não estou mais perto de encontrar uma resposta. Mas mesmo assim me sinto um pouco mais achada. Nas histórias ridículas de Luca. No *click-flash* da câmera de Mariella. Na piscadinha de Jesse em cima do palco.

No ombro quente de Tom encostado no meu durante a viagem inteira de metrô de volta para casa.

Por volta da uma da madrugada, desisto de dormir e, em vez disso, abro a conversa com minha mãe, e fico relendo os balões azuis sem resposta: Fiz uma aula de escrita hoje cedo. Meu personagem bateu as botas mas Tom e eu ainda estamos vivos!, diz uma. Você ficaria doida por este queijo quente – o pão de fermentação natural é inigualável, diz outra. Mandei uma selfie com Mariella, ambas com o glitter que ela tinha na bolsa, com a mensagem: Fiz uma amiga nova. Não tenho certeza, mas talvez ela seja minha irmã gêmea. Você deu uma de Operação Cupido comigo, Genny Larson??

Todas as mensagens mostram que foram lidas no minuto em que foram enviadas, e nada mais. Ela nunca me deixou sem resposta antes. Estou chocada demais para sentir algo a respeito disso, ou talvez eu só não consiga me permitir sentir enquanto estou aqui.

Saio da cama de Vanessa, pousando os pés descalços no assoalho frio de madeira. Vou para a cozinha com os olhos turvos para buscar um copo d'água – por acaso, o que minha mãe sempre receitaria nas noites em que eu não conseguia dormir quando era criança –, mas as luzes da cozinha já estão acesas, e Tom está no sofá que dá para a sala, com a testa franzida para algo no notebook.

Ele o fecha com delicadeza antes de se virar para encontrar meu olhar.

– Oi – ele diz, com a voz ligeiramente rouca pela falta de sono.

Inclino a cabeça para ele, com sua calça de moletom e seu cabelo bagunçado, e pergunto:

– Por que você está acordado?

Suas sobrancelhas se erguem.

– Eu poderia te perguntar a mesma coisa. – Mas, pela minha cara, ele diz: – Não sei. Acho que ainda estou desnorteado com a semana de provas finais.

Eu me sento no sofá, aconchegando-me nele como já fiz mil vezes. Entendo vagamente que desta vez não é bem como nas outras mil, mas meus ossos estão tão pesados que não tenho condições de esmiuçar o porquê.

– Só isso? – pergunto.

Ele se apoia em mim, encostando o queixo na minha cabeça.

– Não. Vou sentir sua falta também.

Fico grata por ele não conseguir ver meu rosto, porque minha garganta se aperta tão rapidamente que não posso me responsabilizar pelo resto de mim.

– Mas eu posso voltar, certo?

– Sempre – ele diz, mas há algo em sua voz que corta meu coração: a compreensão de que ele está falando sério, mesmo que não acredite que seja o destino. Como se, mesmo neste momento em que estamos mais próximos do que nunca, ele tivesse que se fixar na ideia de nos mantermos a um braço de distância para se proteger.

Dá para entender. Fiz o mesmo por anos. Tenho sorte de não ter sofrido muitas mágoas nesta vida, mas ficar longe de Tom deve ser a maior que já sofri.

Ficamos em silêncio por muito tempo, inspirando e expirando encostados um no outro até nossas respirações encontrarem um ritmo parecido, até a própria cidade se acalmar em sincronia conosco tantos andares abaixo de nós. Meus olhos estão fechados, mas sei que Tom também está acordado.

– Estou falando sério – diz Tom. – Se quiser ficar aqui este verão.

Aperto a testa na costela dele.

– Tom – digo, baixo. – Até quando sua mãe vai ficar fora?

A sala está tão silenciosa que consigo ouvi-lo engolir em seco antes de dizer:

– Até agosto. Talvez mais. Não sei.

As palavras são leves, mas consigo ouvir a mágoa por trás delas. Quero saber de onde isso vem, mas me dou conta de que já sei. É a mesma mágoa que ouvi hoje cedo, mas não consegui compreender exatamente: *Ela passa a maior parte do tempo no mundinho dela. Meio que esquece as outras pessoas.*

– Você vai ficar aqui sozinho? – pergunto.

Tom se ajeita rapidamente embaixo de mim antes de dizer:

– Não totalmente. Quer dizer... tenho o "Com amor". E Mariella, e Jesse e Eddie e Dai agora também.

Meus olhos lacrimejam e fico grata de novo por Tom não conseguir ver minha cara, porque ele pode confundir as quase lágrimas com algo mais, sendo que na verdade elas têm motivações tristes: a ideia de que Tom deve ser tão solitário que só fez uma única amiga. O meu ressentimento silencioso por todas as aventuras fantásticas que ele teve com a mãe nos últimos anos sendo que, na realidade, elas podem tê-lo impedido de se sentir em casa aqui. O fato de que vou embora daqui a algumas horas sem fazer ideia de como ajudar a resolver isso tudo.

– E você sempre vai ter a mim – digo, as palavras tão pastosas em minha língua que só percebo como estou perto de dormir quando as digo.

– Sempre temos um ao outro – diz Tom, com tranquilidade, puxando-me para perto.

Quando dou por mim, estou acordando no sofá com a luz do sol entrando pelas janelas absurdamente grandes com vista para o parque. Tom está logo atrás, na cozinha, a mochila que preparei na noite passada em cima da bancada, alguns Pop-Tarts não tão invisíveis saindo da torradeira.

Tom se oferece para me levar ao ponto de ônibus, mas digo que vou ligar para minha mãe no caminho para botar o papo em dia. É verdade, mas mais verdade ainda é que odeio despedidas com todas as minhas forças, e a caminhada de vinte quarteirões seria como uma despedida sem fim. Portanto, em vez disso, trocamos nossos abraços esmagadores de sempre, seguidos automaticamente pelo aperto de mãos sem sentido. Ele abre um sorriso carinhoso quando começo a fechar a porta, e uma voz no fundo da minha cabeça está fazendo um alarde que não ajuda em nada – falando para eu não ir embora, para eu pegar a Lista de Refúgios e continuar seguindo em frente, para eu aproveitar todas as infinitas coisas incríveis que esta cidade tem a oferecer, principalmente o tempo com meu melhor amigo.

Mas este foi um fim de semana roubado, e agora tenho que o devolver.

Respiro tão fundo que sinto meus pulmões se incharem e chego à calçada, entrando sem dificuldade no fluxo de pessoas indo e vindo. É reconfortante me deixar ser absorvida por elas enquanto aperto o botão do celular e o encosto na orelha.

– Alô – diz minha mãe.

Seu tom é seco e desconfiado, mas o meu também.

– Ah, que bom – digo. – Estava começando a achar que você tinha deixado o celular cair no fundo de um poço.

Ela vai direto ao ponto:

– Você está voltando?

– É sério que você está tão brava a ponto de não me escrever o fim de semana todo? – pergunto.

Há um silêncio tão pesado que tem sua própria gravidade.

– Eu não sabia o que dizer – ela admite. – Sinto que estou prendendo a respiração o fim de semana todo, só torcendo pra nada dar errado.

Paro no cruzamento mais perto do prédio de Tom.

– Mãe, você viu o que estávamos fazendo.

– E sei muito bem no que você poderia se meter.

– No quê, num conjuntinho de moletom da Juicy e shots de gelatina? – tento brincar, talvez revelando mais das histórias que minhas tias me contaram sobre o tempo dela em Nova York do que elas gostariam que eu compartilhasse.

No entanto, meus esforços para aliviar a conversa são inteiramente em vão, porque suas próximas palavras parecem feitas para magoar.

– Não tem graça, Riley. Você deveria estar em casa pensando

nos seus próximos passos e se concentrando no seu futuro. A última coisa que quero é que você acabe como eu.

O farol muda. Fica verde para mim, mas não consigo me mexer.

– Como assim, mãe? – pergunto, em tom de desafio.

– Você acha que não sei que Vanessa não está em casa? Que você e Tom simplesmente passaram o fim de semana todo juntos sem nenhuma supervisão? – ela questiona. – Já passei por tudo isso antes. Como você acha que acabei grávida aos dezoito anos?

Lá vem. A implicação que sempre ouvi em suas palavras, mas que não achava que ela diria tão expressamente. Ainda mais quando os detalhes de como isso aconteceu são vagos para mim até agora. A maior parte do que sei vem das minhas tias, que me contaram que ela fez amizade com meu pai pouco antes de se mudar para Nova York. Ela contava coisinhas dele sempre que eu perguntava – pelo visto, ele fazia parte de uma banda, e tem o mesmo espirro alto que eu, e se mudou da cidade para a Costa Oeste quando eu era pequena –, mas o fato mais gritante era o que ela nunca disse com todas as letras: que toda amizade que ela tinha com ele provavelmente acabou quando vim ao mundo.

Por isso, admito que não sei a história inteira, mas não preciso saber muito para entender que ela é completamente diferente da minha. É de *Tom* que estamos falando, uma pessoa em quem confio mais que em mim mesma, e, agora que temos dezoito anos, "sem supervisão" não é mais uma expressão que ela pode usar a seu bel-prazer. Nada disso importa comparado com a mágoa que está se formando dentro de mim feito uma tempestade.

– Você e Tom só vão se meter em encrenca, ainda mais agora que você está mais velha e sozinha – diz minha mãe, cutucando a ferida. – Se você quer mesmo liberdade, não a comprometa. Você tem muitas opções agora, mais do que imagina, e tudo pode vir por água abaixo num piscar de olhos. Não quero que você estrague sua vida por isso.

Se a primeira parte foi um golpe, essa é o nocaute. Não dá para atravessar a rua; sinto como se não pudesse nem dar um passo. Sei que é mesquinho, que é apenas parte de uma questão muito mais profunda cujo fundo não consigo nem vislumbrar agora, mas digo:

– Bom, desculpa se estraguei sua vida, mas é da minha que estamos falando.

– Riley. – Minha mãe parece não conseguir se decidir por exasperação ou horror. – Não é nada disso que eu quis dizer e você sabe.

Mesmo assim, ela deixou algo bem claro. Eu *não* quero acabar como ela. Ou seja, alguém com tanto medo do passado que não apenas se envergonha dele como tem pavor que a filha o repita.

Mas, se eu continuar deixando que o medo dela me retenha, nunca vou ter uma vida que seja minha. Vou viver apenas uma vida em que minha única alegria é ler histórias de outras pessoas e inventá-las na minha cabeça. Quero criar algo meu e, se eu voltar agora, ela nunca vai permitir isso. Não quero uma vida de *e se*.

– Vou passar o verão aqui – digo.

A decisão não está nem totalmente tomada quando a frase sai da minha boca. O alívio é tão instantâneo que sei que é a escolha certa, por mais que eu sinta uma onda de terror traiçoeira se esgueirando por baixo dela.

– Você não pode estar falando sério.

Endireito minha coluna, segurando-me com firmeza como se eu estivesse me preparando para que uma rajada de vento me leve.

– Estou, sim.

Penso que ela vai me ignorar de novo como fez quando falei da viagem pela primeira vez, mas ela sabe que estou falando sério. Pela maneira como sua voz fica tensa, sei que ela está falando entre dentes.

– Acho que isso é um erro.

Mantenho minha posição com um pouco mais de firmeza.

– Bom, se for, tenho o direito de cometê-lo.

Ela fica em silêncio por mais um segundo, depois inspira e diz:

– Certo, então. Tudo bem.

Fico aliviada por um momento, porque ela parece estar tentando aceitar a situação. Logo em seguida, percebo que ela está mais é tentando *definir* os termos.

– Você pode ficar mais alguns dias. Mas só se ligar ou falar comigo por FaceTime toda noite. Estou falando sério.

Faço uma careta, apertando o telefone com mais força na bochecha e me encolhendo, me afastando das pessoas que passam por mim.

– Você me ignorou o fim de semana todo – acuso.

– E você vai compartilhar sua localização comigo pra eu saber onde você está o tempo inteiro.

Firmo os calcanhares na calçada.

– De jeito nenhum.

A resposta dela é imediata, uma chicotada:

– Essa é a única forma de eu aceitar isso.

A raiva está ameaçando transbordar há tanto tempo que não estou pronta para o impacto quando ela me inunda completamente, nem para as palavras que saem na sequência.

– Não preciso que você aceite – digo, de um jeito tão cortante e tão alto que os olhos das pessoas se voltam na minha direção. – Preciso... preciso ficar longe de você. Você decidiu minha vida inteira por mim nos últimos anos e odiei cada minuto. Não tenho como estragar minha vida mais do que você já estragou.

No instante em que as palavras saem da minha boca, sei que são injustas. É muito mais do que isso, e nunca conversamos direito sobre esse assunto. Mas estou tão magoada pelo que ela disse antes – sobre "acabar como ela" – que tudo em que consigo pensar é em magoá-la de volta, da forma mais rápida e eficiente possível.

– Certo, então – minha mãe diz de novo.

Sua voz é vazia. Deu certo. Estou quase anestesiada de surpresa comigo mesma, com como me sinto horrível por fazer isso e como não estou nem um pouco disposta a retirar o que eu disse. É como se eu estivesse vendo lados de nós que nunca vi antes, e é assustador me sentir tão incognoscível para mim mesma e para a pessoa que mais me conhece.

A coragem começa a se esvair, então me seguro ao que consigo para me manter firme.

– Vou dar notícias toda semana – digo, baixinho. – E vou voltar pro começo do semestre. Mas preciso de um tempo pra entender o que quero, e acho que... acho que consigo descobrir isso aqui.

A concessão é a coisa mais próxima que consigo chegar de um pedido de desculpa, mas ela não fala nada, o que me magoa da mesma maneira que seu silêncio me magoou o fim de semana todo – como se eu só importasse para ela se for a Riley que ela precisa que eu seja, e a mãe que conheço não existe além disso.

– Eu te amo – digo, sem saber o que mais falar.

– Também te amo – ela responde, com sinceridade. – Queria que você não fizesse isso.

As lágrimas que enchem meus olhos são em parte de alívio e em parte de culpa, mas não fazem nada para abalar minha resolução.

– Vejo você no fim do verão – digo e, quando ela não responde, percebo que já desligou na minha cara.

As lágrimas começam a cair para valer, ardentes e silenciosas, como se meu corpo estivesse simplesmente vazando. Dou meia-volta por falta de coisa melhor para fazer, e acabo dando de cara com uma pessoa, de cara com *Tom*, cujos braços estão ao meu redor em um instante, envolvendo-me com tanta firmeza e tranquilidade que mal registro que ele está lá. Ele não faz perguntas, apenas me abraça como se fôssemos uma ilha de duas pessoas no meio da calçada, até eu me recuperar o suficiente para ele recuar e começar a me guiar de volta para o apartamento.

No elevador, vejo os Pop-Tarts que esqueci num papel-toalha nas mãos de Tom. Ele deve ter saído correndo para me entregar. Meus olhos se turvam de lágrimas de novo, enquanto uma memória se desenterra – Vanessa nunca tinha doces em casa porque não gostava, e ele quase perdeu a cabeça aos oito anos comendo seu primeiro Pop-Tart em nosso apartamento. Por anos, fomos basicamente as traficantes de sobremesa de Tom. Mas, neste momento, essa não é mais apenas uma memória – é um ponto fundamental da nossa história compartilhada que, por algum motivo, minha mãe não quer transformar num futuro. Um futuro que ela nos impediu de ter por *anos*.

Tom se acomoda no sofá e me dá os Pop-Tarts. Mastigo entre lágrimas, explicando a história toda – o verdadeiro motivo do nosso distanciamento. A briga que eu e minha mãe tivemos antes de eu viajar. A maneira como ela não respondeu a nenhuma das minhas mensagens e como desligou na minha cara agora há pouco.

Deixo de fora a parte de eu acabar "como ela", porque ela parece sensível demais agora, e não é o centro da questão.

– É só que não sei mais quem eu sou – digo em vez disso. – E *um* dia aqui foi a coisa mais próxima que tive de me sentir eu de novo, de descobrir um novo eu.

Tom fica em silêncio por um momento, olhando reflexivamente para as minhas mãos. Sei que ele está pensando no que dizer, mas meu problema é que nunca fui boa com silêncios, nem quando o silêncio é confiável.

– Sei que deve soar ridículo – admito.

Tom nega com a cabeça.

– Não. Faz todo sentido. Acho que... sei exatamente o que você quer dizer.

Desta vez, sou eu que demoro um instante para falar. Não porque precise pensar no que dizer, mas porque quero saber se estou certa ao perguntar:

– É por isso que você vai tirar o ano sabático?

Ele acena devagar apenas uma vez. Quase como se não tivesse certeza da resposta que está dando.

– Esses últimos anos... não correram muito de acordo com nossos planos, hein?

Solto uma risada.

– Nem um pouco.

– Ouvi você falar pra sua mãe que quer ficar – diz Tom, com uma pergunta implícita nas palavras.

Eu me inclino para a frente, recém-energizada pelo açúcar refinado e pela determinação.

– Posso alugar um quarto pra passar o verão. Tenho economias de todo o trabalho de meio período que fiz. E se o "Com amor" ainda quiser me aceitar, vou ter renda mais que suficiente pra ajudar com...

– Riley. Com todo o respeito, cala a boca. – Tom também se inclina para a frente, ficando tão perto que vejo a sinceridade em cada centímetro da sua expressão. – Você sabe que não existe literalmente mundo nenhum em que você não seria bem-vinda pelo tempo que quisesse ficar.

– É só que... não quero atrapalhar – digo, embora o calor de suas palavras vaze do meu peito e se espalhe por todo o meu corpo.

Tom cutuca meu joelho com o pé de meia.

– Pode atrapalhar à vontade. Tudo que quero é ser atrapalhado por você.

Parece resolvido então, tanto que não vale a pena discutir. Empurro seu pé com o joelho.

– Você vai morder a língua quando eu acabar com o resto dos seus queridos Pop-Tarts.

– Imagina. É só a gente disputar os Pop-Tarts na porrada, de maneira justa.

Por algum motivo, é isso e o brilho divertido no olhar de Tom que de repente me fazem soltar uma risada quase histérica. Como se suas palavras fossem tão tranquilizantes que finalmente abro espaço não apenas para a mágoa pelo que minha mãe disse ao telefone, mas também pelo absoluto ridículo disso.

– Devo me preocupar de ser o motivo da sua risada? – Tom pergunta.

Faço que não, ainda rindo ofegante enquanto digo:

– Minha mãe... ela enfiou uma coisa na cabeça... está convencida de que estamos enfurnados em um bangalô sexual.

Tom também solta uma risada engasgada, e suas bochechas ficam assustadoramente rosadas, como sempre ficam nos raros momentos em que o pego de surpresa.

– Tem coisa demais da Crate & Barrel nesta casa pra ser considerada um bangalô – ele diz.

Eu não conseguiria parar de rir agora nem se minha vida dependesse disso, mas consigo dizer:

– Talvez você esteja subestimando a sensualidade de uma tábua de queijos de mármore falso bem trabalhada.

Tom também está rindo, mas sua risada para antes da minha. Seus olhos estão firmes nos meus, e seu sorriso vacila quando ele diz, hesitante:

– Mas, se acha que seria estranho dividir o apartamento comigo... eu superentendo.

Eita, porra. Comentei só de brincadeira, mas Tom sempre levou as coisas mais a sério do que eu. Ou, melhor dizendo, sempre foi mais propenso a ver as verdades por trás de uma brincadeira.

– Tipo... seria estranho pra *você*? – pergunto.

– Não, nem um pouco – ele responde na hora. Um segundo se passa, e ele acrescenta: – A menos que seja pra você.

Fica claro que corremos o risco de isso se tornar um ciclo vicioso de "mas só se for estranho pra *você*", então me adianto e digo logo a coisa constrangedora que provavelmente precisa ser dita.

– Certo. Na pior das hipóteses, nossos hormônios adolescentes desvairados levam a melhor sobre nós e nos pegamos e estragamos tudo e tenho que voltar pra casa.

– Pior das hipóteses? – Tom pergunta, com uma voz que não consigo decifrar. Como se estivesse alternando entre divertimento e mágoa. Antes que eu possa responder, ele acrescenta, com ironia: – Parece que você pensou em tudo.

Balanço a cabeça.

– Quem pensou foi minha mãe.

Tom solta um "hum" pensativo. Ficamos em silêncio por um momento e, feliz ou infelizmente, é aí que a maioria dos meus planos com Tom começa – no silêncio tranquilo compartilhado entre nós, que sempre parece uma tela em branco para o que quer que venhamos a fazer. O que estou evocando agora, porém, é definitivamente diferente dos velhos tempos de subir em um ônibus para o outro lado da cidade ou tentar encenar *Marés do Tempo.*

– Certo, mas a solução é a seguinte – digo, embora meu cérebro não consiga acompanhar o que minha boca diz.

Pelo que vê em minha expressão, Tom pergunta:

– Devo me preocupar?

Talvez. Ao mesmo tempo que a ideia passa pela minha cabeça, tenho noção de como ela é absolutamente absurda, para não dizer devastadora. Mas as palavras saem por conta própria.

– Eu e você. Saímos agora... do território neutro... e nos beijamos.

As bochechas de Tom não estão rosadas agora, mas assumem um vermelho ardente. Mesmo assim, sua voz é tão calma que sei que não ultrapassei nenhum limite de verdade quando ele diz:

– Simples assim?

– Sim. Só pra confirmar que não tem química – digo, fingindo despreocupação e ignorando a eletricidade que está crepitando no meu corpo agora. Ela se parece com a *energia* que eu sentia logo antes de Tom e eu sairmos em nossas aventuras quando éramos crianças, mas ao mesmo tempo não. Como se precisasse de sua própria categoria. Ignoro isso e acrescento: – Se tiver, é óbvio que não podemos passar o verão inteiro morando juntos, porque seria esquisito. Se não, pronto, estamos resolvidos.

Tom me encara por um momento, vasculhando meu rosto com uma intensidade que nunca vi antes. Até me pergunto se eu deveria retirar o que disse – se, em minha tentativa de provar que minha mãe está errada, acabei abrindo uma porta que deveria ficar fechada. Uma porta que leva a um caminho sem volta.

Mas então Tom diz:

– Sim. Está bem. – Ele se levanta abruptamente, apertando a palma das mãos na calça jeans. – Vamos lá.

É só quando descemos para o pátio na frente do prédio que me dou conta de como fui ridícula. Ali não é nem um pouco reservado – ainda estamos no meio de Nova York, com carros passando em alta velocidade e pessoas se dirigindo ao parque para suas corridas matinais de domingo –, mas o espaço dá a ilusão de que estamos à parte disso tudo. Nos sentamos no banco, olho para Tom e imediatamente começo a rir de novo. Não porque seja engraçado, mas porque, estranha e subitamente, há uma parte disso que não tem nada de engraçado.

– A gente não tem que fazer isto – Tom diz de imediato.

Balanço a cabeça, ainda rindo.

– Não, não, só estou sendo ridícula. Eu topo se você topar.

– Claro – ele fala, com uma calma que, pelo visto, não possuo mais. Uma calma que perco completamente alguns momentos depois, quando ele ergue a mão devagar e a coloca logo abaixo do meu queixo, em um gesto gentil e caloroso, erguendo meu rosto para si.

De repente, a risada morre na minha garganta. De repente, estou olhando fixamente para um Tom que todas as partes de mim reconhecem, menos meu coração, que está vibrando como se estivesse trabalhando dobrado. Ele se aproxima e eu também. Ele me olha nos olhos e eu retribuo o olhar. Seu polegar aperta minha pele de leve abaixo da orelha, fazendo um calafrio inesperado me perpassar, carregando uma pulsação silenciosa de pergunta. Ele está esperando que eu atravesse o resto do espaço.

– Se vale de alguma coisa – ele diz, baixinho –, nada que fazemos juntos nunca poderia "estragar" coisa nenhuma.

As palavras se acomodam em mim imediatamente, calmas e pesadas feito uma coberta. Tom ainda está me observando com cuidado, mas meus olhos estão se fechando. Eu me aproximo tanto que sinto o cheiro de menta de sua pasta de dente, sinto o calor de sua respiração, sinto uma emoção estranha apertar meu peito e então...

– Tom?

Nós dois piscamos, ficando muito imóveis. Estamos tão próximos que nossos narizes estão quase se tocando, e mal consigo me concentrar em parte nenhuma do rosto dele. De repente, tudo volta – meu coração batendo alto demais, a cidade ainda mais barulhenta, o peso da realidade caindo sobre a nossa névoa.

– Ei, Tom!

Ele olha para a calçada, tirando a mão do meu queixo. A falta dos seus olhos e do seu toque me fixam no lugar por um momento. Como se eu fosse outra pessoa no breve momento em que os tive, e agora voltasse a meu corpo habitual e estivesse tentando entender como meus ossos se encaixam.

– E Riley! – diz a voz.

Pisco de novo e lá está Luca, com o rosto sardento sorrindo para nós da calçada. Ele está com uma mochila no ombro, o zíper está meio aberto, e cordões de um avental roxo-escuro escapando para fora.

– Ah, graças a Deus, é você mesmo – Luca diz para mim, relaxando de alívio. – Acabei de gritar "Tom" sem pensar e, como você não olhou, pensei, puta merda, e se *não* for Tom, mas aqui está você, definitivamente Tom. Oi. Bom dia.

Mordo o lábio inferior numa tentativa quase bem-sucedida de não rir. Considerando tudo, é um milagre eu estar no controle de alguma parte da minha forma física, dado o resultado desse quase beijo, que ainda está vibrando de um jeito bizarro por todo o meu corpo.

– Luca – consigo dizer, a culpa se infiltrando através da verdadeira tempestade que é meu corpo humano agora. – Minha nossa. Certo. Aí é que está. Na verdade... não... não *não* sou Tom?

Luca franze a testa. Coloco a palma da mão na testa porque, pelo visto, não estou servindo para nada agora.

– Essa é uma tripla negativa? – pergunta Luca depois de um momento.

Tom volta a si antes de mim e se levanta do banco.

– Então, na verdade, eu sou Tom. E essa encrenqueira bem-intencionada aqui é Riley.

– Ah? – Luca não parece ofendido, mas extrema e profundamente confuso.

Também me levanto, crispando o rosto.

– A verdade é que Tom ouve muitas pessoas perguntando sobre a mãe, então, quando você perguntou, eu meio que só... assumi as responsabilidades de "Tom Whitz" durante a manhã – admito. Os olhos de Luca se arregalam, então acrescento, rápido: – Foi uma bobagem. Eu nem sabia que ficaria na cidade, então não parei pra pensar. Mas a coisa do nome era a única parte da mentira, todo o resto é verdade.

Me preparo para uma bronca merecida, mas, depois de processar por um momento, Luca ergue a cabeça para trás e solta uma risada tão leve e radiante que soa como um raio de sol.

– Você não está bravo? – pergunto, desconfiada.

– Por que estaria? – ele pergunta. – Supermereci. Além disso, dá uma boa história, e chega a ser *vergonhoso* como não tenho histórias boas.

– Você mora em Nova York – diz Tom. – Não pode ser verdade.

Luca balança a mochila para frente, puxando o cordão do avental.

– Tudo que faço é ir pra escola e trabalhar pros meus pais. Existem maçanetas menos sem graça que a minha.

– Eita, porra – digo. – Que triste.

Digo essas palavras como a intenção de falar algo engraçado e leve, mas não dá certo. O que elas realmente fazem é me lembrar do que não consigo expressar direito, porque sinto que existem emoções demais se debatendo em mim agora para entrar nessa questão. Me identifico com esse sentimento mais do que Luca poderia imaginar.

Ele baixa os olhos, mas Tom e eu nos entreolhamos. Por uma fração de segundo, tenho total consciência do que quase acabei de fazer de novo, mas então algo nos olhos dele se suaviza, algo que estou sentindo no exato mesmo matiz que ele. Tom acena e eu aceno em resposta.

– Bom – diz Tom, falando por nós dois. – Riley acabou de decidir que vai passar o verão aqui pra viver várias desventuras. Então, se estiver procurando outras inspirações pras suas histórias, está convidado a participar.

O sorriso de Luca é tão largo que racharia a fundação de toda a ilha cheia de gente.

– Jura? – ele diz. – Tipo... não quero me intrometer nem nada... sério, tenho certeza de que vocês devem ter amigos de sobra...

– Alguns – digo, enquanto a calma de Tom me contagia. – E tenho a impressão de que você vai gostar deles tanto quanto eles vão gostar de você.

O rosto dele fica completamente vermelho embaixo das sardas. Ele balbucia uma despedida porque está atrasado para o trabalho e, quando sai correndo, tiro o celular do bolso, criando um grupo que inclui Tom, Luca, Mariella e Jesse, além de mim mesma.

Certo certo. Nova York venceu. Vou passar o verão aqui. Alguém quer participar da Lista de Refúgios?

Mostro a mensagem para Tom antes de enviar, só para confirmar se ele concorda com a ideia. Por mais que eu curta a companhia de todos os nossos amigos, mútuos e semimútuos, isso é tanto por mim quanto por ele. Mas vou fingir que é por mim se isso fizer Tom se aproximar de todos eles durante o verão; se isso render a Tom uma rede grande o suficiente de pessoas que sintam tanto amor por ele quanto eu sinto.

Essa parte não vai ser difícil. Tom é alguém impossivelmente fácil de amar.

– Perfeito – ele fala por sobre meu ombro.

– É? – pergunto, só para garantir.

Ele faz que sim. Tento não notar que estou inspirando aquele cheiro distintamente floral e terroso tão *característico* com mais intensidade do que nunca.

– Faríamos a maioria das coisas da lista em grupo mesmo. Pra valerem de verdade.

Concordo vigorosamente com a cabeça, desejando ter pensado nessa ideia. É um milagre eu ter qualquer pensamento lógico agora, porque ainda sinto um formigamento quente nos lábios que ele quase tocou, ainda sinto uma estranha corrente pulsando logo abaixo da pele que diz: *Ei, bobona, parece que sua mãe estava certa e você sente, sim, pelo menos um pouquinho de atração pelo seu melhor amigo.*

Ou talvez eu já desconfiasse. Talvez eu só estivesse torcendo para que não fosse verdade. Mas, mesmo se for o caso, essa ideia do beijo foi estratégica. Afinal, de que outro modo os humanos saberiam que o fogo é quente se não tivessem chegado perto da chama? E, sim, talvez eu não possa depender dos meus ancestrais das cavernas para fazer uma metáfora decente aqui porque a realidade é que talvez eu *goste* do calor específico de Tom, mas a questão é que conhecimento é poder. E agora que sei que existe um potencial luminoso entre nós, posso fazer meu melhor para evitar isso pelo bem do que *realmente* importa: passar este verão vivendo aventuras que vão nos levar de volta a nossa antiga amizade, que vão nos ajudar a entender o que está por vir em nossas vidas.

Tom acena a mão na frente do meu rosto. Quando pisco

para sair do redemoinho de pensamentos e o encaro, ele perde o olhar brincalhão e diz:

– Você está bem?

Limpo a garganta. Tenho que salvar esta situação. Preciso de um extintor de incêndio metafórico, por assim dizer.

– Então, qual é o oposto de *shippar* um casal? – pergunto, dando um passo para trás.

Seus olhos se voltam para o cimento, notando a distância.

– Afogar um casal? – ele responde mesmo assim.

Tento manter a voz leve, embora as palavras pareçam pesar em minha língua.

– O universo curtiu muito a ideia de nos jogar no rio, então. Parece que estamos a salvo das armadilhas da Crate & Barrel.

Meu cérebro se embaralha por um momento, porque me ocorre que Tom pode perguntar algo para esclarecer. Por exemplo, se estou dizendo isso porque Luca nos interrompeu ou porque não senti nadinha em nosso quase beijo.

Mas ele apenas solta um longo suspiro e cutuca um pedaço de grama no pátio.

– Parece que sim – ele diz.

O que quer que tenha desinflado seu peito quase desinfla o meu também. Eu deveria estar aliviada por ele concordar. A última coisa de que precisamos é de *mais uma* complicação neste verão já cheio de complicações. Mas, enquanto esse fiapo de complicação potencial desaparece, não posso deixar de me perguntar como seria do outro lado, mesmo que por apenas um instante.

Ficamos em um silêncio constrangedor e não sei quem vai preenchê-lo, mas no fim nós dois somos poupados. Nossos celulares começam a vibrar nos nossos bolsos ao mesmo tempo.

Ah ótimo posso cancelar seus sequestradores. Contem comigo, diz a mensagem de Mariella.

As mensagens de Jesse embaixo são um eloquente DFJGDLFGJDLFJDLFkdAF:LkaSFL:!!!!! CHUPA, FALLS CREEK!!!!!!!!!! Seguido por (só para esclarecer estou extremamente dentro).

A resposta de Luca é apenas um GIF do Patrick do *Bob Esponja* gritando "QUEM É ESSA GENTE TODA AQUI?". Tom e eu vemos ao mesmo tempo, porque soltamos uma gargalhada abrupta e nos entreolhamos.

Assim, de repente, todas as complicações parecem se esvair. Temos dezoito anos e toda essa cidade a nossos pés e um verão inteiro para passear. Todos os nossos *e se* acabaram de virar *e agora* – como se finalmente a lista não fosse apenas de refúgios, mas de lugares que valem a pena. Ainda não faço ideia de onde ou como, mas, enquanto tivermos um ao outro, sei muito bem que vamos curtir o passeio.

Um admirador gostaria de te enviar um presente pelo "Com amor"! Faça login no aplicativo para aceitar e encontrar seu entregador.

Encaro a tela do celular, perguntando-me se Tom configurou o aplicativo errado. Hoje de manhã, depois que a poeira da tempestade de "Riley incitou a fúria da mãe, abandonou o estado da Virgínia e complicou seu verão todo" baixou, ele me ajudou a configurar meu perfil de entregadora para eu poder ganhar dinheiro fazendo entregas também. Esse é o oposto da notificação que eu deveria estar recebendo.

Abro o aplicativo e vejo as opções para escolher um cruzamento para encontrar o entregador com o tal "presente", optando pelo cruzamento mais próximo do apartamento de Tom principalmente porque suspeito que seja o próprio Tom. Passamos a tarde em missões separadas: ele levando uma série de entregas, e eu sofrendo para comprar um pacote de dez calcinhas da Old

Navy. Talvez ele tenha terminado suas rodadas e decidiu fazer uma brincadeira.

Só que não é Tom com o boné do "Com amor" segurando um buquê de flores coloridas, mas outro entregador.

– Espera, de quem são? – pergunto, aceitando o buquê.

O entregador dá de ombros.

– É anônimo – ele diz, o "dã" implícito.

As pessoas estão me encarando abertamente quando volto ao apartamento como se eu fosse uma grande mulher misteriosa. Até eu tenho que admitir que, apesar de estar usando uma calça jeans suja e uma camiseta branca gigante de Tom depois de encharcar a minha de suor, a entrega extravagante e pública de flores emana uma energia de personagem principal.

Eu as coloco em um dos vasos bonitos de Vanessa, então Tom chega com os braços cheios de tantas compras que parece prestes a tombar para frente e causar um pequeno terremoto. Atravesso o assoalho de madeira para pegar algumas das sacolas dele.

– A gente vai abrir um restaurante? – pergunto sob o peso do que parecem ser todos os produtos de um corredor de comida do mercado.

Ele deixa o resto das sacolas em cima do balcão.

– Pensei que poderíamos precisar de mais suprimentos.

Não me dou ao trabalho de mencionar que somos apenas dois seres humanos, e não cavalos de corrida premiados, porque, parando para pensar, a geladeira estava praticamente vazia quando cheguei. Além disso, a questão maior é que, se depender dele, Tom vai cuidar discretamente de tudo que há para ser cuidado.

– Certo, precisamos de regras básicas – digo abruptamente.

As sobrancelhas de Tom se erguem, quase assustado, mas ele acena vigorosamente.

– Sim. Manda.

Jesus, não sei como esse menino sobreviveu tanto tempo sem ser arrastado para um esquema de pirâmide de amigo bem-intencionado.

– Em nome da divisão igualitária de trabalho – digo.

Tom acena de novo, mais devagar desta vez, e fala:

– Certo. Mas, se tiver outras regras, é melhor defini-las agora. Ou então ir acrescentando ao longo do caminho.

Franzo o nariz ao vê-lo pegando um bloco de notas na bancada da cozinha, um dos poucos sinais da presença de Vanessa no apartamento. Ela sempre teve um em cada cômodo para caso uma ideia lhe ocorresse. Tom vira uma página que diz apenas "deixar todos mais tarados??" e olha para mim com expectativa.

Penso por um momento e sugiro:

– Bom, pra começar, deveríamos mandar mensagem pra avisar o outro quando sairmos, caso alguém seja sequestrado e/ou assassinado.

– Certo – diz Tom, anotando atentamente. – Vou acrescentar também "não ser sequestrado e/ou assassinado" na lista, por via das dúvidas.

– Genial. Mas basicamente vamos dividir as tarefas. Incluindo as compras. Não quero ver você sendo sufocado embaixo de uma pilha de caixas de cereal excessivamente caras.

– Não se depender do Tigre Tony.

– E convidados? – pergunto.

A caneta de Tom para em sua mão.

– O que tem eles?

Bato no bloquinho para que ele continue.

– Tipo, se você quiser chamar alguém aqui.

– Imagino que sejam as mesmas pessoas que você queira chamar? – diz Tom.

– Claro, mas e se for, tipo… uma *convidada?* – elaboro e, por algum motivo, enfatizo dando uma rebolada absurda com o quadril.

– Desculpa, que tipo de convidada? – Tom pergunta, com um sorrisinho irônico.

Meu rosto arde, sem entender por que toquei no assunto. Mas é claro que sei por quê. Parte de mim está curiosa se é algo que Tom já fez – se ele já se envolveu seriamente com alguém a ponto de trazer a pessoa aqui ou ir para a casa dela. Me ocorre que, quando eu e Jesse namorávamos, Tom e eu não conversávamos muito sobre isso. Até onde sei, Tom partiu corações de um lado a outro de Central Park West.

Porque aquele quase beijo lá embaixo? Aquilo foi bem foda. Foi como se ele soubesse o que estava fazendo quando segurou meu rosto daquele jeito – como se estivesse pronto e treinado e no controle. O que significa que ele deve ter beijado várias pessoas, o que é estranho porque nunca o imaginei beijando ninguém antes, e agora que estou imaginando, esse é um pensamento irracionalmente desagradável. Equivalente a pisar num LEGO. O que, graças à nerdice de Tom, fiz muitas vezes na infância.

Ele está tentando sem sucesso não rir de mim quando diz:

– Não pretendo trazer nenhuma boia inflável dançante aqui em cima. – Ele suga os lábios por um breve momento e, então, acrescenta: – Mas, se quiser… sabe…

– Não – digo, rápido. – Certo, então. Vou acrescentar "não assistir a reprises de *Marés do tempo* sem o outro".

– Nem sonharia com isso – diz Tom, acrescentando o item na lista com cuidado.

É mais ou menos tudo, exceto por uma última coisa:

– Sem estranheza também.

– Essa é uma condição extremamente ampla – Tom aponta.

Eu me apoio em sua bancada, deslizando nela de lado e, sem querer, me aproximo dele. Ele cheira a suor e sol e Tom.

– Quer dizer... sabe. Coisas pessoais. Tipo, se vamos dividir o apartamento, vamos testemunhar todos os acidentes corporais e peculiaridades sem sentido e, tipo, *sentimentos* um do outro. Então nada de fingir que as coisas estão bem se não estiverem, acho.

Devia haver formas mais eloquentes de expressar isso, mas fico grata por não as ter encontrado, porque Tom fica imóvel por um momento, tão imóvel que sei que entendeu perfeitamente o que quero dizer.

– Sem estranheza – ele ecoa, acrescentando isso à lista. Ele coloca a caneta na bancada e volta a olhar para cima, pousando os olhos nas flores. – Ah. São bonitas.

Meus olhos se estreitam para ele com desconfiança.

– Ou não são? – ele diz, confuso.

– Se você não era meu "admirador", então temos um bom e velho mistério de Scooby-Doo em nossas mãos – falo.

– Alguém te mandou flores pelo aplicativo? – ele pergunta, tão surpreso que tenho certeza de que não está representando um papel. Estou em conflito comigo mesma, tentando ignorar tanto a pontada de decepção quanto a arrogância adolescente.

– Sim. Um dos meus muitos pretendentes – brinco.

Tom está examinando as flores com tanta intensidade que por um momento parece que ele está tentando não me olhar nos olhos.

– Talvez sua mãe? – ele pergunta.

Sinto um revirar rápido no estômago.

– Não. Estamos presas num impasse superdivertido agora em que nenhuma de nós manda mensagem para a outra.

A testa de Tom se franze.

– Que saudável.

– Talvez eu tente de novo quando ela se acalmar – digo, antes que ele possa dar uma de "futuro estudante de psicologia" para cima de mim. Não quero que ele se preocupe com isso, sendo que ele claramente tem suas próprias questões com Vanessa para resolver. – É só que, se eu mandar mensagem pra ela agora, ela vai continuar me ignorando ou vai fazer com que eu me sinta culpada, e essas duas opções eu dispenso.

– Tem certeza de que você está bem com isso?

Nem um pouco. Pode ter sido eu quem pediu espaço, mas é estranho não mandar mensagem para ela a cada minuto do dia. Mesmo quando estávamos sobrecarregadas, nos falávamos com tanta frequência que parecia que nunca ficávamos separadas. O silêncio dela é tão ensurdecedor que parece uma maldita câmara de eco.

– Não – digo, encolhendo os ombros tensos –, mas vai ficar. É só um verão.

– Riley – Tom começa, mas o interrompo.

– Talvez seja Mariella – digo, radiante, voltando a atenção para as flores. A gente passou o dia todo trocando mensagens sobre as peças da Broadway que queremos ganhar em sorteios, e concluí pelo seu uso generoso de maiúsculas que existem poucas coisas na vida dela em que ela se compromete pela metade.

Tom examina meu rosto com atenção, como se estivesse tentando decidir se insiste ou não na questão da minha mãe. Por fim, ele diz:

– É, parece algo que Mariella faria.

Exceto que não é nem um pouco algo que ela faria, o que descobrimos alguns dias depois, quando nosso grupo da Lista de Refúgios se reúne para ticar o item número quatro. Mariella chega mais cedo no apartamento com o almoço porque seu pai "fez tantos *sorullitos* que daria pra encher o Lincoln Tunnel". Quando ela explica que são queijos doces fritos empanados com fubá, Tom e eu complementamos com nossos próprios encantos culinários (leia-se: tirar refrigerantes da geladeira).

Depois de um abraço rápido que rivaliza com os abraços esmagadores típicos de Tom, Mariella pega minha mão e me observa, pousando os olhos na camiseta larga com um logotipo da Falls Creek Middle School estampado no peito.

– Isso é... uma escolha – ela diz.

Aponto o queixo na direção de Tom.

– Estou fazendo *cosplay* daquele cara ali durante o verão. Todas as minhas roupas ficaram em casa.

Isso até que foi útil para as atividades dos últimos dias, que incluíram e não se limitaram a suar, suar e – surpresinha – suar mais um pouco. Adorei cada segundo dos pedais pela cidade atrás de Tom fazendo entregas aleatórias durante o meu treinamento, mas o verão de Nova York me faz sentir inveja dos ovos fritos, porque eles pelo menos são tirados da frigideira em algum momento. Esta cidade continua fritando até o cair da noite.

Mas as grandes quantidades de protetor solar e Gatorades tomados em um gole só valeram a pena para que eu visse a cidade a pleno vapor. Nos últimos dias, subimos até o Apollo Theater no Harlem e descemos até o Financial District para eu ver a Estátua da Liberdade do Battery Park. Uma entrega de flores nos prendeu entre um casal que brigou e fez as pazes de maneira muito alta e pitoresca na West Village; entregamos um número absurdo de brinquedos do Homem-Aranha para uma mulher confusa mas contente no Upper East Side; passamos até por uma portinha de artista da Broadway para entregar cookies para uma atriz substituta que estreava naquela noite.

Também fiz inimizade com todos os pombos teimosos da cidade, mas perdi batalhas suficientes para saber que não vou vencer essa guerra.

– Ah, de jeito nenhum. Sem ofensa, Tom. – Mariella solta minhas mãos, reconsiderando. – Na verdade, com ofensa, Tom. Como você pode morar aqui e não ter senso nenhum de estilo?

– Porque ele é bonito – digo, antes que ele possa responder.

Tom se engasga com o refrigerante, mas Mariella concorda.

– Você também é, mas foda-se. Você é uma nova-iorquina agora. Suas roupas precisam ter *seu* estilo. Vamos garimpar em brechós. Encontrar coisas que não tenham buracos nas axilas.

Fico ainda mais grata pelas roupas emprestadas de Tom agora porque eu estava mesmo procurando uma desculpa para sair com Mariella a sós. Não que eu esteja em qualquer sentido temendo nossa excursão em grupo hoje, que é em igual medida uma armadilha para turistas, um treino e uma nerdice convicta – vamos caminhar os dez quilômetros do Central Park com guias de *Marés do tempo* na mão, mapeando todos os lugares em que os personagens da série estiveram.

Satisfeita por resolver meu dilema *fashion*, Mariella olha para o vaso em cima da bancada e diz:

– Pelo menos Tom tem bom gosto pra flores, mesmo que pra roupas, não. – Momento em que temos que confessar que não fazemos ideia de quem as mandou, o que encanta tanto Mariella que fica claro que isso também não foi obra dela. – Ah, como é bom ser uma jovem em Nova York vivendo um clichê de comédia romântica – ela diz, recostando-se dramaticamente na bancada.

– Por falar nisso, você descobriu quem te mandou aquelas barras de chocolate? – pergunto.

Mariella solta um *pfft* e diz:

– Pra quê? Quem quer que seja claramente não sabia porra nenhuma sobre mim. Ao contrário de quem mandou essas flores pra você. – Ela afofa o buquê colorido e caótico de flores com o topo da mão. – A pessoa captou toda a sua essência.

Ela olha para Tom como se estivesse esperando que ele concordasse, mas ele pegou o celular de novo e de repente está muito ocupado relendo a conversa do grupo.

– É melhor a gente sair – ele diz, pegando a mochila tão cheia que, se a derrubar, acho bem possível que ela atravesse o piso e vá parar no saguão lá embaixo.

– Por favor, me deixa carregar literalmente qualquer coisa – digo.

Tom obedece e me entrega o mapa.

– Qualquer coisa menos isso.

O Central Park é ridiculamente lindo. Embora eu já tenha ido dezenas de vezes, fico atrás de Mariella e Tom para contemplar tudo. Atravessar a rua para entrar no parque é uma transição tão abrupta que parece que tenho os pés em mundos diferentes – um deles nesta cidade vibrante e elétrica cheia de riscos altos como seus edifícios, e o outro no verde vivo e viçoso. Não consigo convencer meu cérebro de que este lugar é real.

Luca já está nos esperando quando chegamos ao ponto de encontro marcado em Central Park West, usando um par de tênis de corrida, um short esportivo e uma legítima viseira verde-néon. Ele nos vê e ergue os braços com tanto entusiasmo que seu corpo dá um pulinho involuntário com o movimento.

– Ah, ele é uma graça – Mariella diz de imediato. – Vou sequestrá-lo.

– Você estaria fazendo um favor a ele. Ele está desesperado para curar o bloqueio de escrita e precisa de uma boa história – digo.

– Não sei o quanto ele vai conseguir escrever do meu bolso da frente, mas pode ser que dê um jeito.

Luca vem até nós todo saltitante e me dá um abraço rápido.

– Minha mãe comprou uns livros sobre roteiro e enredo para mim dia desses e ainda estou grifando algumas partes, mas você *precisa* ler quando eu terminar. – Depois ele vai abraçar Tom e diz: – Ah, *nossa*, você é alto, não Riley. – O que faz as sobrancelhas de Mariella se erguerem em confusão bem quando Luca se volta para ela e, de repente, abruptamente, congela. – Oi – diz Luca.

Não pensei que ele fosse capaz de ser monossilábico, mas não sai mais nada da boca dele.

Mariella estende a mão, abrindo um sorriso simpático.

– Oi. Sou Mariella.

Os olhos de Luca alternam entre a mão e o rosto dela e, inexplicavelmente, a expressão dele parece se esvair. Como se até suas sardas tivessem ficado menos fortes.

– Luca – ele diz, pegando a mão dela mesmo assim.

Mariella ergue a outra mão para apertar as duas ao redor da dele, ainda com seu sorriso aberto e radiante a que Luca parece ser imune. Na verdade, ele parece ter ficado ligeiramente catatônico. Olho para Tom, cujos olhos já estão nos meus manifestando a mesma confusão, quando então todos os nossos celulares começam a vibrar com mensagens de Jesse.

Parece que a linha C vai pro BROOKLYN??

Enfim alguns hipsters me mostraram o caminho devo chegar em dez

Não façam nada nerd sem mim

– Bom, se é pra ficar esperando uns minutos, acho que talvez eu devesse… aceitar isto? – diz Tom, mostrando a tela do celular para nós. É a mesma mensagem que recebi do "Com amor" alguns dias atrás, dizendo que um admirador está querendo mandar algo para ele.

Sinto uma pontada logo abaixo das costelas, algo que vem e passa rápido demais para que eu possa identificar o que é. Não que eu esteja com ciúme. É só inesperado, nada além disso, ter essa interrupção no nosso dia. Na verdade, eu deveria ficar aliviada com a evidência de que Tom tem mais um amigo, porque nem nos últimos dias aqui ele mencionou alguém.

Mariella chega perto e clica no botão ACEITAR, e nós quatros voltamos ao fuzuê da entrada da 79th Street para encontrar o entregador. É o mesmo cara que entregou minhas flores, que evidentemente conhece tanto Mariella quanto Tom – Mariella tem mais de meia dúzia de admiradores, e Tom é seu colega de trabalho.

– Vê se pega leva com isso, hein, cara – diz o entregador, estendendo a Tom um frasco amarelo-vivo.

– É um protetor solar? – diz Luca.

Mariella pega o presente, dando uma sacudida no frasco para testar.

– Fator de proteção 100. O sol vai chorar.

Tom também está perplexo, mas genuinamente contente.

– Bom, protetor nunca é demais – ele diz, abrindo o zíper do bolso da frente da mochila para revelar *mais* dois protetores.

– Quem mandaria isso? – Luca pergunta, em voz alta, enquanto Tom nos guia para um lugar com sombra.

Dou uma cutucada nele com o ombro.

– Parece um bom mistério pra uma história nova.

Os olhos de Luca se iluminam.

– Tem razão.

– Então você é escritor – diz Mariella a Luca.

Luca pisca, baixando os olhos.

– Sim – ele diz. – Ou... quer dizer... tentando ser.

Sem se deixar abalar pela timidez súbita de Luca, Mariella tira a câmera da bolsa e diz:

– Eu também. Quer dizer... com fotografia. Não tenho paciência pra escrever, mas pra tirar fotos... ainda não sou boa, mas estou tentando.

Luca relaxa um tiquinho, apenas o bastante para eu sentir que Tom também relaxou um pouco ao meu lado. Estou tão acostumada com ele sendo quem alivia a tensão entre as pessoas que entravam e saíam dos nossos grupos de amigos que achava isso normal, presumindo que era algo natural para ele. Que ele devia viver em busca de momentos de tensão como esse para aliviar.

– Certo, se você tem um caso tórrido de *skincare* com alguém, agora é hora de revelar – digo, torcendo para arrancar uma risada dele.

Recebo um sorriso tímido, e aproveito sua distração para tirar as outras duas embalagens de protetor e colocá-las na minha mochila antes que a dele comece a se rasgar ou esmagar seus pulmões.

– Vai saber? Talvez tenha começado agora. – Ele cutuca meu braço com o cotovelo. – Mas isso não é tão romântico quanto flores.

Ou *mais* romântico, considerando que se trata de Tom, que deve ter saído da puberdade se atraindo única e exclusivamente por pessoas precavidas demais. Estou tentando me convencer a não pensar demais nisso nem metralhar Tom com perguntas sobre sua admiradora secreta quando sou poupada pela chegada de Jesse.

– Ah, graças a Deus – diz Jesse, colocando uma mão no meu ombro e a outra no de Tom como se tivesse acabado de chegar em casa. – Alguém ali atrás acabou de dar uma cantada nos meus belos rins.

– O que é bonito a gente mostra – diz Mariella.

– Ou talvez não – Luca fala, ligeiramente alarmado. – Acho que preciso de pelo menos um.

– Exatamente o que pensei, amigão – Jesse comenta.

Fazemos apresentações rápidas através do pequeno oceano de protetor solar que passamos entre nós, quando descobrimos que Luca é um nova-iorquino nativo, assim como Mariella, e que Jesse e a banda acabaram de fazer uma sessão de fotos, e é por isso que sua calça jeans e camisa *tie-dye* cinza parecem ainda mais rasgadas que o normal.

– Só topei vir porque Tom e Riley nunca me levaram pro mau caminho, mas alguém me explica, por favor, o que vamos fazer? – pergunta Jesse, depois que saímos para a primeira parada.

– Com todo prazer – digo. – Lily Thorn tinha uma caminhada beneficente pelo circuito do parque que eu ia fazer de ônibus com Tom... quando foi, nas férias de inverno do primeiro ano?

– Ah, sim. Você ficou mais arrasada com isso do que com o nosso término, se bem me lembro – diz Jesse, com ironia.

Ergo a mão e puxo sua orelha de leve.

– Falou o cara que nunca nem se deu ao trabalho de terminar comigo – retruco.

Jesse ri, abrindo a boca como se fosse contestar, mas então Luca pergunta:

– Quem é Lily Thorn?

– Lily Thorn! – diz Mariella. – Ativista de direitos animais! Guru de beleza! Rainha da *air fryer* no TikTok!

Se Luca ficou assustado com o entusiasmo dela no começo, parece estar se acostumando agora, porque ele abre um sorriso largo.

– Ela também é a estrela da série de TV *Marés do Tempo* – diz Tom, quando Luca se volta para nós em busca de esclarecimento.

– Aquela série de livros que Riley quase tatuou no braço – diz Jesse.

Os olhos de Luca se arregalam.

– Você quase fez uma tatuagem?

Tom se vira para mim e diz:

– Espera, do quê?

– Mais importante, *onde*? – Mariella pergunta.

– Pensei em fazer, mantra da pedra do tempo, banda esquerda da bunda – digo, respondendo às três perguntas de uma vez. Diante da expressão incrédula de Tom e da cara ligeiramente espantada de Luca, acrescento: – Certo, estava mais pro antebraço. A questão é que Tom e eu somos obcecados por essa série e ficamos muito, muito chateados por não fazer parte dessa caminhada quando ela aconteceu, já que ela tinha o tema *Marés do Tempo* e incluía paradas em lugares que eles visitavam com a pedra do tempo na série.

"Chateados" é o eufemismo do ano. Eu tinha quinze anos e estava no auge da fase "ninguém me entende". Portas foram batidas. Culpa foi sentida. Agora que desconfio fortemente que esse foi apenas um dos muitos reencontros de Tom & Riley que minha mãe impediu de propósito, queria poder retirar essa minha culpa.

Mas acho que, se tivéssemos conseguido o que queríamos quatro anos atrás, não estaríamos com esse grupinho heterogêneo – Luca com seu legítimo bloco de notas saindo da bolsa ("Li em algum lugar que é o que sua mãe usa pra anotar as ideias!", ele disse a Tom, animado), Mariella se debatendo com várias lentes para capturar as diversas atividades no parque, Jesse segurando de ponta-cabeça o mapa que pegou de mim, parecendo mais perdido e confuso do que nunca.

Tom encontra meu olhar com um sorriso conspiratório de lábios fechados. O mesmo que trocávamos por sobre a cabeça de todos os nossos amigos quando éramos mais novos – mesmo então, éramos tranquilamente os mais altos do grupo. Claro, naquela época, seu sorriso não fazia minha respiração se prender em meus pulmões por um segundo, mas é uma sensação confortavelmente familiar mesmo assim.

Nossa primeira parada é o Castelo Belvedere, um verdadeiro minicastelo bem no meio do parque. Em vez de subir por trás dele como todos os outros turistas estão fazendo, Tom nos faz dar a volta para olhar a fachada.

– Puta merda – digo. – Os cortes de cenas na série não faziam jus a isso.

O castelo é minúsculo, mas elevado por um rochedo quase todo plano e inesperadamente alto, que se projeta no meio do parque, e tem vista para um laguinho que está tão parado hoje que dá para ver o reflexo de toda a vegetação ao redor como se fosse um espelho. Parece saído de um conto de fadas. Quase acho que vamos encontrar uma princesa da Disney em algum tipo de sono amaldiçoado quando chegamos ao topo.

– Bom, eles estavam ocupados fugindo de minhocas temporais na época, e em vestidos longos dos anos 1930 ainda por cima. Difícil aproveitar a vista – Tom fala.

– Tenho uma confissão vergonhosa – Luca diz, sério. – Nunca li *Marés do Tempo* quando era criança.

– Você precisa ter vergonha mesmo. Meu Deus – digo, voltando-me para Tom. – Não acredito que estamos sendo vistos com ele em público.

Tom ri e diz a Luca:

– Sei que a série tecnicamente é para um público mais jovem, mas aposto que você curtiria. Os personagens vão crescendo. Começa quando eles têm onze anos e termina quando têm dezoito.

Tento não sorrir do Tom de dezoito anos tentando converter alguém para a seita de *Marés do Tempo* com tanto fervor como fez aos oito anos, e acrescento:

– Seria uma boa inspiração pras suas histórias. Os enredos são absolutamente insanos, mas tudo se encaixa de modo a fazer todo sentido.

Luca acena com a cabeça, pegando seu bloco de notas e escrevendo *MARÉS DO TEMPO – LER!!* num garrancho muito agressivo.

– E é, tipo... sobre viagem no tempo? Fantasia? Assim, do que você gosta na série?

– Não *gosto* da série, eu *sou* a série – digo. – E, sim. É meio que um misto de fantasia e ficção científica e até um pouco da boa e velha comédia romântica, mais pro fim. Eles focaram bastante no lance "será que eles vão ficar juntos?".

Luca assente e diz:

– Meio como você e Tom quando vocês quase se beijaram no outro dia?

Solto uma risada engasgada, mas as bochechas de Luca coram tão imediatamente que fica claro que ele só estava esperando uma abertura para perguntar isso o dia todo. Mariella fica boquiaberta atrás dele, os olhos brilhando de diabrura e emanando um claro *é melhor você botar tudo para fora agora ou vamos ter que discutir isso depois*. Nem me esforço para inventar uma desculpa logo de cara, achando que Jesse vai fazer piada com a gente, mas ele está olhando o celular.

– Ah, aquilo… não foi o que parecia – consigo dizer.

Luca está subitamente contendo um sorriso.

– Não?

Tom acena e diz muito sério:

– Eu estava pedindo a opinião de Riley sobre tábuas de queijos de mármore falso bem trabalhadas e precisava chegar pertinho pra ouvir melhor. Não é um assunto pra ser levado na brincadeira.

Todos dão risada e Tom aponta na direção do castelo para darmos a volta e subirmos a escada dos fundos. Jesse ergue a cabeça do celular com as sobrancelhas franzidas por uma fração de segundo antes de encontrar meu olhar e sorrir tão facilmente que talvez eu tenha imaginado a cena.

– Tudo de boa? – pergunto.

– Na lagoa – ele diz, com um ar tranquilo, voltando a nos acompanhar.

No alto do castelo, há uma vista arrebatadora do lago abaixo de nós, do gramado verde e viçoso depois dele e das árvores imensas que o cercam, e dos prédios da cidade atrás delas. É água e verde e concreto e céu, tudo ao mesmo tempo. Luca se apoia ao meu lado na beira do castelo e, por um momento, ficamos parados tentamos absorver a vista de todos os lados.

– Respondendo a sua pergunta anterior – digo, sem nem saber ao certo o que vou dizer. – O que mais amo na série era que os personagens podiam simplesmente fazer o que quisessem. Claire, a personagem principal... ninguém fala pra ela o que fazer ou onde estar ou, mesmo se tentassem falar, ela simplesmente confiava nos próprios instintos. Ela podia ser tudo ao mesmo tempo e aprender com seus próprios erros.

Luca acena, quieto como nunca enquanto absorve o que eu disse.

– Então não era tanto sobre o enredo. Mais sobre o sentimento?

Minha garganta se aperta porque, porra. Ele acabou de bater um prego inesperado em minha cabeça.

– Sim – digo.

E eu poderia falar mais sobre esse sentimento. Que às vezes parecia mais uma casa do que uma história. Quase como se a série fosse escrita para me trazer todas as melhores coisas da vida: amor pela leitura. Inspiração para escrever. Ideias para as minhas próprias aventuras. Tom.

– Talvez seja essa a chave, então – diz Luca, alternando o olhar entre mim e a paisagem. – Um sentimento sobre o qual valha a pena escrever.

Limpo a garganta.

– Talvez – digo.

Eu me viro para Tom, mas Jesse acabou de distraí-lo apontando para um bando de tartarugas no lago lá embaixo. É Mariella quem está atrás de mim, com a câmera erguida a caminho do olho, observando Luca com atenção, como se ele fosse o visor. Ela sente meus olhos em si e abre um sorriso rápido, levantando a câmera e dizendo:

– Diga "xis".

Luca sorri, colocando um braço ao redor de mim, e mostro a língua, fazendo chifrinho atrás da cabeça dele. Ela tira uma foto de Jesse e Tom na sequência, os dois se virando imediatamente para ficar de costas um para o outro feito agentes secretos, como faziam quando ficávamos de palhaçada no fim do fundamental. Então pego a câmera dela e a puxo para uma selfie. Ela fica tão surpresa que quase se esquece de sorrir, depois me aperta num abraço tão efusivo que mal consigo segurar a câmera direito, levando Tom a sentir pena de nós e vir tirar a foto ele mesmo.

– Muito fofo – ele diz. – Ainda mais porque nenhum de nós está sofrendo com feridas abertas deixadas por picadas de minhocas temporais venenosas.

– Nós cuidamos dos nossos – digo.

Nossa parada seguinte é a Bethesda Fountain. Mariella mostra o caminho, já que esteve lá várias vezes.

– Filmaram cenas daquele reboot de *Gossip Girl* aqui – ela nos conta, a título de explicação.

Enquanto os meninos ficam para trás, Jesse regalando Tom e Luca com algum tipo de peripécia em que ele e a banda se meteram quando ficaram trancados para fora do apartamento e alugaram um quarto de karaokê para cochilarem até a hora que o zelador abriu a porta para eles.

É sábado, então o espaço todo está lotado de turistas, não apenas perto da fonte alta com sua imponente estátua de anjo nos olhando fixamente como se tivesse olhos em cada um de nós, mas nos barcos a remo no lago logo depois dela e no pequeno túnel que leva a ele, com os interiores decorados com uma arte tão elaborada e ornamentada que dá a impressão de que entramos numa minicatedral.

Por um momento, fico tão aturdida pela beleza de ver isso tão de perto que até me esqueço de falar. O túnel tem uma aparência estranha e sacra e deslocada nesta cidade efervescente, tanto que todos parecem estar falando em sussurros, apesar do homem fazendo uma apresentação com uma corda gigante e soprando bolhas logo à frente. Mas Mariella não parece se importar, admirando o espaço como se estivesse tentando vê-lo de novo com outros olhos antes de olhar para ele através de sua lente.

Abro a boca para falar que este foi o lugar em que Claire e seus amigos usaram a energia residual da pedra do tempo para fazer a estátua de anjo ganhar vida a fim de impedir que um dilúvio apocalíptico trazido por uma matéria espacial deslocada vazasse lentamente para Nova York ao longo dos anos 1890, mas Mariella afasta a lente da câmara antes que eu possa surpreender todos, inclusive eu mesma, com o volume de história fictícia que sei sobre a cidade.

– Que bom que fizemos isto. Eu me sinto ligeiramente menos nerd aqui com minha câmera quando não estou sozinha.

– Como é que é? – rebato. – *Marés do Tempo* é nerd. Qualquer que seja o animal raivoso que Jesse acabou de imitar pros meninos lá atrás é nerd. Tenho quase certeza de que isso não se aplica para meninas chiques de câmera na mão.

Mariella joga o cabelo para trás, de brincadeira, mas não consegue se entregar completamente ao gesto, como se estivesse fora de sincronia. Ela suspira e diz:

– Não sei. Sou nova nisso. Estou aprendendo com tutoriais de YouTube e sinto que qualquer fotógrafo legítimo consegue olhar para mim e saber que não passo de uma pequena fraude.

– Bom, todo mundo tem que começar de algum lugar – falo. – Aquelas não pequenas fraudes devem ter sido péssimas no começo.

Mariella gargalha.

– Então você admite que sou péssima.

– Não. Nem tenho olho pra julgar, na verdade. – Viro a cabeça para ela, observando sua bolsa chique de câmera e os bolsos fechados para as lentes. Sua inexperiência talvez seja mais aparente pela maneira excessivamente cautelosa como ela segura o equipamento que ainda não sabe usar, mas que claramente escolheu com cuidado. – Mas por que fotografia? Você disse que precisava de hobbies novos. Você só se decidiu por esse aleatoriamente?

Para minha surpresa, Mariella vira a cabeça para mim e diz:

– Tudo bem, Riley. Sei que Tom já deve ter te contado a essa altura.

– Contado o quê?

Ela meio que revira os olhos, como se estivesse tentando manter a ironia de sempre, mas não conseguisse.

– Sobre aquele meu *lance* no ensino médio.

– Tom não disse nada – digo. – Só que você é uma gênia da computação.

Se não me engano, a expressão de Mariella vacila um pouco antes de ela dizer:

– Aff. É claro que ele não contou. Ele não passa de uma pessoa insuportavelmente boa, não é?

– Desde sempre – concordo.

Mariella olha Tom por sobre o ombro. Ele está sem dúvida todo animado, bancando o pseudoguia turístico com Luca e Jesse e falando sobre a história da fonte que ele me deu durante o jantar ontem à noite.

– Bom, o resumo da história é que eu andava com um outro grupo na época. E eles estavam metidos com umas coisas que eu achava que tinha que me meter também. E aí, quando decidi desencanar, eles simplesmente meio que... – Mariella faz um gesto de "puf" com as mãos, depois revira os olhos de novo com ironia para mostrar que é uma bobagem. – Enfim. Eu sentia que precisava de algo só meu. Mas fazer algo que seja só meu é meio que uma atividade solitária.

Não tenho como entender do que ela está falando – pelo menos não sem saber os detalhes e como ela se sente com as consequências da coisa toda. Mas reconheço o sentimento mesmo assim – o sentimento descontrolado e assustador de que o tempo está escorrendo tão rápido que você não imagina que vai levantar os olhos para as pessoas que estão passando e se dar conta de que está sozinho.

– Bom, vou ficar o verão todo aqui – digo. – Se precisar de uma espectadora de apoio emocional pras suas aventuras fotográficas, eu topo.

Mariella sorri para mim, mas não é aquele sorrisão largo e arrebatador de sempre. É mais discreto. Algo com raízes tanto no coração quanto na cabeça.

Estou prestes a lhe dizer que, se ela quiser conversar, também estou aqui. Mas é então que os meninos nos alcançam, num debate acalorado sobre o que fazer com a moeda que acabaram de encontrar no chão (Tom explica comportadamente que eles não podem usá-la para fazer um pedido na fonte, apontando para as placas que dizem que é para ajudar a preservá-la).

Jesse joga algumas moedas no pote de gorjetas do homem das bolhas e diz:

– Gosto mais desse. Acredito que a magia dessas bolhas gigantes vai realizar meus sonhos.

– Que sonhos seriam esses? – pergunto. – Você já está aqui, afinal.

Jesse abre um sorriso largo.

– Está aí uma verdade – ele fala, jogando um braço relaxado ao redor de mim e me puxando para perto. – E ainda trouxe uma clandestina!

Passamos pelo Central Park Mall e voltamos a subir pela trilha de corrida para seguir para nossas próximas paradas – a estátua de Balto e o carrossel –, depois voltamos para o oeste, por onde começamos, desta vez através do trecho de árvores chamado Ramble, onde desviamos de bandos de observadores de pássaros. Adquirimos um ritmo tranquilo conforme Tom e eu explicamos nerdamente os pontos do enredo de *Marés do Tempo* associados aos lugares, Luca testa algumas ideias comigo como se estivéssemos na aula de escrita, Mariella tira fotos e Jesse faz comentários engraçados para nos manter entretidos, como sempre, reunindo pequenos refugos e lembrancinhas ao longo do caminho – a lista de compras perdida de alguém, o papelzinho da sorte de alguém que os distribuía, uma moedinha. Mas conheço Jesse bem demais para não notar a leve diferença em seu entusiasmo característico e os olhares furtivos para o celular.

Do outro lado do Ramble, Tom nos guia não para um ponto turístico de *Marés do Tempo*, mas para um coreto sobre a água, escondido da trilha principal. Há uma grande estrutura rochosa logo ao lado dele e, do alto, se vê uma penca de arranha-céus de Midtown perfeitamente cercados pelas árvores, resumindo Nova York.

Tom tira a mochila dos ombros e diz:

– Trouxe lanchinhos.

– Ah – diz Mariella. – Dava pra imaginar que você seria o amigo-mãe.

– O amigo Tom, se preferir – digo.

Tom saca orgulhosamente um pacote de Goldfish, um saco de Sour Patch Kids, uma caixa de Pop-Tarts e um monte de garrafas d'água, deixando a mochila aberta para que a gente considere suas oferendas. Aproveito a oportunidade para seguir Jesse quando ele entra embaixo do coreto, ainda franzindo a testa para o celular.

– Tá, vou perguntar de novo se está tudo bem e, desta vez, você não dar uma de Jesse e fingir que sim – digo.

Ele ergue os olhos com um sorriso tímido, ainda que agradecido, massageando a nuca.

– Está e não está. Mas acho que tenho que vazar logo mais. A banda tem ensaio.

– Você não tem nem um minuto? – pergunto, sentando-me em um dos bancos do mirante.

Esse é um velho truque do manual de Jesse. Se depender dele, ele tem a tendência de *correr correr correr* feito um brinquedo punk rock de dar corda, mas, se você conseguir fazer com que ele fique parado, ele normalmente vai confessar o que quer que o esteja corroendo.

Jesse hesita, metade dele prestes a fugir e a outra parada. Está, apreensivo, como se seu corpo todo vacilasse. Depois de um momento, ele aceita, sentando-se ao meu lado.

– Fui um bom namorado?

Preciso de todas as fibras do meu ser para não rir, mas só porque a pergunta é profundamente inesperada e ao mesmo tempo um pouco equivocada. Por mais que falemos para os outros, não é como se tivéssemos levado o namoro a sério. Mas Jesse está perguntando tão sinceramente que se virou completamente para mim à espera da resposta.

– O que te leva a fazer uma pergunta dessas?

Ele coça a nuca de novo.

– Sei lá. Tipo... você está certa. Nunca nem terminamos pra valer. Simplesmente acabou.

Ah, não. Não pensei que ele tivesse as coisas tão a sério. Consigo contar o número de vezes que comentamos sobre nosso relacionamento adolescente nos dedos de uma mão. Mas, enfim, Jesse é muito mais sensível do que seu humor solar sugere.

Coloco a mão no seu ombro e digo com um ar irônico de solenidade:

– O Jesse de catorze anos era um namorado muito bom. Ele sempre me deixava monopolizar a pipoca do cinema. A gente só começou a se afastar e fazer nossas coisas, só isso.

Jesse assente, mordendo o lábio inferior como se tivesse mais uma pergunta na ponta da língua.

– Bom, estou feliz que estamos nos aproximando de novo. Senti falta disto – ele diz em vez de perguntar. – De ser parte da turminha de Riley & Tom.

Aperto seu ombro e ele se anima.

– Além disso, a banda queria saber se você teria mais ideias divertidas de cartazes pros shows. Como os que você fazia na escola. Talvez a gente possa ver isso quando você vier estudar guitarra?

– Pode deixar – digo.

Jesse parece tão à vontade depois disso que acho melhor deixar para lá quando seu telefone começa a tocar e ele diz:

– Tá, preciso mesmo correr. – Se tem alguma coisa o incomodando, tenho certeza de que vai sair em algum momento.

Depois que Jesse pega alguns lanchinhos para viagem, eu me sento com Tom em cima da formação rochosa, observando Mariella tirar fotos da cidade enquanto Luca se envolve num jogo de pega-pega com um grupo de crianças pequenas. Ele sorri, ajeitando-se para abrir espaço para mim na parte plana da rocha, e divide um pedaço do seu Pop-Tart comigo.

Por cerca de um minuto, ficamos apenas em silêncio, comendo e admirando a vista da cidade. É linda. Cinematográfica até. Mas não acho que significaria tanto para mim se não fosse pela beleza da pessoa com quem finalmente estou compartilhando este momento.

– Não me admira que tenha tantas cenas de *Marés do Tempo* em Manhattan – diz Tom. – A cidade parece não ter fim, olhando daqui.

– "Leve-me às esferas de possibilidade" – digo, de brincadeira. É o mantra que os personagens diziam para despertar a pedra do tempo antes de partirem para uma aventura; metade das vezes, eles iam para onde queriam e, na outra metade, para onde a pedra decidia que eles precisavam ir.

– "Leve-me de volta ao lar onde me conhecem" – diz Tom, ecoando a frase que eles usavam para retornar.

Ele cutuca meu joelho com o seu e não o afasta depois. Sinto a leve pressão dele se espalhar como um calor por todo meu corpo. Então ele chega tão perto que sua voz está no meu ouvido quando fala:

– Sabe, sempre pensei que você seria o tipo de garota que tatua a banda *direita* da bunda.

Solto uma gargalhada abrupta e feliz. Quando me volto para ele, seus olhos estão brilhando com aquela travessura típica, de quando ele me pega de surpresa.

– Mesmo depois de todos esses anos, você ainda me conhece melhor que ninguém, hein? – digo, com afeto.

Mas a expressão de Tom vacila e seus olhos baixam para as nossas pernas antes de voltarem a encontrar os meus. Há um pedido de desculpas neles. Um que ele já fez e não é necessário.

Estendo a mão com a intenção de colocá-la em cima da dele quando somos interrompidos pelo grupo de crianças gritando alegremente e fugindo de Luca, que aparentemente é o "pegador". Ele chega saltitante atrás de nós, arfando um pouco, e diz:

– Isso é divertido. É quase como ser bom em esportes!

Mariella sobe a rocha para nos encontrar, chamando Luca:

– Você não falou que tinha que estar no trabalho às dezesseis?

– Vou ter que dizer pra minha família que estou muito ocupado sendo um esportista agora! – ele responde.

– Espera um segundo – diz Mariella.

Luca pisca como se achasse que ela está chamando outra pessoa, mas para abruptamente quando ela chega perto.

– Não posso ficar muito tempo parado – ele diz. – Sou o "pegador".

Mariella morde o lábio como se estivesse contendo um sorriso.

– Você é, não é? – ela diz, erguendo a mão para ajeitar a viseira na cabeça dele para que fique perfeitamente sobre seus cachos. O rosto de Luca cora até a beira dos tais cachos e Mariella responde com um sorrisinho, aparentemente satisfeita com seu trabalho.

– Acaba com eles, campeão.

Depois de um tempo, afastamos Luca de seu novo grupo de amigos pequeninos e começamos a voltar para a entrada do parque, enquanto Mariella nos mostra alguns dos destaques do rolo de sua câmera. Estamos todos suados e exaustos e satisfeitos quando nos separamos perto da estação de metrô, nos despedindo com um abraço em grupo destrambelhado. Nesse instante, estou dominada pela esperança, pela sensação de que este verão está se estendendo diante de mim até o horizonte. Como se eu estivesse na fronteira da melhor parte da minha vida e não tivesse que estar sozinha para aproveitar a vista.

O problema é que essa vista só se estende até agosto. Uma semana atrás, eu só queria que o tempo passasse mais rápido e, agora, tudo que quero é que ele pare. Aperto meus novos amigos com um pouco mais de força, como se quisesse mantê-los aqui. Sou novamente uma inimiga do tempo, agora que encontrei algo que quero manter.

Depois que estamos limpos e de banho tomado à noite, Tom e eu fazemos a única coisa lógica que duas pessoas podem fazer depois de um tour de *Marés do Tempo* com três anos de atraso: maratonar a metade da primeira temporada da série juntos de pijama. Tom troca as lentes pelos óculos enquanto eu faço uma máscara facial que comprei na farmácia lá embaixo, rindo ao pensar no tipo de confusão que minha mãe pensa que estamos arrumando agora quando, na verdade, estamos agindo como o casal mais longevo de Nova York.

Pausamos no sexto episódio para fazer um lanche. Volto da cozinha com um molho que é uma mistura de pimenta, guacamole, queijo ralado e creme azedo porque, assim como Tom gosta de enfiar o maior número possível de coisas nas sobremesas, ele também faz isso com comida salgada.

– Você é uma gênia culinária – ele me elogia.

– Sou alguém que sabe abrir um pote e servir – corrijo.

Eu me sento ao lado dele no sofá. Há algo tão puro e

imaculado ainda transbordando pela alegria do dia que não consigo deixar de falar:

– Penso muito em como sou grata por você me ter feito ler aquele livro. Muitas coisas boas na minha vida vieram disso.

Tom fica subitamente emocionado demais para alguém que está com um *nacho* precariamente carregado a alguns centímetros da boca.

– Eu que tenho sorte de você ter lido – ele diz.

– O que te fez ler essa série? – pergunto. Quando ele ainda estava me doutrinando em sua nerdice, a série não era nem de longe tão popular quanto agora.

Tom encolhe os ombros, mas coloca o *nacho* na beira do pote de molho, refletindo.

– Tinha bastante gente na capa. Sempre gostei disso – ele diz. – Eles ficavam juntos em todas as aventuras. E, mesmo quando as coisas ficavam difíceis, eles encontravam o caminho de volta um para o outro. Eu adorava as viagens espaciais e dobras temporais, mas acho que grande parte era só que... eu adorava que eles eram amigos em primeiro lugar, e exploradores em segundo.

Amigos. Essa costumava ser uma palavra simples, mas o tempo tem o dom de complicá-la. Porque havia uma caverna quentinha em meu coração onde essa palavra sempre viveu, mas é quase como se houvesse espaço demais nela agora. Tanto que dói, como se eu quisesse mais. Como se quisesse mais de Tom, especificamente.

Contenho tudo isso dentro de mim porque, agora, a sensação que me domina é gratidão. Tanto por eu ter crescido com um grupo de amigos como aquele quanto por estarmos construindo outro agora.

Aperto o pé com meia em sua panturrilha.

– Faz sentido. Esse sempre foi seu lance, juntar as pessoas.

Tom solta uma risada sem ar, voltando a atenção para a televisão.

– Isso já não sei.

– Eu sei – insisto. – Assisti de camarote. E, nossa, era uma visão e tanto. Eu provavelmente ainda estaria escondida embaixo de alguma arquibancada se você não tivesse me acolhido sob sua asa.

Tom balança a cabeça, voltando-se de novo para mim com um tipo carinhoso de severidade.

– Você era tímida, só isso. Mas você sempre foi você. E teria encontrado sua voz sem mim de qualquer jeito.

Isso faz meus olhos arderem, porque só alguém como Tom teria notado a pessoa que eu era sob a superfície dura e silenciosa. Mesmo quando éramos pequenos demais para esse tipo de paciência e compreensão. Tom sempre foi uma alma antiga.

– Sim, talvez – admito. – Mas teria demorado um tempo muito doloroso, e eu teria precisado escrever toda uma autobiografia sentimental pra lidar com isso. E o título seria *Eu teria sido menos patética se simplesmente tivesse um Tom Whitz na minha vida, poxa.*

Ele sorri, batendo no meu pé com o punho.

– Acho que você tem uma ideia errada de mim. Lisonjeira, mas errada.

– Até parece – digo, com sinceridade. – Como eu disse antes, sempre nos conhecemos melhor do que ninguém.

Tom desvia os olhos mais uma vez. Fico olhando fixamente para ele, como se pudesse trazê-los de volta, mas ele está perdido em pensamentos. Seu punho continua em cima do meu pé e fico muito imóvel, torcendo para ele mantê-lo ali. Torcendo para ele sentir que quero tirar o que ele está guardando dentro de si sem o quebrar no processo.

– Mais cedo, você disse... depois, o silêncio – diz Tom.

– Não quis dizer nada com isso. Juro que não – falo.

– Eu sei – Tom solta, baixinho, olhando para a mão. Para o punho que se abre devagar enquanto ele aperta o dorso do meu pé, quase como se tentasse enfiar algum tipo de compreensão dentro dele. – Eu só... queria explicar. Ou pelo menos deixar claro. Nunca, nunquinha teve a ver com você. Você é minha pessoa favorita e sempre vai ser.

Isso não é novidade para mim, porque sinto o mesmo em relação a Tom desde que tínhamos oito anos de idade. Mas a maneira como ele está dizendo isso me assusta um pouco mesmo assim. Talvez seja o fato de ele achar que eu precise ouvir isso.

– E você é a minha – digo, caso ele precise ouvir.

Os cantos de seus lábios se erguem, mas seus olhos continuam turvos, ainda sem encontrar os meus.

– Acho que você já deve ter notado a essa altura que eu, hum... não sou como era lá na nossa cidade. Vir para Nova York foi como ser largado em outro planeta. Não era só que todos já se conheciam ou que as pessoas não fossem simpáticas, porque elas eram. É que... eu me sentia separado de tudo. Como se tivesse passado a vida toda enraizado em quem eu era e quem eu amava e, aqui, tudo simplesmente... tudo vive mudando. O tempo todo. Eu não conseguia acompanhar e, em algum momento, eu só fiquei... sufocado. Simplesmente parei de tentar.

É como se tivesse perdido o fôlego. Como se sentisse uma sombra da sua dor ser absorvida lentamente para dentro de mim, não tão perto dela nem rápido o suficiente. Quero estender a mão e tirar essa dor dele. Quero jogá-la pela janela deste apartamento digno de set de filmagem.

– Queria que você tivesse me contado – digo em vez disso, esforçando-me muito para manter a voz firme.

Tom aperta meu pé de leve.

– Eu não queria. E acho que é por isso que era mais fácil simplesmente sumir do mapa às vezes. Em certos sentidos, era como se... se eu pudesse continuar sendo o Tom que eu era na sua cabeça, não era tão ruim assim.

Sei o que ele quer dizer em certo sentido, mesmo que me doa ouvir. Eu me senti da mesma forma nos últimos anos, como se eu estivesse aos poucos perdendo meu senso de identidade. Como se ainda houvesse uma parte substancial dela que não importasse, desde que eu tivesse Tom, que me conhecia apesar de tudo.

Mas acho que não entendo completamente o que ele quer dizer, e nunca vou entender. Tom criou um grupo de amigos quilométrico para nós, e eu mantive todos eles. Já ele veio aqui sozinho sem ter onde pousar.

– Bom, com todo o respeito, isso é ridículo – digo. – Não existe nenhuma versão de Tom que não seja bem-vinda na minha cabeça. Amo todas. Mesmo aquelas que são péssimas em responder a mensagens.

Ele engole em seco e seus olhos finalmente encontram os meus, vermelhos e um pouco turvos. Eu me lembro de repente do momento em que ele me recebeu à porta alguns dias atrás. Como estava feliz e como foi rápido em igualar minha energia, mas como nenhum desses sentimentos chegavam perto de ser tão pronunciados quanto seu alívio.

– Mas, mais do que tudo, gostaria que você tivesse me contado pra eu poder ajudar – digo, com a voz baixa.

– Você ajudou – ele retruca rápida e efusivamente. – Você nem sabe o quanto. Eu era péssimo em manter contato, mas você sempre insistiu. Toda vez que você me mandava mensagem era o mais próximo que eu sentia de ser eu mesmo de novo. E pode parecer estranho, mas às vezes eu tinha... – Ele hesita, como se precisasse de um momento para exprimir isso. – Conversas imaginárias com você, quase. Tipo o que eu diria se fosse te contar.

Chego mais perto, pousando a cabeça no ombro dele. A eletricidade que eu sentia com a proximidade ainda está lá, mas é um zumbido distante. Há apenas uma dor nesse gesto, e uma necessidade de curá-la.

– Espero que a eu imaginária fosse sábia – digo.

– Ela era. E, mesmo se não fosse... não existe nenhuma versão de Riley que não seria bem-vinda na minha cabeça – diz Tom, revelando um sorriso na voz, mesmo que não transpareça no rosto.

Sorrio também, apesar de sentir meu rosto estranhamente pesado pelo esforço.

– Falou bonito.

Ficamos assim por mais um tempinho, minha cabeça no ombro de Tom, sua mão no meu pé. Fico em silêncio, caso ele queira falar mais, mas sinto que tudo que precisamos já está aqui, na maneira como carregamos as dores um do outro – as antigas e as novas, aquelas que estávamos esperando e aquelas que não tínhamos como imaginar. Ficamos parados por tanto tempo que me pergunto se pegamos no sono assim, e minhas pálpebras começam a pesar. Mas, em algum momento, meu celular vibra no bolso.

Não quero olhar, mas Tom fala baixo:

– Pode ser sua mãe.

Não é. É mais uma notificação do "Com amor", perguntando se quero aceitar outra entrega. Baixo o celular, contendo a decepção enquanto ergo um dedo para apertar o botão NÃO, quando Tom tira a mão do meu pé e a coloca no meu pulso.

– Aceita – ele diz. – Você pode mandar entregar no saguão.

– Não quero me mexer – resmungo, afundando mais a cabeça nele.

Tom ri baixo, e seu ombro sai da minha bochecha.

– Talvez você desvende o mistério das flores – ele diz. Ele ergue o dedo sobre o botão ACEITAR, esperando minha permissão. Solto um suspiro que ele sabe que é um sim, e ele clica por mim.

Sinto outra decepção nesse momento, uma que é mais difusa e difícil de compreender.

– Mas você tem que descer comigo, pra eu não parecer uma gremlin sozinha – digo.

Ele desce e, dez minutos depois, somos os orgulhosos proprietários de um naco de queijo gouda curado.

– Será que eu quero saber o que está rolando na vida de vocês, cara? – pergunta nosso entregador, que entregou tanto as flores silvestres no outro dia quanto o protetor solar hoje cedo.

Tom examina o queijo e diz:

– Bom, se descobrirmos, vamos te contar.

Naturalmente, atacamos o gouda no momento em que voltamos para casa, apesar da enorme pergunta que paira no ar: "Quem é que nos mandaria essas coisas, além de nós mesmos?". E é então que entendo inteiramente a decepção – no fundo, não importa quem mandou as flores nem o queijo. Há uma parte nada pequena e definitivamente besta de mim que gostaria que fosse Tom.

Aproximadamente no meio do episódio seguinte de *Marés do tempo* e três quartos do naco de queijo depois, fico preocupada que Tom esteja no mesmo baixo astral que eu. Já teríamos comentado inconsistências em relação aos livros mais de dez vezes a essa altura. Tom deve estar se perguntando a mesma coisa, porque me cutuca com o braço, seus olhos claramente perguntando: *Tudo bem?*

Encosto a testa no ombro dele.

– Obrigada por me contar sobre o lance das mensagens – digo.

Ele inspira rápido, como se estivesse prestes a me agradecer, mas não quero isso.

– E só pra reiterar – digo, apertando a testa mais fundo nele. – Você pode me contar qualquer coisa. Sempre vou preferir saber a não saber.

Tom apoia o queixo no topo da minha cabeça.

– Você também – ele diz depois de um momento.

Sei que ele está falando sério, mas sinto que está se esquivando. Como se houvesse algo naquele segundo em que ele hesitou, caso eu esteja disposta a correr o risco de investigar. Mas estou num lugar que não visitava há anos – sem programação e sem pressa, com meu melhor amigo ao lado. Fecho os olhos e inspiro a calma para dentro dos meus pulmões, deixando que ela caia como uma coberta pesada, até pegarmos no sono encostados um no outro, enquanto a cidade e todas as suas curvas e desvios que nos trouxeram aqui não passam de um zumbido distante lá embaixo.

Capítulo dez

Fiel a sua palavra, Mariella pega o trem para o Upper West Side no dia seguinte para me encontrar para resolver minha "emergência fashion", que admito estar ficando mais urgente a cada minuto que passa. Quando acabo as entregas do dia, as roupas emprestadas de Tom estão virando gigantescas tendas suadas em forma humana. Quem ele pensa que é para ter aqueles ombros largos?

Depois que nos encontramos e pegamos café em uma padaria francesa fofinha que Mariella ama, ela se vira para mim e diz:

– Certo. Me dá uma noção do seu estilo.

– Confortável. Mas não tão confortável assim – digo, erguendo os braços, quase engolidos pela camiseta gigante de Tom com estampa da NASA. – Mais, tipo… esportivo. Mas às vezes ousado? Como se Jesse e um pufe aconchegante tivessem um filho.

Mariella assente e diz, como um médico que dá um diagnóstico:

– Athleisure quase punk. Entendido. Vamos começar por Housing Work e ir subindo até o bazar.

Ela me guia por um brechó na Seventy-Fourth Street abarrotado de roupas e todo tipo de bugigangas, e imediatamente mergulha nas araras com a autoridade de alguém que conhece bem a arte de caçar estilo. Faz sentido, considerando seu estilo único – hoje ela está usando um short de cintura alta verde pastel, regata branca com franja e um par de botas azuis brilhantes. É como se tivesse saído de um clipe do ABBA.

– Certo, todas são boas opções – ela diz em menos de cinco minutos, passando uma pilha de roupas para mim. – Vai provar enquanto olho essas coisas com brilho.

Não me surpreende que ela tenha captado meu estilo habitual à risca – quer dizer, uma versão melhorada dele, pelo menos. Tudo que ela escolheu é muito *eu*, mas com o volume um pouquinho mais alto. A calça jeans preta vintage tem rasgos nos joelhos; o *cropped* esportivo tem uma faixa inesperada atrás; a bermuda de ciclismo preta tem costuras azuis eletrizantes.

– Você entende tudo de moda – declaro ao sair do provador.

Mariella está olhando para o celular com a cara amuada.

– Aff. Mas sou um zero à esquerda na paquera.

– Ah, é por isso que você vive recebendo coisas pelo aplicativo de entregas? – pergunto, com ar de inocência.

Ela sorri com ironia, mas diz:

– É Luca. Tenho um crush estranho e meio ridículo nele.

Faço uma pausa, como se meu cérebro estivesse se recalibrando.

– Tem?

Mas a surpresa inicial passa rápido, ainda mais porque Mariella nem pisca. Talvez até faça sentido. Na nossa caminhada do outro dia, os dois tiveram algumas conversas rápidas e animadas que só verdadeiros nova-iorquinos conseguiriam acompanhar (incluindo histórias sobre um "rato carregando pizza" e um "pato-mandarim" que ainda me deixam ligeiramente confusa), e estavam rindo tão alto das piadas um do outro que quase ficaram para trás algumas vezes.

Hum. Não sei bem com quem eu teria imaginado cada um deles, mas agora não preciso imaginar, porque já estou com a imagem na cabeça. Eles ficariam muito fofos juntos. Mariella com sua energia brusca de garota descolada e Luca com seu brilho nerd despudorado. Piro em clichês do tipo opostos se atraem.

– Mas acho que estou me interessando pela pessoa errada – diz Mariella. – Está na cara que ele gosta de você.

Balanço a cabeça.

– É nada. Ele só sente tanta falta de "amigos escritores" que decidiu que sou uma delas.

Ou talvez eu tenha me transformado em uma por pura força de vontade. Seu entusiasmo é contagioso. Tom e eu entramos numa rotina em que nos sentamos em lados opostos do sofá e tomamos café descafeinado com nossos notebooks toda noite, e mais de uma vez me peguei abrindo um documento em branco do Google Docs no computador, em um impulso inegável que me tira do momento presente e me leva a mundos imaginários.

Não cheguei a *escrever* nada de verdade ainda, mas não por falta de inspiração. É quase como se houvesse tantos anos de inspiração completamente reprimida que, se eu abrisse as comportas, jorraria tudo feito um gêiser. Todos os enredos e *spinoffs* que imaginei para todos os livros que já baixei no celular, todas as pontas soltas de histórias e fantasias que eu usava para me dissociar de qualquer que fosse o sabor de "manter Riley longe de encrenca" da semana.

Mariella me dá um tapinha na cabeça, o que não é uma tarefa fácil, considerando nossa diferença de altura.

– Riley, aquele menino estava olhando pra você com olhos de coração.

– Olhos de escritor – corrijo.

– Argh – ela diz, avaliando outra arara de roupas. – Por que não posso ser responsável e ter um crush em Jesse?

Dou risada e, antes que eu possa responder, os ombros de Mariella se afundam e ela diz:

– Luca é tão... fervoroso. E as pessoas com quem eu convivia viviam, tipo, se esforçando tanto pra não se deixarem afetar por nada. – Ela para um momento, como se não esperasse se abrir tanto. – Além disso, ele é só alguns centímetros mais alto que eu, ao contrário de todos os outros caras com quem já fiquei, que, tipo? *Ai*. Meus tornozelos, meu pescoço, minha lombar. É difícil a vida das baixinhas.

– Bom, você já considerou talvez chamá-lo pra sair? – pergunto.

Mariella suga os lábios de vergonha.

– Acabei de tentar fazer isso – ela diz, erguendo o celular. – Ele disse que sim, mas depois me perguntou que horas eu achava que seria bom pro grupo.

Eu me crispo e ela ergue as sobrancelhas como se dissesse: *Viu?*

– Enfim, pelo menos um mistério está resolvido. Imagino que tenha sido Luca quem mandou as flores pra você – ela diz, tirando uma saia jeans brilhante da arara e levando-a à cintura para testar.

– Na verdade, o mistério só ficou mais profundo. Também me mandaram um pedaço de queijo.

Mariella parece devidamente impressionada.

– É disso que estou falando. Algo que uma garota realmente possa *usar*. Embora seja ousado da parte da pessoa, considerando que você e Tom são unha e carne.

Ainda estou incomodada pela decepção de provavelmente não ter sido Tom, então levo um segundo para dizer por reflexo:

– Tom e eu não somos assim. Somos melhores amigos.

Mariella estreita os olhos para mim, incrédula.

– Você já olhou direito pra ele? Aliás, já se olhou num espelho? Vocês dois são gatos demais pra serem amigos. Não sou eu que faço as regras, mas exijo a aplicação delas.

– Você é gata e é amiga dele! – protesto. – Quer dizer, espera. Por que você nunca teve um *crush* nele? – pergunto, mais por curiosidade que qualquer outra coisa.

Mariella considera por um momento, empurrando a língua dentro da bochecha.

– Não sei. Ele era tão fechado que nunca nem pensei nisso. Depois, quando passamos a conversar no penúltimo ano, era meio que... – Ela coloca a saia de volta na arara, mas suas mãos continuam lá, quase como se precisasse se estabilizar. – A gente passava mais tempo fazendo coisas de computação. Mas acho que Tom era solitário e eu estava no processo de me livrar dos babacas com quem eu saía, então a parte da amizade foi meio que um acidente. A gente ficava junto sem pensar. Quase como se fôssemos mais coletes salva-vidas que amigos. E coletes salva-vidas não são lá muito sexys.

– Faz sentido – digo, apenas porque estou com dificuldade de dizer o que realmente quero dizer, que é: *Porra, que bom que ele tinha você.*

Porque, com base nisso e no que Tom me contou, parece que ele precisava de alguém para meio que forçar e meio que ter paciência para fazer amizade com ele, e Mariella é a pessoa perfeita para isso. Não deixo de notar que ela fez com Tom o que ele já fez comigo, e sinto uma onda tão súbita de gratidão por ela que preciso de todas as minhas forças para não lhe dar um abraço agora e talvez causar toda uma cena.

– Além disso, eu tinha tanta certeza de que vocês namoravam que eu estava quase achando que ele pediria minha opinião sobre anéis de noivado – Mariella diz, com naturalidade, guiando-nos para o caixa.

– Ha-ha – digo, inexpressiva.

– "Riley isso, Riley aquilo" – ela diz, fazendo um gesto de matraca com uma das mãos. – Anos de silêncio de Tom Whitz e aí, quando ele finalmente se abre, tudo o que ele fala é sobre viagem no tempo e espaço e sua namorada perdida. Graças a Deus que você existe; eu estava a isso aqui de organizar uma intervenção.

Pagamos as roupas e saímos sob o sol, subindo até o bazar a céu aberto em que Mariella me garante que haverá muitas barracas de lanches e roupas de segunda mão. A maioria das coisas está fora do nosso orçamento, mas encontramos algumas camisetas cafonas da Disneyland e um par de braceletes de arco-íris baratos, depois entramos na fila para comprar um *kimbap*, uma limonada e um cookie gigante de gotas de chocolate.

Depois que nos sentamos num banco no jardinzinho perto do museu de história nacional com nosso banquete de almoço, meu cérebro está desembaralhado o suficiente para eu conseguir dizer:

– Fico feliz que você e Tom puderam ser os coletes salva-vidas um do outro.

Ela abre o mesmo sorriso discreto do túnel.

– É, eu também. É um saco que ele tenha ficado tanto tempo sozinho, mas pelo menos ele perdeu a maior parte da minha vergonhosa queda em desgraça social. – Ela inspira, hesitante, como se não conseguisse decidir se vai falar mais.

– Não precisa falar se não quiser – digo.

Ela balança a cabeça.

– Tudo bem. A questão é que não sou apenas boa com computadores, sou foda pra caralho. Eu praticamente estava programando antes de amarrar os sapatos. Meus pais ficaram nas nuvens porque viviam falando, tipo: "Ela está com a vida feita!", sabe? Ao contrário dos meus primos mais velhos, que se envolveram com arte e dança e ainda moravam na casa dos pais com empregos de barista, Deus os livre – ela diz, com um revirar de olho exagerado.

– Você não gosta de programar? – pergunto, surpresa.

– Ah, não, eu adoro. Tenho um certo complexo de Deus em relação à criação, como você deve ter notado – ela diz, apontando a cabeça para nossas sacolas de compras. – E programar é o auge disso. Você pode dar origem às coisas do mais absoluto nada e fazer exatamente do jeito que quer. Sem materiais, sem ter que depender de ninguém, sem tapa-buracos. É você quem decide que quer de determinada forma, e pronto.

– Entendo – digo. – Quer dizer, querer algo só pra você que você possa controlar. Eu não conseguiria programar por nada nessa vida.

– Pois é – Mariella concorda –, era isso que mais me pegava. Algo só meu. Só que meus pais ficaram tão felizes de ter dado à luz uma nerd surpresa que gastaram uma fortuna me colocando no colégio particular em que Tom e eu estudamos... tipo, torraram um dinheiro que eu nem sabia que eles tinham. Daí eles foram superfirmes pra que eu *só* estudasse coisas acadêmicas. Como se tivessem medo que artes criativas fossem contagiosas e eu pegasse a doença se fizesse aula de alguma outra coisa. Daí fiquei rebelde e fiz as merdas que adolescentes rebeldes fazem.

– Lá vem. Estou com um pressentimento de que eu e você estamos prestes a trocar algumas histórias de terror de detenção – digo. – O que você fez?

Os lábios de Mariella se curvam um pouquinho, inegavelmente orgulhosa de suas habilidades, apesar de não tão orgulhosa de como as usou.

– No começo, eram coisas pequenas. Hackear a base de dados da escola pra ajustar notas ou mudar registros de presença. Sempre tive amigos. E, numa escola como a nossa, em que a maioria dos alunos tinha aquele leve ar intocável da elite de Nova York, é difícil não se deixar levar. – O sorriso escapa de seus lábios quando ela diz: – Mas não tenho nenhuma história de detenção. Eu era boa demais pra ser pega. E não estou falando isso pra me gabar. Meio que queria ter sido pega.

Eu me pergunto se vale a pena fazer algum comentário sobre esse desejo, considerando que meu histórico permanente é um dos motivos de haver um capelo de formatura cheio de cartas de universidades enviando suas "mais sinceras desculpas" em um aterro agora. Mas a expressão dela é inquieta e desfocada, como se ela estivesse tentando colocar uma memória ruim em palavras que não chegou a dizer em voz alta.

– Porque teve coisas piores também – ela explica. – Por exemplo, algumas pessoas estavam fazendo apostas ridículas ou vendendo maconha. Baita de um clichê de escola particular, sabe? E queriam uma forma segura de enviar e receber dinheiro sem serem pegos. E eu sabia que era uma má ideia, mas, nossa, adorei o desafio de criar um aplicativo pra isso. – Ela encontra meu olhar nesse momento, o remorso tão claro que diminui o brilho habitual de seus olhos. – Mas, quando terminei, tinha visto tanta coisa em que eles estavam se metendo que fiquei mal. Tipo, porra, eu estava mal comigo mesma. Estava bebendo muito com eles. Minhas notas estavam caindo. Eu não me sentia mais eu mesma. Daí destruí o aplicativo antes que ele fosse lançado. Todos que estavam envolvidos basicamente se afastaram de mim, e todo mundo em sã consciência fez o mesmo.

Pisco, tentando digerir tudo de uma vez. É tão diferente das travessuras em que meus colegas se metiam na nossa cidade que é como se eu tivesse vivido uma versão bobinha do ensino médio, sem ideia de como os riscos poderiam ser altos.

Por fim, eu me contento com:

– Mas que porra? Depois de tudo isso, eles deram as costas pra você por causa de um aplicativo idiota?

Mariella dá de ombros, mais por indiferença que por confusão.

– Acho que eles ficaram com medo que eu fosse dedurar alguém ou coisa assim. Eu não deduraria, mas é uma questão de poder. Eles me castigaram me excluindo, mas isso foi só um alerta. Sabe, "podemos fazer coisa pior". Eles fizeram questão que eu soubesse como seus pais eram bem relacionados. Era especialmente foda porque, tipo... mesmo se eu quisesse acabar com eles, não importava. Quem levaria a culpa por esse tipo de coisa no fim das contas? Não o bando de meninos brancos e ricos, certeza. – Ela pega o *kimbap* como se tivesse acabado de lembrar que a comida estava lá. – Mas o verdadeiro motivo de eu querer ter sido pega é que simplesmente me deixei levar pelas merdas deles. A bebida. As mentiras pros pais. Até gostei no começo. Sentia como se estivesse me vingando deles por escolherem tudo por mim.

Sinto o peso dessas palavras de modo tão instantâneo e visceral que, por um momento, não estou no banco com ela, mas em lugares demais ao mesmo tempo. Todas as conversas cansadas que tive com minha mãe sobre o turno seguinte que ela queria que eu cobrisse ou sobre o grupo em que ela queria que eu entrasse. Todos os momentos em que fiquei sentada perdendo tempo e pensando que não tinha outra escolha. Só percebo que estou lacrimejando quando Mariella me olha nos olhos e diz com candura:

– Ai, merda.

– Desculpa – digo, secando os olhos com o dorso da mão. – É só que... porra. Sei exatamente o que você quer dizer. É como se, quando todas as suas decisões são tomadas por você, você meio que fica... fadada ao fracasso, tentando sair disso. Como se você fosse decepcionar os outros ou você mesma.

Para a surpresa de aproximadamente ninguém, é na minha mãe que estou pensando neste momento. Faz uma semana que estou aqui e, apesar de ela exigir que eu mantivesse contato, ela não ligou nem mandou mensagem – nem mesmo um e-mail. Fiquei tão ocupada *correndo correndo correndo* para acompanhar o ritmo desta cidade e a vida temporária que estou criando que ainda não senti o impacto – de como o fluxo constante de interação entre nós foi interrompido de uma vez, e me sinto mais perdida do que nunca.

Mas consigo voltar a mim quando vejo Mariella concordar com a cabeça, claramente compreensiva.

– É ridículo porque não posso mudar nada que fiz, mas ainda estou decepcionada comigo mesma.

Dou risada entre lágrimas.

– Mesmo depois de ter basicamente tacado o *foda-se* pros caras mais ricos da cidade? Precisa de coragem pra fazer isso. É coisa de gente valente.

– Pra mim, isso é coisa de gente fraca – Mariella resmunga, mordendo o *kimbap*.

– Valente – digo, com firmeza, antes de repetir o que ela disse: – Não sou eu que faço as regras, mas exijo a aplicação delas.

Ela sorri e, por um momento, a conversa dá lugar a um silêncio tranquilo. Uma compreensão recíproca que é feita não apenas de palavras, mas da ausência delas.

– Bom – Mariella diz depois que passamos para o cookie gigante –, agora você conhece meu segredo profundo e obscuro.

– Sim. E você vai me acobertar se um dia eu cometer fraude, porque é inevitável que você seja contratada pelo FBI.

Ela solta um *pfft*, endireitando os ombros de novo.

– Bem que aqueles caretas queriam. – Ela aponta para frente vagamente, abrangendo esse pequeno parque ou a cidade inteira, depois diz: – Enfim, é daí que vem esse lance da fotografia. Queria algo que não tivesse a ver com aquela turma antiga, nem com meus pais nem com meu futuro. Algo que fosse só meu.

– Você não acha que programar também pode voltar a ser? – pergunto com a boca cheia de cookie.

Ela dá outra mordida.

– Talvez. Acho que nunca vai ser só *meu* de novo porque quero lançar minhas coisas no mundo e, depois que você faz isso, nada continua sendo só seu. Mas fazia tempo que eu não tinha algo meu. Tive uma longa conversa com meus pais sobre não ir pra faculdade. Quero ver aonde os próximos meses vão me levar. Tenho algumas ideias, e amigos com ideias também.

Ela fica em silêncio, pois um carro freia sem aviso. Inclino a cabeça para ela com curiosidade, mas ela pisca como se nada tivesse acontecido, voltando a atenção ao biscoito.

– Porra – digo depois de um momento. – Queria ter essa coragem. Não sei nem o que fazer da vida, muito menos como falar com minha mãe sobre isso.

Mariella dá um tapinha no meu ombro.

– Desculpa, mas você bateu a cabeça e esqueceu que acabou de se mudar pra Nova York? Isso, sim, é coragem.

– Acabei de me mudar temporariamente pra casa de Tom – corrijo.

– Detalhe, porque vamos acabar te pegando no fim – ela diz, me dispensando com um gesto. – Do meu ponto de vista, estamos deixando todas as merdas do ensino médio no espelho retrovisor. Esse é nosso recomeço. Vamos fazer as coisas nos nossos próprios termos. Com roupas que não são de um nerd perigosamente alto obcecado pelo espaço.

Solto uma risada abrupta, mas sinto o consolo dessas palavras cair sobre mim como uma coberta pesada. Um lembrete apaziguador de que posso estar por conta própria pela primeira vez, mas que não estou sozinha. Que estamos todos pulando corda com aquela linha obscura entre o que nossos pais acham que é melhor e o que queremos para nós, sabendo que vamos tropeçar ao longo do caminho e torcendo para conseguirmos nos levantar de novo.

Mas saber que Mariella conversou sobre isso com sua família faz eu me sentir um pouco menos intimidada em tocar no assunto com minha mãe – seja lá o que eu for decidir fazer com minha vida e como vou fazer isso. Agora, tudo que preciso é resolver de alguma forma essas coisas impossivelmente grandes, definitivamente transformadoras e ridiculamente tensas.

– Vamos – diz Mariella, levantando-se de um salto com tanta rapidez que os farelos do cookie caem no concreto. – Tem um cachorro que sabe andar de skate no parque. Vamos ver se ele está por aqui hoje.

Vou atrás dela, feliz por ter um motivo para o dia não acabar, e mais feliz ainda por, ao menos por enquanto, ele poder ser o que quer que queiramos fazer dele.

– Almojanta – diz Mariella, devagar. – Um misto de… almoço e janta. Combinados.

Seguro o celular na orelha, estreitando os olhos.

– Tenho noventa e nove por cento de certeza de que isso não existe.

– Eu sou a nova-iorquina aqui. Você ousa questionar minha autoridade?

No breve tempo que passei nesta cidade, mantive a mente aberta. São os requisitos de entregar anonimamente desde um pote de bacon vegano (o destinatário ficou empolgadíssimo) a vários potes de Ben & Jerry's (o cara quase começou a chorar de gratidão quando os viu) a um buquê com um bilhete que dizia "Desculpa pelas coisas profanas que fiz com seu bolo de casamento" (não fiquei tempo suficiente para descobrir quais eram). Mas "almojanta" já é um pouco demais.

– Melhores *tater tots* da cidade – Mariella acrescenta.

Por sinal, talvez eu mude de ideia.

– Que horas?

Às quatro da tarde, encontro Mariella, Luca e Jesse na frente de um restaurante meio kitsch e retrô com as paredes todas decoradas com revistas e anúncios dos anos 1950, luzes de Natal em graus variados de quebradas e funcionais, e uma *jukebox* com uma placa de EM MANUTENÇÃO que parece estar lá desde o dia em que nasci.

– Esse é o antro mais maneiro em que já estive – diz Jesse, o que é uma declaração ousada vindo de alguém que cresceu numa cidadezinha da Virgínia onde a coisa mais próxima que temos de antro é o Shake Shack.

Mas ele combina perfeitamente com o lugar, com seu colete jeans superdesbotado e sua camisa roxa, na mesma proporção de surrado e exageradamente colorido do ambiente. Ele se planta de imediato num dos banquinhos acolchoados e brilhantes e dá um giro.

– Cadê sua cara-metade? – pergunta Jesse.

– Tom aceitou umas estregas à tarde, mas vai nos encontrar depois – explico.

– Você estava certa, Mariella – diz Luca. Ele está passando os olhos de cima a baixo pela parede, arregalados de alegria. – Muitas inspirações pra histórias legais.

– O que eu disse, campeão? – Mariella se recosta numa das mesas néon riscadas. – É só andar comigo que você nunca vai se entediar.

Os olhos de Luca pousam nela com toda a magnitude do sorriso largo dele e, pela primeira vez, é *ela* quem vejo corar.

– Bom, tive quase certeza disso no minuto em que a gente se conheceu – diz Luca.

Mariella tenta sem sucesso conter o próprio sorriso, e essa é toda a confirmação de que preciso para saber que este devia ser o lugar que ela queria trazer Luca antes de ele sugerir abrir o convite para o grupo. É um bom achado – Luca ainda não teve sua grande ideia, então começou a colecionar exercícios de escrita para "se manter no estado de espírito", como ele explicou. Ele me manda contos excêntricos toda semana e, a julgar pelo número de recortes de jornal de antigos dramas de celebridade e anúncios vintage colados nas paredes do lugar, ele vai ter mais do que o suficiente para se inspirar.

– Por falar nisso – diz Luca, colocando sem cerimônia dois livros grandes sobre escrita de roteiro e romance em meu colo. – Acabei esses dois, se quiser pegar emprestado.

Não tenho coragem de contar para ele que, no assunto escrita, ainda estou olhando para o abismo de um documento em branco no Google Docs. Parte do motivo é o mesmo de antes – é como se um guarda de zoológico tivesse soltado todas as ideias que mantive presas na cabeça, e elas estão todas correndo em direções diferentes. Ideias antigas de fanfics e ideias originais. Viagem no tempo. Mundos de fantasia. O mundo novo da cidade mudando constantemente na minha frente.

Uma há um problema completamente diferente. Uma parte pequena, mas difícil de ignorar. Um pensamento que está correndo em uma direção muito deliberada e singular – que sempre, sempre leva a Tom.

Porque o lance de morar com Tom é descobrir lados dele que ou eu não conhecia quando éramos crianças ou que ele desenvolveu depois. Pequenos tiques, como o fato de que, por algum motivo, ele sempre boceja tão alto que quase desperta os mortos dez segundos depois de entrar no banho, ou que ele aperta distraidamente a tecla G do teclado do computador quando está perdido em pensamentos. E há hábitos novos, como fazer massa caseira com um utensílio que sua mãe comprou e esqueceu, ou ficar acordado até tarde com seus óculos de leitura, debruçado sobre romances de fantasia na escrivaninha.

E saber essas coisas sobre ele me traz ainda mais surpresas. Como quando, dez segundos *depois* de Tom sair do banho, sua barriga e seus ombros largos e torneados ficaram pingando totalmente à mostra no corredor do apartamento. Ou quando ele apertou a tecla G por tanto tempo que ficou inquieto e deu uma espreguiçada exageradamente demorada parecendo um gato no sofá, roçando seus braços e pernas quentes nos meus. Ou quando ele comeu aquela massa e fez aquele som contente do fundo da garganta de "isto está uma delícia" que ele sempre faz, e que me provoca do outro lado da sala.

Na outra noite, tive um sonho muito, mas *muito* vívido em que eu acordava no quarto dele e ficava puxando sua cadeira de escritório na minha direção até ele estar me encarando por trás daqueles óculos ridiculamente fofos, e depois o beijava de maneira tão resoluta que acordei com um susto abrupto e uma quantidade vergonhosa de suor.

Então... Às vezes, é difícil me concentrar na escrita. Mas certamente é só uma dificuldade técnica temporária, da qual os livros de Luca vão me distrair até que ela se resolva.

É menos provável que eu me distraia da ausência de Vanessa, que parece ainda mais incomunicável que minha mãe. Eu imaginava que Tom colocava o papo em dia com ela enquanto estávamos separados durante o dia – pelo menos até o telefone fixo do apartamento tocar ontem à noite. Eu tinha certeza de que seria Vanessa perguntando sobre nós, e já estava inventando uma forma de escapar para eles poderem ter um momento a sós, mas Tom riu e me disse que sua mãe nunca liga quando está no set. Dito e feito, era uma entrega de cesta de frutas de uma das produtoras do filme mais recente dela, que parece estar concorrendo a algum tipo de prêmio de roteiro.

Já tínhamos comido metade de um abacaxi gigante no formato de uma borboleta quando perguntei a Tom à queima-roupa:

– Sua mãe pelo menos sabe que estou aqui?

– Espero que sim – disse Tom, e pensei que ele estava brincando até ele acrescentar: – Mandei mensagem e deixei recado na caixa postal. Pensei em mandar um pombo-correio, por via das dúvidas. Então ela deve saber, mas talvez não?

Pisquei para o tom de voz dele, para a sua tranquilidade preocupante.

– Ela nem atende o telefone?

Tom deu de ombros.

– Se eu precisar muito entrar em contato com ela, posso ligar pra assistente. Mas só faria isso se fosse uma emergência de verdade.

Desde que vim para a cidade, sei que Vanessa não estava exatamente concorrendo ao prêmio de Mãe do Ano, mas até esse momento eu não tinha me dado conta de como ela estava desconectada. Apesar de toda a pose da minha mãe, sei que, se eu ligasse agora, ela atenderia no primeiro toque.

– Então quando você, tipo... fala com ela? – perguntei.

– Ah, você vai ver quando ela voltar – disse Tom, pegando mais uma fruta vagamente esculpida no formato de um animal selvagem. – Ela encara a maternidade como um esporte olímpico e tenta compensar um mês em um dia. Chega a ser engraçado. E com certeza significa que vamos ser levados pra um restaurante chique pra comer filé.

Não foi nada engraçado, mas havíamos tido um dia tão divertido trabalhando em equipe em algumas das nossas entregas não concomitantes e planejando como encarar os itens restantes da Lista de Refúgios que não quis encontrar falhas demais nele.

– Eu não devia me intrometer no seu filé de culpa – eu disse em vez disso.

– Estou implorando humildemente pra você se intrometer – disse Tom. – Aquele filé vem com um acompanhamento de uma metralhadora de perguntas sobre o que "andei fazendo", e você é a única pessoa que conheço que tem meia chance de dar conta.

Tudo isso para dizer que minha mãe não estava exatamente errada ao enfatizar que ficaríamos "sem supervisão" quando nos falamos pela última vez. Nossas vidas lembram um pouco um daqueles romances distópicos em que todos os adultos desaparecem e os adolescentes ficam sozinhos para mandar em tudo. E, pelo visto, se depender de nós, Tom e eu vamos fazer todo tipo de coisas imprudentes, como maratonar reprises, revezar para fazer compras com a lista que colocamos na geladeira, e nos lamentar pelas nossas relações com nossas mães estarem longe do ideal.

Sem falar na imprudência da "almojanta", durante a qual pedimos uma verdadeira torre de *tater tots*, asas de frango, batatas recheadas e batatas fritas, e entramos num coma alimentar até a maior parte da população de Nova York ser liberada de seus horários comerciais.

– Sou mais batata que homem agora – Jesse declara, recostando-se no banco azul em que nos sentamos.

Eu me encarrego de comer a última asa, já que ninguém aguenta mais.

– Esse pode ser o novo diferencial da banda. O primeiro vocalista homem-batata.

– O primeiro vocalista da história a pegar no sono durante o próprio show – diz Jesse, referindo-se ao show de hoje no lounge de um terraço de hotel.

Mariella se volta para Jesse, indignada.

– Você está desrespeitando a instituição da almojanta. Fazemos isso pra podermos nos aventurar enquanto o resto da cidade está jantando, e também pra sustentar nossos órgãos até a jantamesa.

Luca pisca, depois fala:

– Jantar sobremesa?

O que é um bom sinal, nem que seja porque significa que um de nós ainda tem um neurônio vivo. Tenho quase certeza de que mergulhei meu último no ketchup vinte batatas fritas atrás.

– Exatamente – diz Mariella. – Vou dar cinco minutos pra vocês digerirem e depois partimos pra cima dela.

Jesse precisa sair para se preparar para o show, mas Mariella me guia junto com Luca por alguns quarteirões até o Chelsea Market. A região está repleta de grupos de amigos e famílias e casais subindo e descendo a escada para a estreita passarela elevada da High Line sobre nós, mas Mariella passa reto por todos e diz:

– Vamos pra Little Island.

– Aqui já é uma ilhazinha, se não me engano – digo, com uma leve surpresa.

Mas Luca se anima no mesmo instante e diz:

– Ainda não fui lá! Ouvi dizer que é... *Uau*.

Atravessamos a rua e ali, no meio do rio Hudson, está uma ilha construída com pilares estreitos que se erguem para criar um mundinho isolado com vários níveis diferentes de trilhas sinuosas e compactas, flores coloridas e estruturas pequenas. Parece minúscula, mas, assim que atravessamos a ponte de pedestres para entrar, sinto que existem trilhas demais para escolher uma só. Luca e Mariella estão igualmente maravilhados, Mariella com suas lentes de câmera e Luca com seu caderno. Ele para no meio do nada para escrever.

– Faz dois segundos e você já está escrevendo um romance inteiro sobre este lugar? – Mariella brinca, olhando por sobre o ombro.

Luca sorri e diz:

– Espero que você consiga alguns cliques bons pra me mandar depois. Senão, eu talvez tenha que me mudar pra cá pra continuar admirando isso tudo.

– Bom, meus cliques não vão ser tão bons se não tiverem seu rostinho bonito. Fica ali – Mariella ordena, apontando para um amontoado de flores de cores vivas.

O rostinho bonito supracitado fica vermelho na hora como se estivesse pegando fogo.

– Ah, não quero... quer dizer, não gosto... Seus cliques vão ficar melhores sem mim, acredite.

Mariella coloca um braço ao redor dos ombros de Luca e o move fisicamente para o lugar onde ela quer que ele pose.

– Ah, não me diga que você fica tímido na frente da câmera, campeão.

– Fico tímido com a maioria dos objetos – Luca resmunga.

Mariella o posiciona e coloca uma mão embaixo do queixo dele, como se ele fosse posar para uma pintura a óleo em vez de para uma foto rápida. Luca apenas a observa, hipnotizado, e deixa que ela o ajeite para lá e para cá até ficar satisfeita.

– Vamos trabalhar nisso – ela diz, com um sorrisinho, levando a câmera ao rosto. Fica claro pela direção da lente que não tem muita coisa além de Luca na foto.

Ele pisca como se tivesse se esquecido não apenas da conversa que está rolando, mas muito possivelmente do próprio nome.

– Trabalhar no quê?

Tomando essa conversa adorável como um sinal promissor de um potencial lance entre Mariella e Luca, saio andando sozinha, e subo mais e mais a ilha até conseguir ver a vista deslumbrante do centro de Manhattan. Está uma noitinha agradável, a sombra do fim da tarde começando a resfriar o calor do sol com um dourado estranho de magia se infiltrando. Não consigo olhar por muito tempo antes de ser acotovelada por outras pessoas tentando tirar fotos, mas há um momento em que não estou apenas contemplando a cidade, mas sentindo que ela está me contemplando em resposta. Como se bastasse sair para esta ilha artificial para entender a futura dor de deixar a cidade para trás. Como se eu não estivesse só me enfiando neste lugar, mas ele tivesse se apropriado de mim e estivesse me puxando de volta.

Depois de um tempo, vamos para o terraço do hotel onde os Walking JED vão se apresentar. Mas a noite está começando a cair e uma brisa fresca começou. Estou quieta como nunca quando paramos à beira do terraço com nossos refrigerantes – em parte porque Luca e Mariella estão trocando histórias engraçadíssimas sobre a diferença entre crescer no Upper West Side e no East Village, mas também porque sinto que estou sem palavras de tão aturdida. É como se eu estivesse entendendo algo sobre este lugar e a pessoa que sou ali. Ou, melhor dizendo, a pessoa que *não* sou. Como se de alguma forma estar aqui não fez nada para esclarecer o que quero fazer ou quem quero ser, mas abriu tantas portas de possibilidades que me sinto segura a ponto de poder fechar de vez aquelas que me deixam infeliz. Como se Nova York não fosse um lugar onde tenho que me encaixar, mas um lugar que muda tão constantemente que vou me encaixar em qualquer lugar, se estiver disposta a deixar as antigas possibilidades para trás.

Não é só a cidade, mas as pessoas. É Mariella com sua língua para fora em concentração enquanto tenta encontrar bons ângulos para fazer as fotos da banda. É Luca com seu bloco de notas transbordando de palavras dentro da mochila, se balançando ao som da música. É Jesse e Eddie e Dai encharcados de suor e sorrindo uns para os outros, dando tudo de si para a plateia como se estivessem tocando no Madison Square Garden, e não num terraço para um bando de turistas que parecem agradavelmente surpresos com o que encontraram por acaso.

É a maneira como nenhum de nós realmente sabe o que vai fazer, mas a cidade é uma tela em branco tão grande e tolerante que isso não importa. Existe magia aqui. Magia demais para eu me afastar tão cedo.

– Ei, você.

Tom coloca o braço na minha cintura em vez de me puxar para seu abraço habitual, e estou tão perdida em pensamentos que há um momento fugaz em que sinto que isso – Tom estar ao meu lado, eu apoiada nele depois de um longo dia sentindo sua falta

– é tão natural que, quando ergo a cabeça para encará-lo, quase o beijo. É um reflexo. Fácil, até. Como se eu fosse a Riley que era naquele sonho, e Tom fosse meu para eu beijar quando quisesse.

Tom inspira rápido e volto a mim em um instante abrasador. Desvio os olhos logo em seguida antes que ele possa ver a vergonha em meu rosto, antes que qualquer um de nós tenha que abordar o que quase fiz. A mão dele continua na minha cintura, equilibrando-me. Há uma pulsação rápida em seus dedos logo abaixo do meu quadril que é quase como um perdão silencioso, ou talvez algo mais.

Eu me permito me apoiar nele como se buscasse provar algo a mim mesma. Que isso não vai causar efeito nenhum sobre mim, e que o quase beijo foi uma ocorrência isolada. Mas meu corpo se encaixa tão facilmente no de Tom, como se meus contornos fossem formados perfeitamente para se encaixar nos dele, que sinto que sou a nova piada favorita do universo.

Estou pensando que algum de nós vai dizer alguma coisa, mas ficamos apenas na nossa pequena bolha, meio à margem do pandemônio. Ficamos assim por tanto tempo que sinto não apenas a eletricidade do toque, como o afeto que existe por baixo dele. A compreensão de que os últimos quatro anos foram atribulados em muitos sentidos, mas que a pior parte ficou para trás. O que quer que sejamos um para o outro, não vamos mais ficar separados.

Tom me puxa de leve, apenas o suficiente para eu quase me esquecer de respirar, e diz:

– No que está pensando?

Eu poderia lhe dizer várias coisas. *Senti sua falta hoje*, porque, embora eu já devesse estar cheia dele a essa altura, é a verdade. *Não faço ideia do que vem depois, e nunca estive tão feliz na vida*, porque essa emoção não vai se acalmar em mim e talvez nunca vá.

Eu poderia até contar a maior verdade de todas para ele, aquela que era apenas uma semente quando entrei no ônibus para cá e está rapidamente superando a menina que eu era, começando uma vida própria: quero ficar aqui. Não por um fim de semana, não por um verão, mas pelo tempo que Nova York me quiser. Talvez eu ainda não saiba para que, mas prefiro correr na direção do desconhecido a ficar parada em qualquer outro lugar.

Ainda é cedo demais para dizer qualquer uma dessas coisas. Não quero entrar nisso sem refletir, como fiz com tantas coisas nos últimos quatro anos, em que só me deixei levar pela vida. Essa decisão é parecida com como fizemos a Lista de Refúgios e a guardamos por tanto tempo, tornando as intenções por trás dela ainda mais especiais – pela primeira vez em um bom tempo, eu me importo o bastante com alguma coisa para dar tempo a ela, para elaborar um plano.

Portanto, em vez de dizer tudo isso, ergo a cabeça para olhar para ele com um sorriso de lábios fechados. Ele também sorri em resposta, um sorriso tão conspiratório que parece até que ouviu todos os meus pensamentos, como se tivessem sido proferidos em voz alta.

– Em tudo – respondo alegremente.

Tom sorri e sinto a base daquele plano começar a se formar. Um quarto num apartamento só meu, trabalhos suficientes para me sustentar, uma independência que é ao mesmo tempo tão emocionante e assustadora que parece até algo sólido, que posso estender a mão e tocar.

Mas deixo esse assunto dormir por enquanto, ao menos para manter o ritmo do nosso caos absoluto. Assobiamos para Jesse e o resto da banda quando eles nos encontram na rua mais tarde, agindo como paparazzi até eles corarem tanto que Dai enfia a cabeça em Jesse para evitar olhar para nós e Jesse finge forçá-lo a voltar para o holofote, colocando um braço comprido ao redor dos ombros dele. Luca e Mariella discutem os melhores lugares para a "jantamesa" de fim de noite, o que resulta em sundaes num banco à meia-noite, observando as pessoas voltarem para casa para encerrar o dia enquanto um público novo sai para começar a noitada. Tom compartilha algumas de suas histórias mais estranhas de entrega e faz todos rolarmos de rir com seu humor irônico.

Estou em um torpor feliz, com os joelhos erguidos num banco na frente da sorveteria e as costas apoiadas no ombro de Tom. Os outros estão igualmente enroscados e esparramados com nossos copos vazios nas mãos, quando Mariella me cutuca com o pé.

– Você está quieta.

– Nada – disse Tom. – Ela está tudo.

Concordo com um ar sábio, abrindo bem os braços enquanto uma brisa fresca de verão nos atinge.

– Estou mesmo.

– Caramba, o que colocaram no seu sundae? – Dai pergunta do outro lado de Jesse. Pelo canto do olho, consigo ver que eles foram migrando para perto um do outro, e a mão de Dai está quase no joelho de Jesse. – Porque também quero.

– Esferas de possibilidade – digo, com um sorriso largo.

Sinto a leve contração do ombro de Tom, que ri embaixo de mim. Meu sorriso se alarga ainda mais, mas meus olhos se fecham e inspiro tudo: o burburinho da conversa de todos, o cheiro doce de baunilha no ar, o calor do nosso casulo de amizade – torcendo para que, por mais tempo que eu fique nesta cidade, eu nunca deixe de valorizar esses momentos. Momentos em que eu não queira estar em nenhum outro lugar, para que eu finalmente tenha a chance de estar exatamente onde deveria estar.

Bem nossa hora, meu celular vibra no bolso. Sei que só pode ser uma pessoa. A mensagem da minha mãe é curta, mas atravessa meu torpor: Me liga. Precisamos conversar sobre quando você volta pra casa.

Há muitas coisas em que preciso pensar antes de me comprometer a me mudar para uma cidade, incluindo e não me limitando a encontrar um lugar para morar e uma maneira de contar para a minha mãe sem que pareça que estou ativamente jogando gasolina no incêndio chamado "sua filha fugiu para Nova York". O que acontece em vez disso é que, assim que chego em casa depois de tomar a decisão, abro o documento em branco do Google Docs e escrevo.

E escrevo. E escrevo. E escrevo e escrevo e escrevo, e depois escrevo mais um pouco.

O documento se transforma num navegador cheio de tantas abas que meu notebook mais parece um carro alegórico, de tantos personagens fictícios que está abrigando. Há um conto cuja ideia tive quando Tom e eu combinamos de acampar com nossos amigos e todos prometemos ter histórias de fantasmas assustadoras para contar. Há a ideia que vem rondando minha cabeça para uma fanfic de *Marés do Tempo* em que Claire decide se transferir para a escola rival em outro universo, e como isso afeta tudo que acontece no cânone. Há os exercícios que Luca sugeriu com base nos antigos artigos de tabloide das paredes do restaurante e nas fotos de Mariella de Little Island. Não há nada completamente formado o bastante que sirva para alguma coisa. Mas é muito mais importantes que isso. São *meus* textos.

Nos dias seguintes, sou mais uma supernova do que gente. Como se finalmente tivesse destruído tudo o que estava me prendendo, e agora houvesse todos esses universos novos brotando no lugar e eu realmente fosse Claire, pulando de esfera em esfera não com uma pedra do tempo, mas com o toque de uma aba de navegador. Nunca sei o que vou estar a fim de escrever quando me sento, mas nunca não estou a fim de escrever *algo*. Sinto como se estivesse em uma aventura dentro de uma aventura – passo o dia todo andando de bicicleta por Nova York, onde todos os quarteirões se transformam num mundo diferente, depois a noite toda vivendo nos mundos diferentes dentro da minha cabeça.

A propósito, estou mais ocupada que nunca. Entre turnos de entrega e escrita e planos bolados discretamente sobre o que vou fazer para me sustentar morando aqui no longo prazo, mal existe um momento livre do dia. Mas não é exaustivo como era quando eu estava no ensino médio. É elétrico e energizante, como se eu estivesse mordendo um pedaço do mundo e, agora que sei qual é o gosto, quero abocanhar ainda mais.

Por mais firme que seja minha resolução de ficar, eu me pego hesitando um pouco antes de dar cada passo. Começo um e-mail para alguém que está buscando um sublocatário para entrar em meados de agosto, mas não clico em ENVIAR. Pesquiso as passagens de ida e volta de ônibus para Virgínia que vou precisar comprar para voltar e buscar minhas coisas, mas não as coloco no carrinho. Quase conto para Tom uma dezena de vezes, mas as palavras se dissolvem na minha língua. Depois de um tempo, fica claro que estou esperando algo que não posso colocar numa planilha de Excel nem ouvir dos meus amigos. Não posso mais ignorar a mensagem dela. Preciso ligar para a minha mãe.

Não é que eu precise da permissão dela para fazer isso. Já passei dessa fase, quer eu queira, quer não. Mas quero sua bênção ou, se não isso, ao menos sua compreensão. Posso querer uma vida diferente da dela, mas ela é minha mãe. Não consigo evitar sentir que a opinião dela ainda é a que mais importa.

Decido esperar até a tarde de sexta, quando Tom está fora fazendo entregas, para dar uma volta e finalmente ligar. Quando estou prestes a sair, recebo outra notificação para aceitar uma entrega. Hesitante, clico no botão ACEITAR, combinando o horário de encontro na frente do prédio para daqui a meia hora. Imagino que a ligação vai ser desastrosamente curta e vou chegar a tempo ou que talvez eu e minha mãe realmente coloquemos a conversa em dia, e eu possa usar a interrupção como desculpa para contar tudo sobre as minhas encomendas misteriosas para ela.

Clico no LIGAR e, quando ela atente no primeiro toque, como eu sabia que faria, todas aquelas palavras que eu tinha planejado dizer escapam da minha cabeça para a calçada. Mal consigo abrir a boca e minha garganta fica estupidamente fechada só pelo alívio de ouvir a voz dela.

– Riley?

Demoro um segundo, só porque a última coisa que quero é parecer engasgada e disparar todos os alarmes maternos na cabeça dela.

– Oi – digo. E então, como aparentemente tenho as habilidades sociais de um locutor de rádio dos anos oitenta, acrescento: – Como vai essa força?

Minha mãe também fica em silêncio por um momento. Depois fala em um tom animado demais:

– Ah… sabe como é. O café fica movimentado no verão.

– Sei – digo, com uma voz também um oitavo acima.

Mais um segundo. Merda. Não sei direito de quem é a vez de falar agora, como se essa fosse uma peça e nós duas tivéssemos esquecido nossas falas.

– Estou com saudade – diz minha mãe.

– É – digo, sentindo o alívio me percorrer tão rápido que levo a mão à nuca como se tivesse que a segurar para não cair. – Eu também.

O silêncio que se faz na sequência é curto, mas não menos excruciante. É minha mãe. Nunca não soube o que dizer para ela antes. É perturbador como se passou pouco tempo, mas tanta coisa mudou que quase nos sentimos estranhas.

– Como está sua… força? – ela pergunta.

Sua voz é irônica o suficiente para eu relaxar um pouco.

– Boa – digo. – Eu, hum… estou pegando o jeito. Sabe aquele serviço de entrega que eu ia fazer com Tom no verão? Eles me admitiram. Só ontem pedalei mais de sessenta quilômetros.

– Isso é… – Minha mãe hesita. – Durante o dia, certo? E de capacete?

– Sim – digo, tão efusivamente que estou gesticulando com a cabeça no celular. – Tom me ensinou o esquema.

– Ensinou? – ela pergunta, com uma voz tensa.

Certo, melhor evitar o assunto Tom, então.

– E, hum... fiz uma aula de escrita – tento em vez disso. – E fiz amigos novos. Fomos aos shows de Jesse e fizemos compras em brechós e passeamos bastante no parque.

– Ah, parece gostoso – diz minha mãe.

Espero um momento, mas ela não faz nenhuma pergunta querendo saber mais. Limpo a garganta.

– Então, sei que você morou aqui por muito tempo, mas... queria saber se, hum... se você conhece um bom lugar pra fazer piquenique. Ou algum brechó que talvez ainda exista. Meu amigo mora no East Village, onde você morou. Aposto que tem muitos lugares de que você gostava que ainda estão em pé.

– Quando você vai voltar pra casa?

Meu peito se aperta. Melhor também evitar o tema "tentar apelar para as lembranças dela", então. Não existe mais nada que eu possa dizer, exceto a coisa que liguei para dizer, que é tão simples que não me dei ao trabalho de ensaiar na minha cabeça, uma decisão de que me arrependo amargamente quando abro a boca e tudo que sai é:

– Hum, então.

– Então? – ela ecoa.

Minha boca ainda está aberta, mas toda a bravata se esvaiu de mim. Sinto que tenho dez anos de novo. Pior: sinto que isso aconteceu durante todo o ensino médio, quando minha mãe assumiu as rédeas da minha vida e não questionei porque era mais fácil não forçar. Eu achava que nunca brigávamos porque éramos muito próximas. Agora que estamos à beira de mais uma briga, percebo que é só porque sempre baixei a cabeça antes que elas começassem.

– Riley – ela diz, em um tom que sei que é melhor eu desembuchar logo de uma vez agora que tenho a chance.

– Eu estava pensando em talvez ficar. Tipo... depois do verão, quer dizer.

Ela responde tão rápido que percebo que devia saber que a ligação seguiria esse caminho muito antes da minha decisão.

– É isso que Tom está tentando te convencer a fazer?

– Quê? – balbucio, quase parando no meio da calçada. Olho por reflexo para o prédio residencial atrás de mim. – Não. Eu nem... ele nem sabe que estou pensando em ficar.

– Então isso não tem nada a ver com ele – diz minha mãe.

Estou quase chocada demais para ficar brava, mas vou ficar logo mais.

– Não – digo, firme. – Por que você acha que todas as decisões que estou tomando têm a ver com Tom?

– Com quem mais teriam a ver?

– *Comigo* – digo de uma vez, com tanta raiva que um grupo de pombas, o animal mais imperturbável da face da terra, sai voando em choque. Vou para a beira da calçada, apertando o celular na bochecha e dizendo: – E com você também. Você passou todos esses anos tentando me manter longe de encrenca, mas acabou me mantendo longe do *mundo* todo. E agora estou aqui e essas são as minhas escolhas. É isso que quero quando posso escolher. Quero as mesmas coisas que você quis. Como você pode ficar brava comigo por isso?

– Essa história toda parece um surto – diz minha mãe. – Você está chateada comigo. Entendo. Mas, em vez de conversar, você simplesmente foi embora, e você não está pronta pra isso como pensa que está.

Meus olhos ardem, porque sei que há certa verdade nessas palavras e não quero escutar isso agora. Ainda mais quando nem adianta conversar, considerando que não tenho como mudar o passado. Só tenho como mudar o futuro, e ela também não gosta da minha versão de futuro.

– E você estava? – pergunto em vez disso. – Acha que minhas tias não me contaram? Você nem foi pra sua própria formatura antes de fugir. Você passava o tempo inteiro brigando com os seus pais...

– Exato. Porque eu não estava pronta. É isso que estou tentando te falar e por que não quero que a gente tenha a mesma briga.

– Eu não estou brigando com você, estou *falando* pra você. Estou tentando fazer com que você entenda.

– Certo, sou toda ouvidos – ela me desafia. – Me dá um bom motivo pra você ficar em Nova York, onde não tem família, não tem planos e não tem nenhuma experiência no mundo real que te sirva de referência. Vamos lá.

Tenho muitos motivos. Motivos que eu estava animada para contar para ela. Passei as últimas semanas criando um senso tão forte de identidade neste lugar que parecia impossível que ela não visse a mudança em mim, que não quisesse me escutar. Que não reconheceria uma parte dela mesma na minha idade e tentasse entender.

Mas, mesmo que eu tivesse a confiança para falar, consigo ver que ela não tem a paciência para escutar. Consigo praticamente sentir os buracos que ela faz em palavras que eu nem disse ainda, e não posso deixar que isso aconteça. Minha vida é finalmente *minha*, e ainda é tudo frágil e novo demais para eu deixar que ela estraçalhe. Como se ela estivesse tomando forma, mas não tivesse fincado raízes.

Pensei que ela talvez pudesse me ajudar a encontrar essas raízes. Minha vida toda, ela foi como uma gravidade para mim. O único lugar em que sempre me senti instalada e compreendida. Mas agora sou algo que ela não reconhece, algo que não pode se estabilizar da mesma forma, e a pior parte é que acho que é tão assustador para ela quanto é para mim, e nenhuma de nós sabe o que fazer em relação a isso.

– Você já morou aqui – digo, baixinho. – Você *sabe* o porquê.

Ela baixa a voz em resposta:

– É por isso que sei que você está cometendo um erro. Está prestes a cometer um, pelo menos. Não é tarde demais pra mudar de ideia. Estou aqui pra quando isso acontecer.

– E se eu não mudar? – pergunto. – Você só vai ficar brava comigo pra sempre?

– Não estou brava, Riley. Estou preocupada. Estou tentando dar espaço para você entender isso sozinha, mas você deveria estar em *casa*. Preparando-se pra começar as aulas e guardar dinheiro e construir uma vida. Se está tão decidida assim, você pode esperar. A cidade ainda vai estar aí quando você estiver pronta.

Balanço a cabeça, grata por ela não conseguir me ver, porque o gesto é mais para mim do que para ela. Um lembrete de que já perdi tempo demais esperando. Vi como minha vida poderia ser com todas essas cores novas, e não posso voltar para o cinza.

– Só pensa a respeito, tá? – minha mãe pergunta.

Cedo nesse momento apenas porque não sei o que mais fazer. Não quero terminar essa ligação nos mesmos termos que terminamos a última. Não quero mais algumas semanas sem trocarmos nenhuma palavra. Tom pode ser meu melhor amigo, e posso ter muitos outros com quem contar, mas não há nada no mundo que se compare com o conforto de compreender e ser compreendida pela minha mãe.

– Certo – digo. – Vou pensar.

Funciona, porque depois disso conversamos. Tipo, conversamos *de verdade*. Ela me conta sobre o drama entre os estudantes na cafeteria e os cursos de verão que está fazendo antes de terminar a graduação no semestre seguinte. Conto para ela sobre algumas das entregas mais românticas de que participei, como o casal de velhinhos que se mandam batatas fritas de lanchonetes diferentes toda semana, sabendo que ela vai gostar mais dessas histórias do que das extravagantes. Conversamos por tanto tempo que ela precisa desligar porque seu horário de almoço já deve ter acabado. Nós duas falamos "Eu te amo", mas há um peso resignado na maneira como ela fala. Como se estivesse com medo de que essa fosse a última ligação desse tipo.

Engulo em seco quando desligamos e tenho que passar os dedos rapidamente nos olhos. Aparentemente, meus dutos lacrimais estavam apenas esperando pelo segundo em que a ligação terminasse, pelo que, sinceramente, eles estão de parabéns. Posso não ter toda a coragem do mundo sobre minhas decisões, mas pelo menos não sou sabotada pelas minhas próprias lágrimas.

Eu me sento num dos bancos do pátio fechado na frente do prédio de Tom e me permito piscar mais algumas lágrimas enquanto a realidade da situação deixa tudo claro. Tenho uma escolha. Nova York ou minha mãe. De repente, parece impossível ter as duas. Mas, toda vez que tento tomar uma decisão – ficar aqui com esta vida que estou construindo para mim ou voltar para casa, para a pessoa que é a única vida que já conheci –, começo a chorar tudo de novo pela parte que vai se perder com qualquer uma das decisões.

Meu celular apita logo antes de o mesmo entregador que vive sendo encarregado de todas as nossas entregas chegar.

– Você de novo – ele diz, enquanto me levanto do banco. Ele se retrai quando nota as lágrimas, depois diz com sua franqueza típica de quem nasceu e cresceu em Nova York: – Porra. Estou começando a me sentir um figurante na novela de vocês.

Solto uma risada lacrimejante e pego o saco de papel dele.

– Cuidado, senão vou mandar anonimamente uma pilha de tijolos pra alguém e fazer você levá-los até o Brooklyn.

– Ainda assim seria menos esquisito que um pedaço de queijo.

Depois que ele sai, espero um momento para me recompor e olhar dentro do saco de papel. Nele está um caderno com uma capa dura de couro marrom. Pego-o e vejo as páginas deliciosamente em branco – sem linhas, sem estrutura definida. Mas, quando o folheio até a primeira página, vejo algo escrito à tinta.

Para suas esferas de possibilidades.

Desta vez, quando uma lágrima cai, é com uma sensação doce de anseio que começa no meu peito e cresce por toda parte. Não é a gravidade que eu estava esperando, mas é suficiente. É como se alguém tivesse me mandado um pedaço de mim, e agora que ele está aqui em minhas mãos, tenho o peso que preciso para me manter equilibrada, para manter minha resolução. Posso ser nova na cidade, mas há quem me conheça.

Fecho o caderno com cuidado e o guardo na bolsa. Desta vez, não vou contar a ninguém sobre essa entrega. Não quero mais me questionar sobre esse mistério. Não quando esse presente é tão pessoal, tão *eu*, que pode partir um pouco meu coração se não vier da única pessoa que quero.

A verdade é que não importa mais. Porque, apesar de todas as coisas que eu não disse para a minha mãe, consegui dizer a mais importante de todas: estar aqui é escolha minha. E, daqui para frente, todo o resto também vai ser.

– Certo, temos uma responsabilidade moral para com outros nova--iorquinos de deixar *alguns* doces nesta loja – digo a Jesse e Tom, que estão com um carrinho tão abarrotado que vamos precisar de um tapete mágico para nos levar para casa.

Jesse bate na minha cabeça com um saco de Twizzlers e diz:

– Você precisa de sustento extra. Não é todo dia que uma menina faz dezesseis anos pela segunda vez.

– Imploro pra você parar de dizer isso. Eu me esforcei muito pra reprimir todas aquelas memórias. Você vai fazer com que elas apodreçam em meus ossos.

Tom parece um pouco preocupado enquanto também me desobedece, acrescentando uma caixa de Oreo no carrinho.

– Vocês pareciam estar se divertindo nas fotos do karaokê da festa.

– Porque foi, *sim*, divertido – Jesse diz, e então emenda: – Quer dizer, o mais divertido que dava pra ser sem o estilo vocal de Tom Whitz.

Tom concorda com a cabeça e faz uma pequena reverência graciosa, sabendo muito bem que seu estilo vocal está mais ou menos em pé de igualdade com o de um gato moribundo. É a única parte do lance de "recriar a festa de aniversário de dezesseis anos" para a qual estou ansiosa. Em algum momento, vamos deixar Tom animado o bastante para fazer uma versão de "Before He Cheats" tão terrível que em algum lugar do mundo Carrie Underwood vai se crispar sem saber por quê.

Na verdade, estou torcendo para fazer com que ele cante outra versão também. Mas não sei nem se ele lembraria o refrão, que dirá a série elaborada de movimentos de dança que o acompanham, então me concentro no assalto ao corredor de doces.

– Por falar nisso – diz Tom, passando os olhos pelos corredores –, melhor pegar tampões de ouvido para todos.

Dou um tapa de leve nele, depois me volto para Jesse.

– Pode ter sido divertido pra *vocês*. Eu tinha acabado de cometer o erro de fazer uma franja que não fazia ideia de como pentear, além de escolher coturnos que me renderam bolhas do tamanho da lua *e* eu estava...

Chorando muito, para ser sincera, porque tínhamos descoberto poucas horas antes da festa que Tom não conseguiria vir. Esqueci que eu estava animada com a coisa toda. Que nem me importava tanto com a festa, porque finalmente veria Tom – que, àquela altura, fazia apenas pouco mais de um ano que tinha se mudado. Naquela época, a Lista de Refúgios era algo que estávamos levando a sério, e nunca imaginávamos que não tínhamos chegado nem na metade da nossa separação.

Daquela vez, nem foi culpa da minha mãe. Vanessa viajou de carro para a filmagem seguinte na Flórida e deixou Tom em

Virgínia no caminho. Foi naquela tarde que ela descobriu que precisavam dela imediatamente, então ela pegou um voo e levou Tom consigo. Minha mãe tinha acabado de me deixar abrir os coturnos mais cedo e feito uma maquiagem cintilante em mim para a festa quando recebi a ligação dele do táxi a caminho do aeroporto. Embora eu tenha conseguido aguentar firme enquanto ele me contava, virei uma mixórdia de sombra azul cintilante e catarro menos de um minuto depois de desligar.

Eu me recompus para a festa uma hora depois – em cerca de quinze pessoas, alugamos uma sala de karaokê para a noite e compramos um monte de lanches –, mas o tempo todo em que estava cantando velhas músicas de *High School Musical* e chupando Atomic Fireballs, meio que queria que tudo acabasse logo. Não estava mais no clima de comemorar. Eu tinha um único desejo, que, na verdade, não era nem para ser um *desejo*, mas algo certo, que não havia se concretizado.

O que aconteceu em vez disso foi que o evento foi adicionado à Lista de Refúgios, como fizemos com todas as outras chances perdidas. Escrevemos "ir a um karaokê". O que *não* escrevemos foi "semitraumatizar Riley recriando sua festa de dezesseis anos dois anos depois e também desenterrar as fotos daquela franja terrível que todos tentaram convencê-la a não fazer, mas que ela estava decidida a fazer".

Infelizmente, foi assim que Jesse e Tom interpretaram, e Mariella e Luca não acharam mal nenhum em entrar na onda.

– E estava o quê? – Tom pergunta.

– Envergonhada pra caralho, isso sim – murmuro, porque Tom já tem complexo de culpa demais para saber que chorei amargamente de saudade dele quando Jesse teve a pachorra de colocar "All Too Well" naquela noite.

– Certo – diz Jesse, avaliando nosso carrinho. – Acho que isso vai servir. Pelo menos por enquanto. Você ainda está a fim buscar o resto das provisões de acampamento amanhã?

Respondo que sim, grata por ele mudar o assunto para a parte do fim de semana pela qual estou realmente animada. Todos tiraram o fim de semana de folga para riscarmos dois itens da Lista de Refúgios na sequência – sexta é noite de karaokê, e sábado vamos pegar o trem para um camping no norte e montar algumas barracas para passar a noite a fim de compensar a viagem que era para termos feito no penúltimo ano. Nosso plano é caótico, para dizer o mínimo, mas, somando a experiência de Luca em acampamento, os materiais de Mariella e a paranoia maternal de Tom, tenho quase certeza de que vamos ficar bem.

A menos que Jesse e eu esqueçamos os marshmallows, o que deve ser motivo para nos largarem na selva como comida de urso.

– Ótimo – diz Jesse. – Sinto que a gente ainda não teve tempo pra botar o papo em dia.

Essa é uma triste verdade que vai ficando mais e mais verdadeira a cada dia que passa, e não é por falta de tentativa. Entre os shows de Jesse e meus turnos, ainda não tivemos chance de nos encontrarmos a sós. E, pela maneira como Jesse está olhando para mim com um laivo daquela mesma insegurança que ele demonstrou no parque um tempo atrás, consigo ver que isso tem menos a ver com a guitarra que vamos tocar e os panfletos que vamos fazer, e mais com alguma outra coisa.

Tom volta para o corredor de doces, então me apoio no carrinho e pergunto para Jesse:

– Pois é. Estava pra te perguntar: a banda está se adaptando bem?

Ele passa o peso de um pé para o outro e diz:

– Sim, sim, sim. Estamos bem ocupados. Comendo vários potes de pasta de amendoim. Além disso, a gente desistiu de manter as meias separadas e decidimos que todas as meias são de todos. – Ele me mostra um tornozelo com listras azuis e o outro com lã marrom, o que eu não tinha notado por conta da sua roupa toda descombinada e toda descolada.

– Então está todo mundo se dando bem no espaço pequeno? – pergunto.

Jesse fica todo rosa antes de se abaixar para uma prateleira com uma velocidade assustadora para examinar o sabão em pó a seus pés.

– Sim – ele diz. – Tudo perfeitinho. Como você e Tom.

Agora eu é que estou ficando rosa, porque há uma leve ironia na voz de Jesse e estou achando que nós dois tocamos em um nervo sensível sem querer. Ou seja, a pergunta tácita "O que está rolando entre Jesse e Dai?" junto com "O que está rolando entre Tom e Riley?", ambas as quais nós dois evitamos, muito embora Mariella definitivamente não tenha evitado. Acho que as palavras precisas dela quando fomos almoçar ontem foram: "Tem tanta tensão sexual entre vocês dois que daria pra rachar esta ilha ao meio".

A destruição iminente de Manhattan à parte, quaisquer que sejam os sentimentos que estou nutrindo por Tom, vou deixá-los bem guardadinhos por enquanto. Não apenas por causa das opiniões enigmáticas da minha mãe sobre o assunto. Mas porque, antes de examinar esses sentimentos, quero estar decidida em relação a meu plano de me mudar para a cidade. Decidida a ponto de poder contar sobre ele para Tom antes de contar qualquer outra coisa.

E o plano é o seguinte: contar para ele depois de voltarmos do karaokê hoje à noite. Já dei uma boa olhada nas minhas economias e calculei quanto dinheiro vou ganhar se continuar fazendo as entregas e arranjar um trabalho como barista, e fiz as contas sobre quanto consigo bancar para dividir o aluguel com colegas de apartamento e em que bairros posso começar a procurar. Vou ficar na casa de Tom até o comecinho de agosto, como planejado inicialmente, mas, depois disso, vou me mudar para um lugar só meu. Começar a pesquisar cursos que eu possa fazer nos meus próprios termos. Montar meus próprios horários. Viver minha própria vida.

Se acontecer alguma outra coisa entre a gente depois de estar tudo definido... bom. Não quero pensar tão longe por enquanto. Sinto que está tudo confuso demais agora. Fiquei tão absorta em minhas histórias e meu planejamento que não tomei ar o suficiente para examinar o estranho atrito entre amar Tom como um melhor amigo e reagir biologicamente a ele como algo inteiramente novo. Nem sei o que *estou* sentindo, que dirá ter alguma ideia do que ele possa estar sentindo.

Por isso, ignoro toda essa linha de raciocínio em prol de outra que é o fato de que Jesse e Dai estão a um olharzinho apaixonado de alguém gritar "SE BEIJEM LOGO DE UMA VEZ!" durante um de seus shows, sendo que eles fizeram tudo menos isso. Todos na banda são assumidos e seus familiares e amigos sempre os apoiaram, então tudo em que consigo pensar é que existe alguma regra tácita que eu não conheço do punk rock contra relações dentro da banda. Ou talvez eles estejam, *sim*, juntos, e Jesse ainda não teve tempo de contratar um avião para anunciar em letras garrafais no céu, como fez praticamente toda vez que se envolveu com alguém.

Tom volta com a testa um pouco franzida.

– Ah, não – digo, sem expressão. – Não tinham o sexto sabor de Oreo?

Ele balança a cabeça em negativa.

– Só estava procurando outra coisa – ele diz –, mas talvez a gente encontre no caminho.

Ele ergue a mão e, repentina e inesperadamente, a pousa na curva do meu pescoço. Me apoio nela sem pensar enquanto seu polegar faz carinho na minha clavícula e seus olhos se concentram num ponto logo acima dela.

Paro de respirar e nós dois ficamos muito, muito imóveis até Tom limpar a garganta.

– Você está com um...

Ele tira a mão para me mostrar. Há um risco de giz verde-vivo no seu polegar, e um calor no meu pescoço onde sua mão estava, que se espalha pelo meu corpo feito uma chama lenta.

– Certo – digo. – Eu, hum... pedalei por um mural grande de giz na Union Square. Estavam deixando todo mundo pegar um e participar.

Ele sorri e há algo tão inconfundivelmente carinhoso nisso que o calor está começando a ferver, como algo vindo para ficar.

– Você sempre está onde a ação acontece, hein? – ele diz, antes de erguer a mão abruptamente e passar o giz do dedo na ponta do meu nariz.

– Ei! – reclamo enquanto seu sorriso assume um ar sarcástico, e ele sai andando com o carrinho na direção do caixa.

– Não se preocupa – ele responde –, combina com você.

Definitivamente não combina, mas algo me agrada tanto nisso que não faço nada para limpar a mancha durante o resto do dia.

Capítulo catorze

Algumas horas depois, eu, Jesse e Tom subimos a escada estreita para o karaokê no East Village, o mesmo em que ele e a banda passaram a noite quando ficaram presos para fora de casa. É maior do que parece, com seus corredores iluminados por uma meia-luz azul vibrando com as batidas desconexas que crescem e se abafam a cada vez que alguém abre ou fecha uma porta. Não precisamos esperar muito até Mariella e Luca chegarem juntos, o que não surpreende tanto assim – ela me avisou que os dois iriam ver algumas artes de rua em Bushwick. O que surpreende é que Mariella parece estranhamente contida, com os olhos baixos, e Luca está nos olhando com uma carinha de "socorro".

Quando viro de esguelha para Tom, ele já está me encarando com a mesma preocupação.

Mas, quando voltamos o olhar, Mariella conseguiu abrir um sorriso.

– É uma festa de aniversário ou uma armadilha mortal tipo João e Maria? – ela pergunta, olhando para a montanha de doces em cima da mesa com os fichários cheios de músicas.

– Nenhuma das anteriores. Na verdade, é uma humilhação ritualística de Tom Whitz, que precisa de pelo menos três barras de Take 5 em seu sistema pra se soltar a ponto de entrar em um karaokê da Disney – digo, torcendo para arrancar uma risada dela.

Mas Mariella já está distraída de novo, lançando um olhar incisivo para Tom que não consigo interpretar. Tomo isso como um sinal de que eu deveria deixar Tom na função Mariella, considerando que ela ainda é tecnicamente mais amiga dele do que minha.

– Ei, acho que vou buscar uns refrigerantes no bar. Alguém quer? – pergunto. Sem esperar que outra pessoa responda, chamo: – Luca?

– Sim, sim – ele diz, saindo atrás de mim.

Não tenho que esperar muito até não podermos ser ouvidos porque, do outro lado do corredor, um grupo está cantando "The Climb", de Miley Cyrus, tão alto que despertaria os mortos.

– Então, eu imaginei uma energia estranha quando você e Mariella entraram? – pergunto.

– Não – diz Luca, meio aliviado e meio angustiado com a pergunta. Ele mexe no relógio, olhando para trás para a nossa sala. – Acho que ela está brava comigo. E não sei o motivo, o que é ruim porque falo muitas coisas, então não consigo descobrir qual pode ter sido a razão. Mas, seja lá o que for, acho que foi algo de outro dia, porque ela já estava assim quando nos encontramos.

– Então não deve ter nada a ver com você – digo, rápido, porque Luca parece estar a um pensamento de cravar um buraco no chão.

– Ou talvez tenha e não consigo entender, porque sou um monstro.

Dou um tapinha reconfortante no ombro dele e digo:

– Tá, isso é um pouco dramático até pra um escritor.

O humor de Luca melhora ligeiramente com isso. Enquanto esperamos o bartender terminar de servir um número alarmante de shots de *lemon drop* para uma despedida de solteiro para pedirmos nossos refrigerantes, saio para descobrir onde ficam os banheiros e ver até onde vão os corredores deste lugar. Não chego muito longe antes de ouvir vozes conhecidas saindo de uma salinha no fim do corredor.

– Não sei nem por que você foi olhar isso.

Tom não parece exatamente bravo, mas com certeza exasperado, o que me faz hesitar na mesma hora.

– Quê? E você nunca teve curiosidade? – Mariella pergunta em resposta.

– Não a ponto de ir atrás – diz Tom. – E meio que preferia que você não tivesse me contado que fez isso.

– Ai, merda – diz Mariella. E então: – Espera, é uma notificação de verdade. É melhor dar uma olhada.

Um bando de convidados da despedida de solteiro começa a rir tão alto que me faz sair assustada do corredor antes que Tom ou Mariella me notem bisbilhotando. Não era minha intenção ouvir a conversa deles – eu nunca saberia das fofocas de ninguém, se dependesse de mim –, mas, agora que ouvi, sinto as palavras quicando na minha cabeça feito uma máquina de pinball.

Não é só a questão do que Mariella foi atrás ou por que Tom ficaria incomodado com ela por isso, mas a sensação de que essa é uma extensão de uma conversa que eles têm há um tempo. Algo que foi escondido de mim. E, embora eu saiba que não tenho o direito de saber da vida de ninguém, não consigo evitar a sensação incômoda de que, o que quer seja, tem algo a ver comigo.

Consigo esquecer isso quando volto à sala e vejo Jesse com o fichário aberto no colo.

– Certo, o clima está estranhamente pesado lá fora – relato. – Precisamos de algo pra descontrair.

– Bom, lá se vai meu plano de nos fazer cantar todas as músicas de *Os miseráveis* na ordem – diz Jesse. – Mas não se preocupa, coloquei na fila "Mr. Brightside" e "Truth Hurts" e, tipo, metade do *1989*, então estamos tranquilos.

– Excelente. Também preciso que todo mundo concorde que, quando dermos o microfone pro Tom durante "Let It Go", de *Frozen*, ninguém vai ajudar.

– Vou estar ocupado gravando. – Jesse larga o controle remoto da fila de músicas e olha para a porta. – Na verdade, queria pedir sua opinião sobre uma coisa.

– É?

Ele faz que sim e depois respira fundo, como se estivesse criando coragem, e diz:

– Desde que a gente terminou, eu...

Nem tenho tempo de registrar a surpresa dessas palavras antes de Luca voltar com os braços perigosamente cheios de refrigerantes e os olhos arregalados e falar:

– Saca só: um bando de colegas de classe de Mariella e Tom estão na sala ao lado da nossa. Um deles está prestes a ir pra Harvard. Eles são, hum, muito intimidantes.

Merda. Esqueci os refrigerantes. Merda de novo, porque, se esses forem os colegas que infernizaram a vida de Mariella, a noite dela está prestes a piorar.

Assim que as mãos de Luca estão livres dos refrigerantes, Jesse dá o outro microfone para ele.

– Não tão intimidantes quanto eu, porque você vai fazer o dueto de "A Whole New World", da animação *Aladim*, comigo.

Encontro os olhos de Jesse enquanto ele puxa Luca mais perto da tela e ele dá de ombros como se não tivesse acabado de largar uma frase no ar da maneira mais enigmática possível, mas não há muito a fazer em relação a isso porque, mais alguns segundos depois, Tom está voltando à sala com a testa franzida para uma caixa em sua mão. No turbilhão de "O que está acontecendo com literalmente todas as pessoas do nosso grupo de amigos agora?", quase não noto que não é apenas qualquer caixa.

– Atomic Fireballs! – exclamo. – Onde você achou isso?

– Não achei – diz Tom. – Na verdade, era isso que eu estava procurando hoje cedo. Mas alguém acabou de me mandar anonimamente.

– Por que alguém te mandaria o doce de aniversário da Riley? – Jesse pergunta.

Essa é uma piada recorrente que estou surpresa por Jesse lembrar, ao menos porque naquela noite estávamos fixados demais em cantar (e, no meu caso, não chorar) para lembrar que a festa tinha até um "tema". Eu achava que Doces Dezesseis soava ridículo, por isso decidi que seria Picantes Dezesseis, e todos nos vestimos de vermelho e laranja e comemos pizza de pepperoni e Atomic Fireballs. Foi uma decisão ao mesmo tempo deliciosa e esteticamente agradável.

– Não sei – diz Tom, me entregando a caixa. – Mas feliz aniversário extremamente atrasado.

Enquanto a pego, examino seu rosto em busca de algum resquício da conversa do corredor, mas não encontro nada.

– Cadê Mariella? – pergunto.

Bem nesse momento, a porta é aberta e Mariella diz:

– Bom, Gunner e seus capangas estão enchendo a cara na sala ao lado. Acho bom alguém colocar Olivia Rodrigo na fila pra mim, porque vou acabar com eles.

Vou até ela e digo:

– Ei, tem, tipo, dez zilhões de karaokês no centro, certo? Podemos ir pra outro.

Ela pega um Twizzler da mesa e o morde com o molar.

– Não. Acho que está todo mundo de boa comigo agora – ela diz, com um revirar de olhos. – Um deles acabou de tentar me abraçar. Talvez eu precise que algum de vocês veja se estou com pulgas.

Nada disso é um bom sinal para o resto da noite, mas, quando olho para Tom, ele está franzindo a testa enquanto olha para o celular. Volto a observar Mariella, que comprou seu próprio refrigerante, pelo visto, e está dando um golão, e depois observo Luca e Jesse, que estão curtindo tanto seu passeio no tapete mágico imaginário que se ajoelharam para recriar a cena em toda a sua glória animada.

Certo, então. A solução está clara. Menos conversa e mais músicas de karaokê bombando nas caixas de som, e todos vão relaxar e ficar bem.

Dito e feito: em menos de meia hora, todos assumimos nossos papéis variados no karaokê. Jesse atua como o DJ; Tom, como o animador. Luca, como o ator exageradamente dramático; e Mariella, como a cantora de verdade – Jesse fica tão impressionado que eu não ficaria surpresa se houvesse algum tipo de proposta de colaboração com os Walking JED até o fim da noite. Sou um pouco de tudo, participando das canções em grupo, pulando de adrenalina pelas nossas músicas favoritas e pela abundância de

Atomic Fireballs, ficando em pé no velho sofá para ter uma visão aérea de todos perdendo a cabeça durante "Bohemian Rhapsody".

Eu me sento no fim da música, suada e exausta, e solto um pequeno "uf" enquanto Tom balança o sofá, se deixando cair ao meu lado. Estamos moles e felizes quando ele vira a cabeça para mim e diz:

– Acho bom você ter um pouco de energia sobrando pro próximo número.

Estou prestes a declarar meu plano de me afundar neste sofá com a caixa aberta de Chips Ahoy! pelas próximas cinco músicas quando escuto um piano eletrônico tocando algumas notas distintivas. Meus olhos se arregalam tão rápido que Tom ri, puxando-me para cima e envolvendo as mãos nos meus antebraços para me colocar em pé com a facilidade de uma rajada de vento.

– Você não pode estar falando sério – digo.

Tom não me solta, apertando as mãos em mim com um brilho malandro no olhar.

– Riley Larson, você me daria a honra dessa dança verdadeiramente horrorosa?

Pelo canto do olho, consigo sentir os risos confusos do resto do grupo, o que é justo. Essa música é tão de nicho que fico surpresa que o karaokê sequer a tenha no aparelho. Veja só, provando que não existe nenhum nerd tão agressivo quanto o *fandom* de *Marés do Tempo*, meio que sem querer compomos coletivamente uma música.

Começou com uma cena no sexto livro. Os personagens viajaram para o futuro distante em que foram a um "Museu do Passado", que na verdade era sobre o nosso presente, e todos os artefatos e exposições que eles encontraram distorciam sua "história" de maneira engraçadíssima. Havia um "típico jantar americano" que era um peru recheado de *mac & cheese* e batatas com molho de cranberry. Havia um monte de manequins numa mistura caótica da moda ao longo das décadas em que só Jesse conseguiria ficar bem. Mais importante, havia o que a heroína, Claire, e seus amigos chamaram de "A Pior Música Já Composta" – uma combinação de country, techno, rap, pop, ópera e jazz, como se alguém tivesse enfiado todos os gêneros musicais em um pote, chacoalhado, deixado na rua para ser atropelado por um caminhão, e chacoalhado de novo só para garantir.

Naturalmente, os fãs foram à internet para criar sua própria versão definitiva e terrível, e muitas pessoas colaboraram. Uma versão que está prestes a ressoar pela sala toda, fazendo os próximos dois minutos e quinze segundos serem traumatizantes para todos os seus ocupantes para sempre, porque os fãs também fizeram toda uma coreografia.

Aperto os braços de Tom em resposta e digo:

– Sim. Mil vezes, sim. Minha vida toda foi apenas uma preparação para este momento humilhante.

Ele abre um sorriso largo enquanto me solta para se posicionar na frente da tela. Levo a mão a um refrigerante e Mariella diz rápido:

– Não, espera, esse é meu. – E o tira de mim com tanta velocidade que derrama um pouco.

– Ah, desculpa. – Encontro o meu e dou um golão antes de parar perto de Tom. – Certo, todos que dão valor a seus braços e pernas precisam abrir muito espaço pra gente.

Tom estende a mão para mim quando a música começa e me puxa para si com um giro tão satisfatoriamente abrupto e firme que suga o ar dos meus pulmões.

Esse é, obviamente, o primeiro e último passo de dança gracioso que a música tem a oferecer. O resto exige que pulemos um sobre o outro durante um verso em que o cantor só canta: "Seguro-saúde! Capitalismo! É tudo horrível!" em uma batida de jazz com um violão country tocando ao fundo; que eu pule sobre Tom enquanto ele estende as mãos feito um guarda de trânsito e gira durante um breve interlúdio que é apenas uma pessoa tocando a mesma nota numa gaita sem parar; e que andemos como siris no chão um ao redor do outro durante uma versão operística de um *mashup* de "A dona aranha" e "Brilha, brilha, estrelinha" sem qualquer respeito a estruturas rítmicas ou ao ouvido humano.

Teoricamente, era para estarmos cantando também, mas duvido que nossos pulmões ou os ouvidos dos nossos amigos conseguiriam se recuperar depois disso.

Acabamos a música meio cambaleantes, sorrindo um para o outro, completando os longos dissonantes acordes finais com nosso próprio *grand finale*: a complicada série de gestos sem sentido que era nosso aperto de mãos secreto. Terminamos com nossos polegares enfiados no nariz e as mãos abertas, como sempre, mas tão efusivamente que nossos queixos quase batem um no outro, enquanto ouço uma voz nem tão sutil no fundo da minha cabeça me incentivando a chegar ainda mais perto, só para ver o que poderia acontecer.

No fim das contas, a essa altura estamos tão esbaforidos de rir que mal nos aguentamos em pé. Acabamos colidindo um contra o outro, meio de propósito e meio que não, até Tom transformar isso num abraço, colocando os braços ao redor de mim e me puxando com tanta firmeza que meus pés saem do chão. Ele me gira de um lado para outro para compor a cena, e aperto os braços nele com firmeza, inspirando seu cheiro, tentando de alguma forma puxá-lo ainda mais para perto, embora estejamos o mais próximos que nossos corpos suados e ofegantes possam ficar.

Estou zonza quando ele me coloca no chão, mas não me solta. Suas mãos ainda estão na minha cintura, seus dedos estão apertando o tecido fino da minha blusa, e seu rosto...

Entendo nesse momento porque é tão fácil provocar Tom por ser bonito. É porque qualquer um consegue ver isso. É a primeira coisa que se nota em Tom; isso é verdade em todos os dias de sua vida.

Mas pouquíssimas pessoas vão ver Tom desta forma: esse rosto lindo com um sorriso de orelha a orelha, os olhos castanhos transbordando de felicidade e crepitando de travessura, as bochechas com um rubor que sobe até o cabelo. Ele passa tanto tempo da vida mantendo a compostura para os outros que não existe nada como ser uma das poucas pessoas que pode vê-lo sem compostura nenhuma.

Não existe nada como ser uma das pessoas que tem a satisfação de tirar sua compostura.

Tom tira as mãos de mim apenas para correr a ponta dos dedos logo acima das minhas orelhas e pelo meu cabelo, com um olhar provocante. Quando ele ajeita meu cabelo, percebo que os movimentos praticamente expulsaram o elástico da minha cabeça. Reviro os olhos, embora minha pele esteja formigando em todos os lugares que seus dedos tocaram. Estou me entregando a seu toque sem nem perceber, como se fôssemos as únicas pessoas na sala.

– Valeu a pena esperar? – ele me pergunta, tão baixo que mal consigo ouvir entre a música seguinte que começa a tocar.

Não, quero lhe dizer.

Já li várias histórias sobre magia. Escrevi muitas sozinha. Mas acho que não entendia a essência dela – não até esse momento, vivenciando um dos minutos mais mágicos da minha vida.

Não valeu a pena esperar, porque não era para esperar coisa nenhuma. Tivemos semanas roubadas, minutos roubados, quando merecíamos anos. Apesar de tanto tempo perdido, pela primeira vez, não estou triste por isso. Não estou brava nem frustrada nem estagnada. É como se uma nova compreensão tivesse caído sobre mim e, em vez de ficar aborrecida pelo tempo perdido, de repente mal posso esperar para aproveitar todo o tempo que ainda temos.

De repente, não consigo imaginar um mundo em que eu não diga a Tom que o amo, em todos os aspectos que o conheço e todos os sentidos que vou conhecer.

Algo em meu rosto deve revelar o que estou pensando, porque a expressão dele se suaviza e seus olhos encontram os meus. Encaro-o e sei que deve acontecer em breve. Talvez não seja hoje que vou lhe contar que vou ficar, mas será em breve.

– Tommyzinho, seu celular está explodindo – Mariella anuncia.

Tom não parece surpreso, e não tira os olhos dos meus.

– Já vou ver – ele diz.

É estranho, mas a ideia de contar para ele não me assusta. Afinal, é Tom. Mesmo que ele não me queira da mesma forma que eu, sei que nunca vou perdê-lo. A pior parte do que poderia acontecer com a gente já passou. Talvez meu coração se parta um pouco, mas pelo menos sempre vou tê-lo ao meu lado – sempre vou ter essa pessoa em quem confio mais que qualquer outra, que me conhece melhor que ninguém no mundo.

– É sobre o *bug* que consertei – diz Mariella, arrancando-me dos meus pensamentos. – Quer dizer, agora deve estar desconcertado. Merda. Foi mal. Posso arrumar agora, mas nunca consertei um *bug* bêbada antes.

Tom tira as mãos de mim e sinto um frio estranho. Tanto que demoro um momento para registrar o que Mariella acabou de dizer.

Luca é mais rápido que eu, abaixando o microfone que acabou de pegar da mesa.

– Você está bêbada?

– *Bug* do quê? – diz Jesse.

Mariella ergue o celular de Tom.

– Do "Com amor". Estava dando pau a manhã toda antes de eu consertar.

– Mariella – diz Tom. Há um alerta em sua voz, mas uma leve resignação também. Como se, o que quer que esteja prestes a acontecer, ele já estivesse alguns segundos adiantado, prevendo o golpe.

Ele está certo, porque ela não o escuta. Viro-me para ela e pergunto:

– Espera, desde quando você trabalha no aplicativo?

Ela franze a testa.

– Desde que Tom me pediu pra criá-lo – ela diz, como se fosse óbvio.

A sala fica quieta. Na verdade, não – a sala fica muito quieta, exceto pela versão destrambelhada dos acordes de abertura de "Let It Go", de *Frozen*. Mariella olha de canto de olho para Tom e fala baixo:

– Espera. Merda.

Luca baixa o microfone, rindo de nervoso.

– Pela maneira como você falou, parece que você e Tom fizeram o aplicativo de entregas.

E então não estou olhando para Tom nem para o microfone, nem para Mariella com seu refrigerante batizado, nem para Jesse, que ficou muito quieto no canto. Estou olhando para Tom, que está olhando para baixo e inspirando fundo e devagar.

– Desculpa – diz Mariella. Consigo ouvir as lágrimas enchendo sua garganta. – Puta que pariu. Desculpa.

– Tudo bem – Tom fala, embora esteja claro que ele não está nada bem.

Ele não olha nos meus olhos, o que de repente dá a essa cena todo um ar extracorpóreo, como se eu tivesse entrado em um sonho estranho. As harmonias metálicas de Elsa lamentando sobre andar com o céu e o vento no aparelho não estão ajudando em nada.

É Luca, surpreendentemente, que quebra o silêncio de novo, bem quando Mariella aperta a palma das mãos nos olhos, tentando não chorar.

– Acho melhor eu levar Mariella pra casa – ele diz.

Ele se senta no sofá e coloca um braço hesitante ao redor dela, e ela balança a cabeça, mas se apoia nele.

– Acho melhor eu resolver isso, seja lá o que for – Tom murmura, erguendo o celular sem entusiasmo. – Vou sair um pouquinho.

Os olhos de Tom mal olham nos meus antes de ele sair, rápido demais para eu interpretar o que há neles. Luca guia Mariella logo na sequência, deixando-me com Jesse para limpar a montanha de doces deixados para trás. Enchemos as sacolas sem dizer nada um para o outro, ouvindo as batidas das músicas dos outros ecoando distantes pelas paredes.

– Podemos levar todos de volta pro nosso apartamento, se quiser – diz Jesse. – Não é longe.

Balanço a cabeça em negativa. Abro a boca para dizer alguma coisa, mas me contenho pouco antes. Sinto como se todas as palavras tivessem sido tiradas de mim.

– Tenho certeza de que ele tem um bom motivo. É Tom – diz Jesse.

Na verdade, isso só deixa minha vontade de chorar ainda mais forte, tanto que sinto que tenho dezesseis anos de novo, contendo lágrimas por Tom em uma sala de karaokê dessa forma.

Jesse coloca a mão no meu ombro.

– A oferta ainda está de pé. Os Walking JED sempre têm uma vaga do tamanho de Riley no sofá.

Consigo erguer os olhos e sorrir para ele, enquanto a culpa se mistura a minha dor. Ando tão ocupada que ainda nem visitei o apartamento da banda. E Jesse claramente tem seus próprios problemas sobre os quais quer se abrir.

– Obrigada – digo, colocando a mão na sua e a apertando também. – Mas me faz um favor? Nunca mais me deixa fazer dezesseis anos.

Ele solta uma risada.

– Combinado.

Com isso, engulo a estranha e inoportuna dor para me recompor, pegar nossas últimas coisas e sair noite adentro atrás de Tom e seus segredos.

Tom e eu ficamos em silêncio no caminho inteiro de metrô de volta para a casa dele, mas não por falta de tentativas de Tom. Só que ainda não consigo falar com ele. Sinto que há duas vozes diferentes na minha cabeça, uma cantarolada, a outra sibilante: *Amo Tom, amo Tom, amo Tom*, diz uma. E logo abaixo dela: *Ele mentiu.*

Não estou brava, mas não consigo decidir se é porque eu não deveria estar ou porque isso tudo ainda não entrou direito na minha cabeça. É como se houvesse dois Toms diferentes na minha cabeça – aquele em quem eu confiava, e aquele em quem não sei se posso confiar –, e não sei qual está na minha frente.

No momento em que saímos da estação para a rua, ele diminui o passo e diz:

– Riley. – Meu nome é algo entre um apelo e um pedido de desculpa em sua boca.

Faço que não, embora eu também diminua o passo. Tom vai até os bancos perto do museu e o sigo, mas não me sento. Fico ali parada sem ideia do que perguntar, sem ideia de por onde começar. A mágoa está instável demais, fervendo logo abaixo da minha pele como se ainda não soubesse que forma assumir.

– Desculpa – diz Tom.

E ele está arrependido. Consigo ouvir a sinceridade em sua voz, sentir o peso dela sob seus olhos. A questão é que acho que nenhum de nós sabe por que ele está arrependido, porque ainda não faço ideia dos seus motivos.

– Se você começou isso, deve ter sido… o que, dois anos atrás? – pergunto finalmente.

Minha voz é surpreendentemente calma.

– Sim – diz Tom. – Não pretendia esconder de você. Não era pra ser assim. Eu simplesmente… tive a ideia e Mariella colocou em prática, e tudo aconteceu muito rápido.

– Dois anos atrás – repito.

Ele engole em seco.

– Fiz o aplicativo quando as coisas estavam… meio que piores do que nunca. Quando eu me sentia tão distante de tudo que achava que isso nunca mudaria. Eu simplesmente não estava falando com ninguém na época. – Ele baixa voz: – Eu sentia que, se tivesse te contado que criei o aplicativo, teria que te contar o resto. E não queria.

Observo seu rosto, vendo a culpa marcando seus traços e desejando não estar tão brava com ele. A última coisa que quero é fazer Tom se sentir ainda pior, mas, para superarmos isso, preciso entender.

– Eu sabia que tinha alguma coisa errada. E conseguiria superar o fato de você não ter me contado porque entendo. Também não queria ser a Riley na qual o ensino médio me transformou – digo. – Mas, porra. Você me contou, *sim*, sobre o aplicativo. Contou tudo sobre ele, menos a coisa mais importante: que a ideia era sua.

Penso em todas as inúmeras conversas entre nós, não apenas nas interações por mensagem dos últimos anos, mas nas interações cara a cara das últimas semanas. Todas as noites que ele passou sentado ao meu lado no sofá com a cara no notebook, que devia estar trabalhando no aplicativo. Todas aquelas entregas em que ele me levou sabendo plenamente que era os olhos e ouvidos por trás do aplicativo, e eu estava totalmente no escuro.

Tom fez eu me sentir muitas coisas na vida. Valente. Compreendida. Amada. Mas, agora que outro pensamento está passando pela minha cabeça, pela primeira vez me pergunto se ele vai fazer eu me sentir uma tonta.

– Quer dizer que você sabe quem manda as coisas? – pergunto.

E eu tagarelando de um lado para o outro da cidade sobre o admirador secreto que fica me mandando coisas sendo que não era mistério nenhum para ele.

– Não – diz Tom rapidamente. – Mariella mantém o *back-end* anônimo. Não sei quem te mandou nada, assim como não sei que tem me mandado coisas.

Isso vem com mais uma dor inesperada, porque Tom não saber quem me mandou as coisas é um golpe final naquele fiapo de esperança ridícula de ser ele o remetente. Penso no caderno que guardei no fundo da mochila, em que ainda não escrevi porque estava ocupada demais preparando tudo na última semana, e sinto meu estômago se embrulhar com uma vergonha tão imediata que faz com que eu me sinta uma criancinha. Que bom que pelo menos nunca mencionei isso para Tom.

– Você simplesmente nunca ia me contar?

Ele dá um pequeno passo para trás.

– A questão era... eu não estava planejando falar nada este verão porque não sabia que a gente estaria junto – ele admite. – E aí você estava aqui e tudo meio que saiu do meu controle.

– Isso ainda não explica por que você não poderia me contar agora, Tom. Sei como foram as coisas pra você nos últimos anos. Não tem mais nada pra esconder. – Agora é a minha vez de dar um passo para trás. Um passo maior, deliberado. – Sabe, sou *eu* – digo, com a voz embargando.

Ele olha para mim com tanto arrependimento que sinto que isso também o deixou despedaçado.

– Eu sei. Eu sei – ele fala, baixo, com a voz tranquilizadora. Ele ergue os braços uma fração, como se fosse me tocar, mas muda de ideia. – Não tinha nada a ver com você. A verdade é que eu não queria falar nada porque não vai ser mais meu. Estou procurando outra pessoa pra administrar o aplicativo.

Balanço a cabeça em negativa.

– Por quê? Por causa da faculdade? – pergunto. Mas não... não pode ser. Tom vai tirar um ano sabático.

Ele morde o lábio inferior e fica em silêncio só por alguns segundos, mas sinto cada pingo de tensão neles.

– Porque vou embora de Nova York.

As palavras são como um piano de desenho animado caindo do céu. Como se fossem ridículas e incompreensíveis, mas mesmo assim carregassem um peso impossível e esmagador.

– Quê? – consigo dizer.

A voz dele é tão resignada que tenho a impressão de que ele está querendo me dar essa notícia há um certo tempo.

– Depois que você voltar pra casa, vou começar a trabalhar com minha tia na Carolina do Norte.

Faz tanto tempo que não penso na tia de Tom que demoro um segundo para conjurar uma imagem mental. Ela administra uma pequena vinícola no meio do nada que literalmente se chama Vinhedo da Velha Rabugenta, e por um bom motivo. Ela é tão agradável quanto um cacto é para um pé descalço.

– Quando você decidiu isso? – pergunto, aturdida.

Ele leva uma mão à nuca, passando os dedos tensos no cabelo.

– Na verdade, eu estava prestes a sair no dia em que você chegou. A mochila na minha cama... não era porque eu tinha chegado de viagem. Eu tinha feito a mala pra ir embora.

– E aí eu apareci – digo, a voz estranhamente vazia.

Pisco ao me lembrar daquele dia, daqueles primeiros dias todos. Eu pensei em fazer muitas perguntas, e, pelo visto, deveria ter feito mais. De repente, fico tão frustrada comigo mesma quanto estou com ele – eu sabia que havia algo errado. Algo além da timidez recém-surgida de Tom, ou do misterioso ano sabático ou do fato da sua mãe viver tão ocupada.

A verdade é que não conheço Tom tão bem quanto pensei. Não apenas porque não vi os sinais e não tentei descobrir seus segredos, mas porque Tom tinha um segredo grande demais, para começo de conversa.

– Sair da cidade é meio que o motivo de eu ter feito o aplicativo. Eu estava me sentindo tão distante de tudo e tão deslocado aqui, e minha mãe... bom, você viu o apartamento – ele diz, apontando para cima. Ele está mantendo a compostura durante a maior parte da conversa, provavelmente por mim, mas consigo ver que está perdendo o controle. Há algo vacilante em sua expressão, uma oscilação logo abaixo de cada palavra que ele fala. – É sempre assim. Fomos de morar em um bairro residencial para morar neste arranha-céu e frequentar restaurantes chiques com pessoas famosas e viajar pelo mundo de repente, e eu simplesmente... não reconheço nenhuma parte da minha antiga vida, e odiei cada segundo. Eu queria algo que fosse só meu.

Aquela mesma pontada de reconhecimento dói em meu peito. Aquela que senti quando Mariella estava falando de começar a fotografar sozinha; aquela que sinto há tantos anos que é quase como se fosse todo um órgão em mim, como outro coração que bate. Esse anseio de ter uma vida que seja só minha, com coisas intocáveis nela.

– Pensei que, se o aplicativo desse certo, eu teria meu próprio dinheiro pra me mudar – diz Tom. – Eu achava importante fazer isso sozinho.

Algo se parte no meu peito nesse momento, porque sei que Tom está mentindo sobre isso também. Mais para si mesmo do que para mim. Ele poderia ter feito qualquer coisa para juntar dinheiro. Qualquer que fosse o motivo para criar o aplicativo, não foi esse.

– Você podia ter me contado isso tudo – digo em vez disso.

Estou magoada, mas não o acusando. Só estou sinceramente confusa. Tom não tem nada do que se envergonhar. Nada disso estava sob o controle dele.

Ele não fala por um longo momento, como se estivesse tentando pensar no que dizer.

– É só que... era tudo tão estranho. Eu me sinto um babaca por ter odiado isso tudo. Tão culpado que eu não achava que tinha o direito nem de me sentir assim. Achei que você não entenderia.

Meus olhos ardem imediatamente, mais de frustração que qualquer outra coisa. Por Tom pensar isso logo de mim – que eu o veria como algo além dele mesmo, independentemente das circunstâncias, e que não fosse capaz de entender.

– Eu posso não estar... sendo empurrada pra aviões e trombando com famosos, mas é claro que eu entenderia – digo. – Tipo, porra, Tom. Eu te falei. Falei como minha mãe era controladora, como não tinha nada mais que me trouxesse a sensação da minha antiga vida. Sei exatamente o que significa querer algo que seja só seu. É por isso que estou *aqui*.

Respiro fundo, tentando me estabilizar de novo. Talvez eu não devesse ter dito isso agora. Não é o que Tom precisa ouvir nem o que realmente preciso que ele entenda.

– E, mesmo se não fosse verdade... sou sua melhor amiga – digo. – É minha obrigação tentar entender.

Ele chega perto e fala baixo:

– Não sei. Você não me falava muitas coisas sobre sua mãe na época.

– Ah, e quando é que eu falaria? – pergunto, as palavras inesperadamente ácidas na ponta dos meus dentes. – Já era difícil fazer você me escrever uma mensagem que fosse.

Pronto. Aí está a verdade sobre a qual eu também estava escondendo de mim mesma. Me dizendo que não machucou passar os últimos meses com Tom me mantendo longe, que não foi difícil me infiltrar de volta na vida dele. Que não machuca agora perceber que ele ainda estava me distanciando de uma forma que eu não tinha como prever. Machucou, e machuca, e vai levar mais que algumas semanas sendo amigos de novo para superar essa dor. Ainda mais agora que tudo ficou ainda pior.

– Eu sei. Eu sei – Tom diz de novo, com a voz rouca de sentimento. É mais que um pedido de desculpa ouvi-lo dizer isso, mas também dói mais. Como se estivéssemos reconhecendo em voz alta que estamos um nível além de um pedido de desculpa, um nível mais profundo do que jamais estivemos. – Foi um dia longo. Vamos subir pra descansar e conversar lá dentro.

Ele se vira na direção de casa, mas continuo plantada no cimento.

– Vou passar a noite com a banda.

Digo as palavras com toda delicadeza possível, mas mesmo assim os olhos de Tom lacrimejam imediatamente. Ele engole em seco e assente.

– Está bem – ele diz. – Me deixa levar você lá pelo menos.

Faço que não.

– Só quero ficar longe de você um pouquinho, tá?

Ele baixa os olhos rapidamente, mas vejo a mágoa perpassar seu rosto. Como se eu tivesse enfiado a mão em sua caixa torácica e arrancado seu coração.

A questão é que já senti demais a mesma mágoa por conta disso. Porque, enquanto me estico para colocar o braço em volta dele – o abraço mais rápido e fraco que qualquer um de nós já deu –, me dou conta de que eu estava errada. Tom não sente o mesmo que sinto por ele. Ele passou anos escondendo a maior coisa que estava acontecendo na vida dele. Ele fez todos esses planos de ir embora sem nem me contar. Ele não me considerou em nenhum dos seus planos; nem sequer considerou minha opinião sobre tudo isso importante a ponto de me pedi-la.

Eu não estava apenas errada. Minha mãe estava certa. Não existe ninguém no mundo com quem eu queira conversar mais do que com ela agora, e sei que não posso. Não se quiser estar no controle da minha vida, como se eu soubesse o que estou fazendo aqui. Uma ligação sobre Tom poderia fazê-la ver isso como prova de que o plano todo está ruindo.

Eu me pergunto por um momento se não está. Minha garganta está tão tensa que parece a tampa de uma garrafa de refrigerante chacoalhado, como se todas as palavras que planejei dizer para ele hoje estivessem presas em meu peito, ameaçando transbordar. Não vou permitir. Não é o momento de lhe contar que vou ficar e, quanto ao resto... é provável que nunca mais haja um momento.

Solto Tom rapidamente e desço para o metrô sem olhar para trás.

Eu me permito chorar algumas lágrimas na plataforma. Uma mulher me dá um lenço sem diminuir o passo. Penso que é tudo muito Nova York, essa sensação de estar mais solitária e menos compreendida do que nunca numa cidade cheia de pessoas que já sentiram os matizes da mesma coisa. O trem é como um estranho refúgio dos meus pensamentos, embalando-me em uma calma com seu balanço e zumbido com os quais já me acostumei, com aqueles estranhos que me lançam olhares solidários que parecem dizer: *Quem nunca chorou em público?*

Há um consolo mais profundo em tudo isso que só consigo processar completamente quando saio do metrô e entro na noite movimentada e quente da cidade, na corrente de pessoas me engolindo com a mesma facilidade de sempre. Que, apesar de toda a minha mágoa com Tom, de toda a mágoa que sei que está logo ali, estou mais certa que nunca de que este é o meu lugar.

Estou praticamente recomposta quando Jesse abre a porta, revelando não apenas Eddie e Dai, mas também uma pizza gigante de pepperoni na mesa de centro.

Jesse chega perto e me abraça com força.

– Guardamos um pedaço pra você.

– Obrigada – digo, retribuindo o abraço. – Vou só lavar as mãos.

Vejo em meu rosto quando as luzes antigas do banheiro se acendem: o tênue giz verde na ponta do meu nariz. Passo o polegar nele, pensando na expressão carinhosa no rosto de Tom quando ele deixou a mancha, na eletricidade em seus olhos quando me tirou para dançar, no calor que irradiou entre nós quando ele me abraçou logo em seguida. Na certeza quase presunçosa que senti ao pensar que não tinha nada a temer quando decidi contar a Tom o que sentia por ele. O que ainda sinto, apesar de tudo.

Limpo a mancha verde. Todos esses sentimentos – meu amor pela cidade, pela vida que estou construindo, por Tom – são tão novos e cintilantes e luminosos. Eu devia ter imaginado que parte disso não ia durar.

Capítulo dezesseis

Quando acordo no sofá, a janela está entreaberta e consigo ver as costas de Jesse sentado na saída de incêndio. Esfrego os olhos inchados para acordar, depois preparo dois cafés instantâneos para nós em canecas descombinadas na cozinha e saio para fazer companhia para ele.

Ele abre um sorriso sonolento. Não está mais tão punk rock agora com seu cabelo desgrenhado e sua blusa de pijama e calça de moletom com o infame verme da nossa escola estampado no bolso. Lembra mais a criancinha que ele foi no primário, antes de dizer para os pais que se vestiria sozinho dali em diante, obrigado, de nada, e simplesmente aparecer na escola no dia seguinte num cobertor com mangas. (Pelo menos, seus pais acharam engraçado, mesmo que o diretor não tenha achado.)

– Dormiu bem? – ele pergunta.

– Como uma pedra – digo, com sinceridade. Foi como se meus ossos estivessem cansados demais para continuar me deixando ser humana. – E você?

– Como uma pedra também. Quer dizer, se essa pedra estivesse em uma explosão vulcânica.

Eu me crispo enquanto me sento ao lado dele. A saída de incêndio range de leve e não é nada confortável para a minha bunda, mas é resistente o bastante para nos aguentar. Está silencioso lá embaixo, um forte contraste com a vibrante cena de bares que conseguíamos ouvir pela janela a noite toda enquanto comíamos pizza e assistíamos a Eddie e Dai tentando se destruir no videogame. Agora, há apenas corredores matinais e uma fila lenta na frente da loja de bagel lá embaixo.

– Você estava preocupado com alguma coisa, né? – pergunto.

Ele sorri, contrafeito, para a caneca de café.

– Sim. Mas esse parece o momento incorreto pra pedir seu conselho.

– Bobagem – digo. – Meu conselho está extremamente disponível agora.

É verdade. A última coisa que quero é pensar na conversa que tive com Tom ontem à noite, porque ainda tenho tantos pensamentos inconclusos e perguntas sem resposta em relação a isso tudo que não posso correr o risco de seguir por esse caminho agora.

Jesse ainda está olhando fixamente para seu café, considerando.

– Certo. Antes de tudo, preciso te confessar uma coisa.

– Se está prestes a me tornar cúmplice de um assassinato, posso pelo menos terminar meu café?

Jesse relaxa um pouco, recostando-se mais na parede de tijolos.

– Fui eu quem te mandou aquelas flores.

Pisco.

– Espera, sério?

– Pensei que talvez você fizesse a conexão com a música... Hum. "A flor silvestre" que cantamos na primeira noite aqui – diz Jesse, acanhado como nunca. – Era sobre você.

Antes que eu processe o que ele acabou de dizer, um trecho contagiante da letra entra na minha cabeça: *Você é todas as estações, sempre a florir, você tem todas as cores vivendo em você / Não importa onde eu estiver plantado, vou seguir você, você é uma flor silvestre, sempre a florir.*

Sinto meu rosto começar a corar – sinto um monte de perguntas e pensamentos vindo à tona –, mas nada tão relevante quanto:

– Quando você apresentou essa música, você disse que a tinha composto dois anos atrás.

Jesse limpa a garganta.

– É, então. – Ele chuta uma bituca de cigarro com o chinelo. – Dois anos atrás eu ainda não tinha superado você.

– Mas... – começo e então paro.

Jesse não precisa da minha ajuda para fazer as contas. Paramos de namorar dois anos antes de a música ser composta. O que pode significar algo que estou torcendo para que não seja verdade.

Os olhos de Jesse estão tristes quando ergo os meus para encontrar os dele.

– Jesse – digo, sem saber o que está me batendo mais forte, a confusão ou a culpa.

Ele ergue a mão.

– Ei, eu sabia no que estava me metendo. Você é uma destruidora de corações, Riley Larson – ele diz, com um sorriso irônico, como se quisesse fingir que não é nada.

– Sou nada. – Coloco a caneca no chão, apertando a palma da mão na testa como se o gesto pudesse me fazer processar isso mais rápido. – Ai, merda. Jesse. Desculpa. Eu não sabia.

– Eu sei – Jesse fala, depressa. – Não estou... Não estou chateado com você. A coisa toda foi mais culpa minha do que sua, na verdade. Olhando pra trás, tenho a sensação de que, tipo... você não estava tão a fim quanto eu. E por que estaria? Eu nunca disse nada. Se eu tivesse dito na época, você saberia.

Passo a mão no cabelo desgrenhado, esforçando-me muito para me colocar no lugar da Riley do passado. Isso só faz a culpa em meu peito crescer. Aquele ano foi como todos os outros do ensino médio – como um Band-Aid arrancado rápido demais para eu dizer *ai* – e logo tudo acabou. Tão rápido que, em retrospecto, acho que eu não estava pensando muito em outras pessoas.

– Acho que isso só está na minha cabeça nos últimos tempos porque estamos saindo mais de novo – diz Jesse. – Tanto que senti que precisava tocar aquela música e mandar aquelas flores anonimamente. Pra superar tudo fazendo algumas das coisas que eu provavelmente deveria ter feito quando estávamos mesmo juntos, sabe?

Estou prestes a protestar, mas, pela maneira como Jesse está piscando de hesitação, fica claro que ele tem mais a dizer. Quando ele fala, sua voz é tão fraca que sinto como se ela estivesse evaporando no ar entre nós.

– Quando a gente terminou, foi... algo que eu fiz? – ele pergunta. – Ou teria alguma maneira de as coisas terem sido diferentes?

– Ah, Jesse – digo, sentindo algo em meu peito desmoronando. Chego perto tão rápido que a saída de incêndio dá um rangido preocupante embaixo de nós. – Porra. Não. Você é um dos meus melhores amigos. Adoro cada segundo que passo com você. Eu só... não fazia ideia de que você tinha ficado com essa dúvida, senão já teria dito isso cem vezes, diretamente no seu ouvido. Teria anunciado na porra do alto-falante da escola.

Jesse ri e diz:

– Tá, tá.

– É sério – digo efusivamente. – E, em relação ao término... eu me sinto péssima. Eu podia jurar que era mútuo. É uma justificativa meio bosta, mas... da minha parte, era como se nem tivéssemos começado a namorar sério, na verdade. Não parecia necessário terminar porque nunca abordamos isso direito quando começou.

Jesse concorda com a cabeça.

– Sim. Acho que eu só... gostava muito, muito de você. Mais do que conseguia admitir ou expressar na época. Então eu simplesmente não expressava. E daí, um dia depois das férias de Natal, alguém se referiu a mim como seu namorado no corredor e ouvi você dizer que fazia semanas tínhamos terminado, e eu só... acho que não tinha me tocado que tinha acabado até aquele momento.

Minha garganta não está apertada só de culpa, há algo mais... um rompante súbito de gratidão por termos conseguido manter a amizade, apesar de tudo. Não sei se muitas pessoas teriam conseguido, depois de tanta complicação.

– Desculpa – digo. – Acho que eu só achava natural. Éramos tão próximos que imaginei que sempre estaríamos perto um do outro independentemente da nossa relação, e meio que só pensei que não importava se não estávamos mais "namorando". Mas é claro que importava, e sou uma péssima amiga por não entender isso.

Jesse balança a cabeça em negativa.

– Não é culpa sua – ele reitera.

– Foda-se – digo, em tom de brincadeira. – Me deixa ter um pouco de culpa, vai?

Seus lábios se erguem em um leve sorriso, mas seus olhos estão concentrados nas grades da saída de incêndio que dá na rua estreita lá embaixo.

– De onde está vindo isso? – pergunto. – Quer dizer… as flores eram lindas. A música… nem sei o que dizer. Mas acho que você não tem mais esses sentimentos por mim.

Jesse coloca a caneca no chão e fica em silêncio por tanto tempo que conseguimos ouvir os sons desconjuntados da cidade que começa a despertar devagar. Portinhas são abertas e cachorros latem e caminhões de entrega descem a rua.

– Estou apaixonado por Dai – ele diz.

Contenho um sorriso, mas não consigo impedir que ele se reflita em meus olhos. Quando Jesse me encara, também não consegue evitar abrir um sorriso tímido.

– Eu, pelo menos, estou absolutamente chocada – digo, com ironia.

– Cala a boca – ele murmura. Mas então, depois de um momento, diz: – A questão é que… Dai é meu melhor amigo. E você era minha melhor amiga quando começamos a ficar. Por isso, foi difícil entender quando simplesmente… acabou. Porque nós nos conhecíamos melhor do que ninguém, e não precisou de muita coisa pra simplesmente acabar.

Quero estender os braços e dar um abraço nele agora. E talvez construir uma máquina do tempo para dar uma sacudida nos ombros magrelos das nossas versões juvenis. Mas Jesse está botando algo para fora, e está claro que ele precisa terminar antes de tentarmos qualquer uma dessas coisas.

– Saí com outras pessoas depois de você e até me envolvi, mas… não era ninguém de quem eu era especialmente próximo. Então isso é assustador. Acho que só estou com medo. De tentar de novo com alguém de quem sou próximo, e ser rejeitado por alguém que me conhece, que me conhece *de verdade*, se eu estragar tudo de novo, como aconteceu com a gente.

A pior parte é que Jesse sempre consegue amenizar qualquer coisa que diz com uma piada, mas agora ele não está nem tentando fazer isso. Não preciso olhar para além da piada para ver o que ele realmente está querendo dizer. Está tudo aí, nu e cru em seu rosto, iluminado pelos rosados e dourados do sol matinal.

Eu me obrigo a pensar com cuidado antes de falar, porque quero que as palavras entrem dentro dele.

– Você não estragou tudo entre nós. Ainda estamos aqui, não estamos? Graças a você. Você me inspirou a fazer isso, e sou grata pra caralho todos os dias. – Arrasto a bunda um pouco mais para perto dele, baixando a voz: – E, quanto a Dai… não acho que você tenha que se preocupar. Está claro que ele gosta de você. Poxa, Eddie esfaqueou o bonequinho dele dezoito vezes porque Dai não conseguia tirar os olhos de você depois que você tirou a camisa ontem à noite. E Dai sempre ri *demais* das suas piores piadas.

– Ei – Jesse protesta em tom de brincadeira.

Dou um chute de leve na sua canela.

– Só tenho permissão de dizer isso porque éramos os maiores palhaços de Falls Creek High. Enfim, o mais importante é: as coisas são diferentes agora. Você é diferente agora. Sei que vai conseguir fazer Dai entender o que isso significa pra você. Você não acabou de me contar o que ele significa pra você? É só dizer o mesmo pra ele.

Jesse suga os lábios como se estivesse tentando não se emocionar demais, mas não adianta. Estamos aqui para nos emocionar. Então acrescento:

– Não deixe que a tapada da Riley de catorze anos impeça o Jesse de dezoito de namorar seu melhor amigo extremamente gato.

Esse parece o meio-termo perfeito entre manter a leveza e impactar Jesse, porque ele solta uma risada gaguejante entre lágrimas, secando os olhos com o dorso da mão.

– É. Beleza. Você está certa.

– Ô se estou – digo, erguendo a caneca de café. – Agora um brinde a você se declarar pra Dai em algum momento do futuro próximo.

Jesse ergue a caneca, mas hesita.

– E se… – ele começa.

Sacudo a cabeça tão abruptamente que arranco as palavras da boca de Jesse antes que ele as diga.

– Sua hipótese mais pessimista é uma hipótese ótima. Vocês vão ser amigos. Como a gente. – Aponto o dedo para ele. – A única hipótese realmente ruim é você nunca contar pra ele como se sente e ter que viver no abismo do *e se* pelo resto da vida.

Jesse brinda comigo e, enquanto tomamos um longo gole de café, tento não deixar que a ironia deixe um gosto amargo por saber que não estou planejando dizer uma palavra sobre meus próprios sentimentos a Tom.

Mas minha hipocrisia parece justificada. Tom vai embora. Um fato é um fato, por mais que eu queira que não seja. Se eu contar para ele como me sinto agora, vai parecer um mero truque para fazer com que ele fique. E eu jamais poderia fazer isso com ele. Por mais magoada que eu esteja, entendo que, para ele, sair de Nova York é como a minha decisão de ficar aqui – uma chance de começar do zero, em nossos próprios termos. Eu nunca poderia negar a ele a mesma felicidade que encontrei.

– Certo. Obrigado – diz Jesse, com sinceridade. E então, com a mesma sinceridade: – Porra, vamos voltar a dormir.

Abro a janela do apartamento.

– Conte comigo.

Capítulo dezessete

Quando saímos da cama lá pelas onze da manhã, está claro que a viagem de acampamento não vai rolar hoje à noite. Todos precisaríamos estar no trem com nossos materiais e provisões em mãos em menos de duas horas, e quase dá para ouvir o canto dos grilos no *chat* do grupo, apesar de todo o esforço que fizemos para que isso acontecesse. A única mensagem no meu celular é de Mariella:
A gente pode se encontrar? Posso ir até você.

Explico que, na verdade, não estou tão longe assim porque estou na casa de Jesse, ao que ela responde com três emojis de dentes cerrados, o que basicamente resume tudo. Meia hora depois, estou na casa de Mariella, um apartamento aconchegante que dá para um pátio interno, isolando-o do barulho lá embaixo. Encontro os pais dela de saída, com roupas de corrida e cintos tão carregados daqueles sachês de gel de energia que fico me perguntando se eles estão a caminho de um apocalipse.

O sorriso de sua mãe é tão largo quanto o de Mariella quando me identifica instantaneamente como "Riley, amiga de

Tom" e me dá um abraço caloroso. Retribuo com gratidão – ela é tão pequenina que não lembra em nada o abraço da minha mãe, mas é o mais próximo disso que tive em semanas. Eu não tinha percebido que precisava tanto de um abraço até sua mãe me dar um apertãozinho extra, como se ela também soubesse.

– É você uma das amigas com quem nossa Mariella está correndo de um lado pro outro com as entregas? – seu pai surpreendentemente alto pergunta. Ele deve ter identificado o boné do "Com amor" que estou usando para disfarçar o cabelo que está desafiando a gravidade desde que acordei.

– Sou, sim – confirmo.

Imagino que ele se refira às entregas dos admiradores secretos dela, mas sua mãe acrescenta:

– A ideia toda é tão fofa. E a programação, tão avançada! – Ela põe o dedo no nariz de Mariella. – Você deveria colocar o aplicativo no seu currículo.

Ergo uma sobrancelha para Mariella. Se os pais dela já sabem, imagino que o gato não só subiu no telhado, mas a essa altura já saiu passeando cidade afora. Ela me abre um sorriso triste e bota os pais para fora "antes que vocês me envergonhem ainda mais com essas camisetas combinando", que, aliás, dizem VRUM VRUM, VASQUEZ nas costas em uma letra que parece Comic Sans.

– Eles estão treinando pra uma maratona, e é tão fofo que chega a dar nojo – Mariella explica, deixando-me entrar e me guiando para a pequena cozinha.

Ela é bem iluminada e aconchegante, com um *backsplash* de azulejos amarelos e detalhes de florezinhas na chaleira, nas xícaras, nos porta-sachês. Ao longo da parede, há fotos emolduradas dos pais de Mariella ao redor dela em suas diferentes versões

– Mariella criancinha com pijama de princesa, Mariella no ensino fundamental num vestido de festa cintilante, Mariella sorrindo com seu diploma.

Paro diante de uma foto recente de Mariella em um maiô roxo brilhante, cercada por um grupo de jovens de idades variadas se abraçando, meio rindo, meio fechando a cara, todos em movimento.

– Meus primos. Vamos pra Porto Rico todo ano – ela explica. – Meus pais se conheceram aqui, mas meus avós dos dois lados ainda estão lá, assim como alguns dos meus tios e tias.

– Em que época do ano você vai?

– Fim de agosto. Quando você for embora. – Ela me volta um olhar cúmplice do outro lado da cozinha. – Teoricamente.

Contenho um sorriso, embora ainda não tenha admitido isso em voz alta. Mariella pode estar de volta a sua versão solar, mas consigo ver que está tão esgotada quanto Jesse e eu na conversa na saída de incêndio hoje cedo. Está claro que ela quer desabafar sobre a noite de ontem.

Dito e feito, quando tiro os olhos da foto, ela se vira para mim e diz abruptamente:

– Caguei no maiô.

Mariella diz isso enquanto me oferece um cupcake, o que é um gesto profundamente desnecessário, mas que me deixa grata. O que os Walking JED têm de talento, lhes falta em capacidade de estocar uma despensa, e estou com tanta fome que seria capaz de devorar a mesa da cozinha dela.

– Sei que não foi sua intenção – digo, com cuidado.

Ela se senta numa das banquetas da pequena ilha da cozinha, apoiando os cotovelos na bancada e afundando o rosto entre as mãos.

– É, então. Você tem todo o direito de ficar puta. Tenho certeza de que Tom também está.

Eu me esquivo desse comentário, porque não sei bem como Tom está se sentindo.

– Não estou – digo, e estou falando sério. – Viria à tona mais cedo ou mais tarde. Estou mais preocupada com você. Você estava chateada ontem.

– Um tiquinho – ela diz, com tristeza.

– Aconteceu alguma coisa com Luca?

Ela afunda o rosto entre as mãos por um momento, envergonhada. Quando volta a erguer os olhos, diz:

– Bom, o que é que não aconteceu? Não é uma desculpa pra minha idiotice, mas, pra te dar uma ideia, o dia todo foi uma bola de neve de autossabotagem. Ontem de manhã, meus pais estavam planejando a viagem deste ano, e todo mundo lá tem tanto orgulho dessa história de "gênia da computação da família" que de repente eles estavam querendo que eu falasse pra todo mundo que ainda estaria estudando no semestre que vem pra ninguém pensar que eu não era mais a filhinha nerd dourada. E fiquei, tipo: "Sou uma adulta, cuidem da sua vida", blá-blá-blá e tal. Só que aparentemente essa conversa não foi esquecida, sabe? Maneiro.

– Ai, merda – digo.

Ela ergue as mãos em um gesto de "fazer o quê", depois diz:

– Então eu já estava de mau humor e pensei: por que não piorar? Daí fiz uma coisa idiota e... – Ela se encolhe. – Bom, Tom te contou que programei o *back-end* do aplicativo, certo?

– Entre muitas outras coisas – digo.

Me ocorre que, se Tom estava tentando encontrar outra pessoa para administrar o "Com amor", Mariella devia saber que ele estava planejando se mudar. Não sei se consigo aturar mais esse segredo depois disso tudo.

– Certo, bom, então ele também contou que o remetente era pra ser anônimo até pra gente, mas eu já estava chateada e me sentindo irresponsável, então pesquisei o número de Luca antes de me encontrar com ele ontem. Descobri que o número dele estava conectado ao seu, o que significa que ele já te mandou alguma coisa pelo aplicativo, ao que eu obviamente reagi com toda a maturidade de uma criança de colo insone.

Minhas sobrancelhas se erguem em surpresa. Sei que Mariella o colocou desde o começo como um candidato a admirador misterioso que me mandava coisas, mas descartei a ideia assim que ela surgiu. Luca nunca me deu nenhum sinal de que poderia ser ele, e ele parece tão incapaz de esconder segredos quanto um painel publicitário da Times Square.

Então qual dos presentes foi ele? O pedaço aleatório de queijo ou o caderno que vivo abrindo para passar os dedos nas margens, cuja inscrição fico lendo sem parar, gravando-a em meu peito? Eles vieram um depois do outro, depois que Jesse mandou o dele – será possível que ele mandou os dois?

Antes que eu possa perguntar, Mariella acrescenta, desconsolada:

– Isso já seria ruim por conta própria, mas... bom... o pessoal da nossa escola que estava no karaokê ontem era o mesmo que foi escroto comigo por causa do aplicativo. E eles estavam todos bêbados e agindo como meus amiguinhos e eu fui idiota e deixei. Como se estivesse mesmo tão aliviada por eles terem sido *legais* comigo que simplesmente agi como se não importasse o fato deles terem me jogado na porra da fogueira.

– Que merda – digo.

Com todo o caos, não passou pela minha cabeça que eles pudessem tê-la afetado tanto ontem à noite. Mas acho que, considerando a história dela, não seria preciso muito.

– Pois é. Então. Tanto que eu dei uma bela de uma regredida e deixei Gunner batizar minha Sprite. Por isso virei uma bêbada determinada a destruir a noite de todo mundo também. – Ela inspira fundo. – Nada disso justifica eu ter me transformado numa bola de demolição humana, mas, sabe. Contexto.

Coloco a mão em seu cotovelo.

– Sinto muito pelos seus pais. E Luca. E toda a história com seus ex-amigos escrotos.

Os olhos de Mariella se enchem de lágrimas de alívio, como estavam ameaçando fazer esse tempo todo, mas ela esperou pelo pedido de desculpa.

– Não sinta muito por mim, sou eu que estou tentando sentir muito por você – ela reclama, sorrindo.

Sorrio de volta e o resto da tensão se alivia em nós duas. Chego mais perto e estendo os braços e ela quase tropeça na cadeira para retribuir meu abraço com seu aperto surpreendentemente forte para uma pessoa tão pequena.

– Eu odiava não poder contar pra você sobre o aplicativo – diz Mariella no meu ouvido assim que nos soltamos. – Quando descobri que você não sabia, falei um zilhão de vezes pro Tom que ele estava sendo ridículo.

– Obrigada por tentar – digo. – É um saco que ele tenha te colocado nessa posição.

Mariella faz que é bobagem, deixando claro que estava mais preocupada comigo do que consigo mesma.

– Tenho certeza de que ele contaria mais cedo ou mais tarde. Ele faria o que, colocaria uma máscara de esqui se um dia você quisesse conhecer seu chefe?

Dou risada da ideia, ao mesmo tempo que me dou conta de que Mariella não deve saber que Tom está planejando ir embora. Sinto uma onda tão grande de alívio que finalmente levo a mão ao cupcake e dou uma mordida enorme, quase inumana, e é foda que todos os doces desta cidade sejam duas vezes mais gostosos que em qualquer outro lugar.

– Bom, pelo menos ele não vai ter que invadir uma loja de materiais esportivos. Conversamos um pouco ontem à noite. Sobre por que ele escondeu isso de mim e tudo, e como tudo começou – digo, estendendo o cupcake para ela.

Mariella pega um pouco da cobertura com a ponta do dedo.

– É, então. Agora você sabe por que Tom e eu éramos só meio que amigos quando você chegou aqui. Por mais dedicados que fôssemos no aplicativo, acho que nem um pé de cabra poderia ter arrancado qualquer informação pessoal dele. Ele só falava de você.

Sinto mais uma onda desconfortável de confusão e culpa, o mesmo tipo que vem subindo e descendo de mim feito uma maré a manhã toda. Sinto que vai contra tudo ficar chateada com Tom mesmo sabendo que a última coisa que ele queria era me machucar. Mas saber que ele escondeu algo assim de mim também vai contra toda minha visão de mundo.

– Ele te falou por que fez o aplicativo lá no começo? – pergunto.

Mariella dá de ombros.

– Sinceramente, eu fiquei tão intrigada quando o famoso solitário da escola me abordou que não quis fazer muitas perguntas. Achava que eu estava entrando num clichê de filme adolescente dos anos 1980. E estava tão esgotada e desesperada pra ter amigos que Tom poderia ser um assassino em série e eu teria ficado, tipo, quer saber? Pelo menos ainda vou ter um amigo em ciências da computação por algumas semanas antes de ele arrancar meus órgãos.

– É sempre bom pesar os prós e os contras – concordo.

Ela está sorrindo, mas seu sorriso ameniza um pouco quando ela diz:

– Enfim. Desculpa ter saído como saiu. Tenho certeza de que ele tinha uma maneira melhor de te contar, mas eu bêbada acabei deixando escapar.

Balanço a cabeça de um lado para outro.

– Não sei se ele tinha. Por mais estranho que pareça, fico contente que você tenha dado com a língua nos dentes. Melhor saber agora que depois.

Não menciono tudo o que esse *depois* implica – eu estar aqui, e Tom estar o mais longe que conseguir.

– Bom, nesse caso, fico contente que alguma coisa boa tenha saído disso – diz Mariella, constrangida. Ela se afunda um pouco mais nas mãos, voltando os olhos para a porta de entrada. – Bom. Finalmente conversei com meus pais hoje de manhã sobre tudo. Não só sobre a seriedade do trabalho com o aplicativo e minha vontade de desenvolver outras ideias em vez de voltar a estudar, mas também sobre a situação da turma de Gunner. Achei que talvez eles entendessem meus planos para este ano se soubessem.

– Ajudou? – pergunto.

Ela responde com um aceno cauteloso da cabeça.

– Eles ficaram chateados. Não pelo que fiz. Mais pelo que aconteceu comigo. E um pouco por eu não ter contado antes, por eles não terem como ajudar.

Penso na minha mãe neste momento, em nossa última ligação. *Em vez de conversar, você simplesmente foi embora*. Talvez eu possa ignorar todos os seus alertas e rejeições dos meus planos, mas não posso negar que ela está certa em relação a isso. Nunca conversamos direito.

– Argh – resmungo.

– Que foi? – Mariella pergunta, meio rindo, meio indignada.

Afundo o rosto nas mãos.

– Você está aí sendo tão madura em relação a seus pais que agora também vou ter que fazer isso, é?

– Pois é. Que merda. Evoluir como ser humano é um saco.

Sei que não é só com minha mãe que preciso conversar; também preciso escutar Tom. Ele queria falar mais ontem à noite e eu estava transtornada demais para ouvir. Não me arrependo de ter saído, porque tudo estava à flor da pele e eu não conseguiria ter uma conversa importante a respeito disso logo depois de descobrir. Mas não posso adiar isso, pelo nosso bem.

É estranho: me acostumei com o silêncio de Tom nos últimos anos, mas agora basta um dia sem falar com ele que já me desestabilizo. Espero que, aconteça o que acontecer depois disso, a gente não volte mais para aquela dinâmica. Ontem, eu estava certa de que não havia nada que pudesse afetar nossa amizade e, agora, ela parece tão frágil quanto antes.

Por reflexo, olho para o celular como fiz umas mil vezes

ao longo do ensino médio, torcendo para que Tom respondesse as minhas mensagens. Mas não preciso torcer. Há uma mensagem dele:

Sei que você sabe mas sinto muito mesmo. E sinto sua falta. Sei que você precisa de espaço mas queria que soubesse disso, diz a mensagem.

– Tom? – Mariella pergunta.

– Sim – digo, com a voz embargada.

– Imaginei, porque seu rosto ficou todo apaixonadinho.

Devolvo o cupcake para ela, corando por reflexo. Mesmo sem motivo.

Digito a resposta: Também sinto sua falta. Tenho uma entrega, mas te vejo à noite?

Tom responde: É uma boa. Se cuida. Até mais.

– Sabe, apaixonadinhos se reconhecem. Aquela cara que você faz é a mesma que faço com Luca.

Abro um sorrisinho. Considero pedir uma coisa para Mariella que sei que é ultrapassar um limite, mas tenho certeza de que ela faria mesmo assim – penso em pedir para ela hackear o aplicativo para descobrir quem mandou o quê. Só para ter certeza se alguma coisa foi ou não de Tom.

– Tom e eu somos só amigos – digo.

Já falei essas palavras inúmeras vezes, mas é como se fosse a primeira. Acho que pode ser a primeira vez que são para valer, a primeira vez que fecho a porta para qualquer possibilidade.

O sorriso de Mariella é tão frouxo quanto o meu.

– É. Acho que Luca e eu também. Mas, ontem à noite, ele foi tão gentil e me trouxe pra casa e tal... acho que me senti melhor com a ideia de não darmos certo, porque isso me lembrou da sorte que tenho de tê-lo como amigo. Tipo, porra. Todos nós temos sorte de termos uns aos outros.

Estou ficando um pouco emocionada de novo, então limpo a garganta e digo:

– Pelo menos até Tom arrancar nossos órgãos.

Mariella suspira.

– Pelo menos até lá.

Quando volto para o apartamento, são quase oito da noite e, estranhamente, não há nem sinal de Tom. Tomo um banho rápido e vou até a frigideira, onde encontro um bilhete escrito com letras grandes em um dos blocos de notas de Vanessa: *Me encontra no terraço?*

Arrumo o cabelo molhado em uma trança e calço um chinelo para combinar com a calça de moletom e a camiseta. Nunca estive no terraço antes, mas já vi o acesso na ponta do corredor. Depois de um lance curto de escadas, estou abrindo a porta para o ar fresco da noite.

– Finalmente! – escuto Luca exclamar. – Pensei que ela não chegaria nunca!

Pisco e vejo espalhados pelo terraço Jesse, Mariella e Luca ao redor de uma enorme barraca laranja néon totalmente montada, um ninho de sacos de dormir, e uma caixa de som portátil que tem Jesse claramente no comando, pois está tocando uma faixa de *evermore* da Taylor Swift. Dou um passo surpreso para frente e encontro Tom diante de um pequeno aquecedor, ao lado do qual está uma sacola de mercado cheia de marshmallows, biscoitos doces e barras de chocolate.

Tom me vê e o alívio é tão notável em seu rosto que, por um momento, esqueço que esse terraço foi transformado em um acampamento adolescente. Preciso de todas as minhas forças para não ignorar os outros e correr diretamente para ele, só para tê-lo mais perto do meu campo de visão.

Bom. Lá se foi a ideia de levar essa história toda de "ter sentimentos por Tom" com naturalidade.

– O que é isso tudo? – pergunto, com um sorriso incrédulo se formando em meus lábios.

– Não podíamos deixar um item da Lista de Refúgios de fora – diz Jesse. – Estávamos todos envolvidos demais.

– Além disso, criei, tipo, umas oito histórias de fantasma diferentes pra testar com vocês – diz Luca, com orgulho. – Eu as classifiquei de "ligeiramente assustadoras" a "potencialmente traumatizantes", dependendo do quanto estaremos macabros.

Mariella dá de ombros, com um brilho nos olhos, e diz:

– Só vim pela comida.

– Gente – consigo dizer, olhando para eles um de cada vez.

Jesse ergue as mãos.

– Foi ideia do Tom. Foi ele quem organizou tudo.

– E arranjei tantos marshmallows que estou com medo de termos causado uma escassez na cidade inteira – diz Mariella, erguendo a sacola pesada.

Sorrio para Tom e balbucio as palavras "amigo-mãe". Ele revira os olhos, mas fica inegavelmente contente.

– Não dê ouvidos a eles. Eles compraram todas as provisões

– ele diz. – Tudo que fiz foi oferecer o terraço. Sei que não é como acampar no sentido tradicional, mas...

– É perfeito – digo, com firmeza.

Tom me encara por tanto tempo que vejo a mesma dor nele que senti o dia todo. Por mais grata que eu esteja por esse acampamento milagroso, não consigo evitar desejar termos um momento a sós para conversar. Fico com receio de que, se passarmos o resto da noite fingindo que está tudo bem, comecemos a pensar que está tudo bem, sendo que não está. E, se os últimos anos me ensinaram alguma coisa, é que os problemas que estamos ignorando tendem apenas a piorar quanto mais os ignoramos.

Jesse limpa a garganta abruptamente.

– Enfim, agora que você está aqui, vamos buscar o resto da comida.

– Ah. Precisam de ajuda? – pergunto.

– Não! – diz Mariella, com firmeza, seguindo-o pela porta. – Eu e Luca também vamos.

Luca parece surpreso, mas vai atrás deles sem questionar enquanto Mariella me lança um olhar incisivo, apontando a cabeça para Tom. Espero até a porta se fechar para lançar um olhar irônico para Tom e dizer:

– Uau. Que coisa totalmente espontânea e nem um pouco orquestrada nossos amigos acabaram de fazer, nos deixando a sós neste terraço.

Tom balança a cabeça, rindo um pouco consigo mesmo.

– Sinto que preciso dizer que não pedi pra eles fazerem isso, embora esteja grato. Isso se eles não tiverem trancado a porta e nos deixado aqui pra apodrecermos ao relento.

Ele está sentado em cima de um dos sacos de dormir,

gesticulando para eu me sentar a seu lado. Obedeço, embora sejam necessários todos os ossos do meu corpo para não o abraçar, nem que seja para compensar o último abraço profundamente insatisfatório da última vez.

– Oi – ele diz.

– Oi – respondo.

Mais do que quando entrei no apartamento, agora sim tenho a sensação de ter chegado em casa. Por alguns momentos, ficamos sentados em silêncio, mas é um silêncio confortável. Um silêncio de quem está reunindo seus pensamentos. Corro os olhos pelo acampamento improvisado enquanto relaxamos na presença um do outro, quando um livro de astronomia perto do joelho de Tom chama minha atenção.

– É novo? – pergunto. A capa é lustrosa e reluzente e não parece em nada com os livros cheios de orelhas e lombadas surradas em cima da sua escrivaninha.

Ele o pega e folheia algumas páginas.

– Sim. Chegou hoje cedo, pouco antes do horário em que tínhamos marcado de sair.

– Mais um presente? – pergunto.

Tom faz que sim, olhando fixamente para o livro e depois para mim com uma levíssima desconfiança no rosto. Me ocorre que não sou só eu quem está se perguntando se ele vem me enviando presentes. Tom deve estar se perguntando o mesmo sobre mim.

– Você não sabe quem está te mandando essas coisas – digo em voz alta, apenas para confirmar.

Ele engole em seco.

– Achei que seria estranho verificar.

Não consigo decidir se digo que não sou eu, porque não sei se ele sentiria decepção ou alívio. Não acho que eu daria conta de interpretar nenhuma dessas coisas agora, então deixo a pergunta tácita pairar entre nós até ser soprada por uma brisa.

Estou curiosa para saber. Se Tom tem ideia de quem poderia ser. Se é alguém que conhecemos da escola ou do aplicativo ou das viagens com Vanessa, alguém que Mariella pode não conhecer. Alguém cujo rosto Tom já segurou com a mão, alguém cuja cintura Tom já envolveu com o braço para dançar, alguém com quem Tom já dormiu lado a lado, como fez comigo.

– Enfim... acho que teria sido mais útil pra observar as estrelas na floresta – ele diz. – Mas talvez a gente consiga ver umas hoje. Faz um tempo que não faço alguém chorar de tédio com fatos astronômicos.

Sinto um nó na garganta. Quando planejamos acampar pela primeira vez, na primavera do penúltimo ano, o camping ficava no meio do caminho entre Virgínia e Nova York. Era para ser uma espécie de reencontro geral – não apenas para Tom e eu, mas para os nossos amigos, incluindo Jesse. Eu estava tão animada que tinha juntado um dinheirinho para comprar um telescópio usado e passar as semanas anteriores aprendendo todas as constelações que Tom havia memorizado antes mesmo de nos conhecermos, sobre as quais ele sempre me falava, me contando seus nomes e as histórias por trás delas quando nos encontrávamos no meio da noite.

No fim, tive que desistir, porque minha mãe achou que Vanessa nos acompanharia e, quando ficou claro que ela estava no meio de um "fluxo criativo" ininterrupto e não sairia de Nova York, ela disse que eu não podia ir. Fiquei devastada, mas falei para todos irem sem mim. Depois, Tom também desistiu, então acabamos perdendo a chance de admirar as estrelas e tudo mais.

Agora sei que outra pessoa entende Tom a ponto de saber que ele é louco por estrelas, outra pessoa que nunca nem conheci. Eu pretendia lhe contar sobre as constelações que eu aprendi, os mapas que marquei na cabeça, mas essa ideia é quase humilhante agora. Como se eu estivesse mostrando demais minhas cartas, sendo que os planos de Tom já estavam espalhados por todo o baralho.

Ele cutuca de leve meu ombro com o dele e diz:

– Você está bem?

Contraio os lábios.

– Você vai embora – é tudo que digo em resposta.

Ele responde com um aceno lento e silencioso, contemplando a cidade a nossa frente. Por mais vezes que eu já tenha admirado a vista de seu apartamento, ela não deixa de me tirar o fôlego com sua infinitude estranha, com sua vastidão e ao mesmo tempo sua individualidade – cada uma daquelas luzes cintilantes levam a um cômodo cheio de pessoas com vidas tão complicadas e emocionantes e rotineiras quanto as nossas. É como guardar mundos inteiros na palma da mão. Parece impossível para mim que Tom queira abrir mão disso.

– Acho que preciso explicar por que também não falei nada sobre isso. A questão é que eu não tinha data pra ir pra Carolina do Norte. Estava com medo de que, se te contasse que pretendia ir, você acharia que não poderia ficar. E adoro ter você aqui. Só queria que isso durasse o máximo de tempo possível. Por isso, queria... queria que você ainda ficasse até agosto, como planejado.

Sua voz sai tão insegura na última frase que entendo que é isso que o preocupou o dia todo, que eu não estava só pretendendo passar a noite na casa de Jesse, mas que poderia decidir sair daqui de vez.

– Não vou a lugar nenhum – digo, com sinceridade. – Só não entendo por que você vai.

Tom assente, e consigo sentir o peso do seu alívio enquanto ele se deita de costas no saco de dormir, erguendo os olhos para o céu. É um gesto que lembra nossa infância. Eu morava num condomínio no meio da cidade, mas a casa de Tom ficava alguns quilômetros fora do perímetro urbano, livre o suficiente da poluição luminosa para conseguirmos distinguir planetas e constelações e para, durante as chuvas de meteoro, conseguirmos escolher nossas estrelas cadentes.

– Eu me lembro da primeira vez que olhei o céu daqui – ele diz alguns momentos depois. – Percebi que não era mais meu céu. Era tudo... obscuro e desconhecido. – Ele aponta para cima, onde mal conseguimos distinguir algumas estrelas soltas brilhando para nós. – Tudo nesta cidade me parece assim desde então. Como se existissem poucas coisas que reconheço neste lugar e até em mim mesmo. E quero ficar estável como antes.

– Tom – digo, baixinho. – Acho que ninguém consegue ser estável na nossa idade. A questão toda é que é tudo obscuro e desconhecido. Não sei se ir embora vai mudar isso.

Sinto-o concordar com a cabeça ao meu lado.

– Talvez – ele admite. Talvez eu vá pra lá e seja ainda pior. Mas não vou saber se não tentar.

Fico reflexiva por alguns instantes, ou o mais reflexiva que consigo com todos esses pensamentos conflitantes me confundindo, um tentando superar o outro.

– Acho que é tão difícil pra mim entender isso porque sempre foi você quem tinha tudo bem resolvido. Você não quer mais ir pra Columbia? Nem estudar psicologia? – pergunto. – Faz anos que você fala sobre entrar em uma universidade da Ivy League e se formar. Desde muito antes de qualquer adulto nos encher o saco.

– Ainda quero essas coisas. Mas ao mesmo tempo não quero. É só que... – Tom solta um suspiro tão profundo que beira um calafrio. – É isso que eu queria, aí é que está. Mas faz tanto tempo que não me sinto mais eu mesmo que não sei se ainda é o que quero. Então talvez eu saia e queira voltar. Mas talvez eu saia e... descubra que quero outra coisa completamente diferente.

– Nossa – digo, com uma risada. – Você parece eu decidindo vir pra Nova York.

– Então você entende – diz Tom, baixo. – Por que tenho que ir.

Entendo e não entendo. Há algo na maneira como Tom está falando que não me cai bem. Em minha mente, sinto como se Nova York fosse eu correndo em direção a alguma coisa, e a Carolina do Norte fosse Tom fugindo de alguma cosia. Mas não posso dizer isso sem soar como uma hipócrita.

Ou pior, sem me perguntar se talvez eu não tenha entendido tudo errado. Se talvez eu simplesmente tenha essa sensação porque é conveniente para mim. Porque seria uma saída fácil convencer Tom a ficar, quando tenho tantos motivos para querer que ele fique, um mais egoísta que o outro.

– É só que me parece loucura virar as costas pra uma coisa segura. Nunca tive isso – admito. – É como se eu tivesse passado a vida sem ter ideia do que estava fazendo, e você tinha, e agora você está simplesmente... escolhendo ser como eu, sendo que sou pura confusão.

Ele fica em silêncio, depois se ergue devagar para se apoiar nos cotovelos, olhando para mim com um ar tão deliberado que é impossível não o encarar de volta. Desvio do seu olhar, surpresa com a profundidade do castanho dos seus olhos, agora que estão impossivelmente focados nos meus.

– Riley Larson – ele diz –, se você é pura confusão, então todos na face da terra deveriam querer ser também.

Minhas bochechas não estão apenas corando, mas ardendo. Sinto como se ele tivesse acabado de erguer um fósforo no meu coração.

– Sei, sei – murmuro, movendo a cabeça para o lado.

Tom não me permite, apertando meu queixo entre o polegar e o indicador, redirecionando meu rosto para estar em sua linha de visão de novo. Há algo crescendo em seus olhos agora. Uma intensidade pontuando cada palavra que sai da sua boca, que as torna impossíveis de ignorar mesmo quando todos os instintos do meu corpo querem tentar.

– Sabe qual é o verdadeiro problema? – Tom fala. – Você tem potencial demais. Você é curiosa sobre tudo e tem talento pra muitas coisas. É por isso que você sobreviveu a todos aqueles clubes ridículos em que sua mãe te colocou e é por isso que está confusa em relação ao que vem agora. Mas não estou preocupado. Onde quer que você esteja, sua energia é contagiante. Todos que a sentem querem fazer parte dela. O problema não é o que você vai fazer nesta vida, porque vai ser incrível. Há apenas o desafio de você decidir o que vai te fazer mais feliz, porque você tem opções até demais.

– Tom – digo, tentando balançar a cabeça.

Estou tremendo pelo impacto das suas palavras, pela leve pressão do seu toque, tão prestes a desabar por elas que estou com medo. Se isso continuar assim, Tom não vai me ver apenas como sempre, vai realmente me *ver.* Até os sentimentos que passei este verão todo negando. Até meu coração, que eu mesma ainda tenho medo demais de encarar.

Ele ajeita meu queixo, ainda me segurando.

– Estou falando sério. Não que importe o que penso, porque isso é fato, de um jeito ou de outro. Você não precisa de estrelas, Riley. Você é uma estrela. Você tem sua própria gravidade e mal posso esperar pra ver o que você vai fazer com ela.

Meus olhos se enchem de lágrimas indesejadas. Quero lhe dizer que não é verdade. Que, em todos os anos da nossa infância, era *ele* a pessoa ao redor de quem os outros queriam orbitar, a luz quente que nos estabilizava. Que, se sou uma estrela na galáxia inventada de Tom, é porque ele me ensinou a ser. É porque ele me mostrou como a vida poderia mudar quando você se permite brilhar.

Ele fica muito imóvel, levando as mãos a minha bochecha.

– Riley – ele diz, baixinho, com um "Você está bem?" implícito.

Não estou. Nem por ele nem por mim. Nossas luzes diminuíram nos últimos anos em que passamos orbitando as forças de outras pessoas. Posso estar piscando de novo, mas isso não diminui em nada a preocupação de que Tom talvez não volte. O medo de que, quando ele se apagar, vai escapar de novo por entre os meus dedos.

– Vou ficar na cidade – digo. Minha voz é firme, apesar do peso de todo o resto. – Estava planejando te contar ontem à noite.

Os olhos de Tom também se enchem de lágrimas.

– Que bom – ele diz. – Viu? Você vai conseguir o que quer, onde quer que esteja. Fico contente que tenha encontrado aqui.

Balanço a cabeça na palma da mão dele.

– Fico preocupada com você tão longe.

Ele escuta o que não estou dizendo, e fico mais grata do que nunca. A prova de que ainda nos conhecemos melhor que ninguém, mesmo quando algo nos abala.

– Prometo que não vou deixar que as coisas voltem a ser como antes – ele me diz. – Vamos conversar todo dia. Vou mandar mensagens como um ser humano normal. Vamos ficar bem. Você vai ver.

Acredito que ele acredita nisso. Mas também sei que isso não era verdade um mês atrás. Também sei que o que quer que tenha acontecido nas últimas semanas comigo aqui não é de longe o suficiente para resolver o que se quebrou nele. Não quero que ele faça promessas como essa por mim; quero que ele faça essas promessas porque voltou a ser ele mesmo, alguém que não se sente tão deslocado a ponto de não conseguir nem falar com as pessoas que ama.

Talvez seja isso que a Carolina do Norte faça com ele. Se for, a última coisa que quero é impedir que isso aconteça.

– Quando você vai? – pergunto.

– Meio de agosto. Estou esperando minha mãe voltar pra passar a semana com ela. Tenho certeza de que ela vai querer mostrar a cidade toda pra você. – Ele tira a mão do meu rosto e sinto uma estranheza sem ela. – Tenho certeza de que você já sabe disso, mas você é bem-vinda pra ficar com a gente mesmo depois que eu for embora. Acho que posso falar livremente em nome da minha mãe.

– Eu sei – digo. – Mas acho que é como você com o aplicativo; preciso saber que consigo me virar sozinha.

Ele diz que entende, depois se ajeita devagar ao meu lado. Ficamos olhando para o céu de novo.

Sei que a qualquer momento os outros vão voltar, e ainda quero lhe dizer tanto – tanto que sinto que não posso dizer sem me transformar na pessoa mais egoísta do mundo. Assim, em vez de dizer tudo isso, pergunto:

– Posso te falar uma coisa ridícula?

A voz de Tom é irônica.

– Só dessa vez.

O brilho das estrelas a nossa frente é tênue, mas elas parecem tão estranhamente fortes apesar disso que entendo que Tom está certo. Essa talvez seja a primeira vez que as vemos esse verão. Como se o céu estivesse apenas esperando esta noite para afastar as nuvens e clarear apenas o bastante para termos esse momento agora.

– Sei que aquele é o Cinturão de Orion – digo.

Os lábios de Tom se curvam imediatamente, seus olhos ainda fixos no céu.

– Alnitak, Alnilam, Mintaka – ele diz, citando o nome das estrelas com a mesma cadência de quando éramos crianças, cada uma delas uma pedra angular em sua língua.

– E sei que aquela lua ali em cima está minguando agora – digo.

– Uhum – Tom concorda. – Ao contrário da pizza que estamos prestes a saborear.

Um segundo se passa antes de eu inspirar, resoluta.

– Na verdade, conheço quase todas as constelações do seu

livro de nerd – confesso. – Aprendi dois anos trás, na primeira vez que combinamos de acampar.

Tom vira a cabeça para mim.

– Aprendeu?

– Sim – digo, cutucando sua canela com o pé. – Não podia deixar que você carregasse sozinho o peso de ser o único nerd da viagem. É pra isso que servem os melhores amigos.

Tom traz a cabeça mais para perto, tanto que viro a minha também. Consigo ver as sardas espalhadas pelo seu nariz e que aparecem todo verão, por mais que ele sempre passe protetor solar. Resisto ao impulso de erguer o dedo e tocar em cada uma delas do jeito que ele fez quando apontou para o céu, e tenho a estranha sensação de que ele também está resistindo a algo.

– Parece cafona – diz Tom. – Mas isso me deixa tão feliz. A ideia de que conhecemos as mesmas estrelas. Que sempre vamos ter isso em comum, mesmo quando estivermos longe.

Não parece cafona. Parece dilacerante. *Fodam-se as estrelas*, quero lhe dizer. *Todas elas. Prefiro ter você.*

Mas Tom faz algo que tira esse pensamento da minha cabeça. Ele aproxima a mão da minha, entrelaçando nossos dedos. Aperto-os com firmeza.

– Vou sentir sua falta – ele diz. – Como senti todos esses anos. Mas fico feliz que você tenha encontrado seu lugar. De verdade.

Quero poder dizer o mesmo para ele, mas não consigo. Porque não vou sentir falta dele da mesma forma que ele vai sentir a minha. E não estou feliz por ele. Estou apreensiva. Ainda não sei dizer por quê.

Mas sou salva de ter que falar tudo isso porque a porta do terraço é aberta com um rangido. Logo antes de Jesse e Mariella e Luca voltarem a tumultuar o acampamento, Tom dá mais um aperto na minha mão, rápido e tranquilizador, depois se levanta do saco de dormir e pega os pratos de papel e guardanapos com cuidado.

Talvez haja alguma outra versão desse verão em que nós cinco pegamos o trem para o norte e nos sentamos em meio à lama e às árvores como campistas de verdade, mas, se houvesse, eu não iria querer. Passamos o resto da noite ali no terraço, tão alto e isolados que parece que Manhattan é nosso reino e os sacos de dormir amarrotados são nossos tronos. Terminamos a pizza enquanto olhamos os vídeos que gravamos dos nossos momentos épicos no karaokê ontem à noite, incluindo aquele em que Luca e Jesse pularam tão agressivamente em cima do sofá durante uma música do One Direction que é francamente um milagre que os dois estejam intactos hoje. Jesse abre a pasta de amendoim para fazer sua famosa "técnica de s'mores" e começa a assar os marshmallows com seu isqueiro de bolso. Luca conta uma história de fantasma sobre uma criança que assombra a linha F que consegue ser tão inesperadamente assustadora que fazemos Mariella descrever todos os cachorros fofos do seu prédio para nos recuperar do terror mútuo. Os outros aceitam quando Tom e eu desatamos a falar sobre "salto em estrelas", um esporte de *Marés do Tempo* em que os pilotos do futuro distante operam pequeninas naves que viajam cem vezes mais rápido que a velocidade da luz nas Olímpiadas do Espaço.

A barraca vira mais decorativa do que qualquer coisa porque, no fim, decidimos ficar deitados no terraço sob o céu aberto e nublado.

– Podemos fazer pedidos pros pombos – brinca Mariella.

Luca vira a cabeça para ela e diz com sinceridade:

– Sempre faço pros aviões.

Mariella estende o braço e dá um tapinha na mão de Luca, como se estivesse simplesmente dominada demais pela fofura dele para dizer qualquer outra coisa. Não deixo de notar o momento de silêncio quando Luca ergue a mão para apertar a dela brevemente. Eles não ficam de mãos dadas, mas se olham por um segundo a mais antes de se voltarem para o céu com sorrisos idênticos nos lábios fechados.

Ao longo da noite, desejamos mais coisas, incluindo e não nos limitando a que todos os nossos sonhos e esperanças se realizem, mais pizza, e que o *prequel* de *Marés do Tempo* de que estão falando saia mais rápido. Então ficamos sem coisas bestas para desejar e começamos a pegar no sono, até eu ter quase certeza de que sou a única acordada, com Tom respirando pesado de um lado e Mariella do outro, e Luca e Jesse roncando baixo do outro lado dela.

As estrelas estão totalmente cobertas pelas nuvens quando finalmente fecho os olhos, mas gosto mais da ideia de fazer pedidos a aviões. Sei que muitos dos que estão no céu podem até estar deixando a cidade, mas vão voltar um dia.

Capítulo dezenove

– Não acredito que simplesmente existi no mundo humano todos esses anos todos sem ter lido esses livros – diz Luca, agachado na seção de YA da livraria Strand de Upper West Side, pegando o quinto romance de *Marés do Tempo*. – Dá pra entender porque você e Tom são tão obcecados.

– Espera até terminar pra não ter que se preocupar com *spoilers*. Tumblr e o Archive são um buraco negro de *fanart* e *fanfic* – aviso.

– Boa, porque não sei bem o que vou fazer da vida quando acabar.

Subo a escada para o caixa com ele, muito mais à vontade do que estava duas horas atrás quando nos encontramos. Alguns dias depois que fomos "acampar", ele me mandou mensagem fora do grupo para perguntar se eu queria almoçar no Riverside Park, que eu conhecia tanto das rotas de entrega quanto porque eu e minha mãe assistimos a *Mens@gem para você* nada menos que dezesseis vezes. Como sou propensa a pensar naquele parque como "o lugar do beijo famoso" e como sei que Luca me mandou algo pelo aplicativo, fiquei preocupada que ele talvez estivesse me convidando por razões românticas.

Uma preocupação que achei particularmente boba quando Luca sacou imediatamente um panfleto de um concurso de contos que ele viu na biblioteca e começou a falar a mil por hora sobre como precisava participar, me chamando de "cara" umas dez vezes no processo. Passamos a tarde trocando links do Google Docs de candidatos potenciais para o concurso. Quando exaurimos nossos cérebros com pontos de enredo e prosa, entramos na Strand a caminho da barraca de sorvete para recompensar nossos esforços.

É ali, entre as estantes de todos aqueles livros publicados que já foram nada mais que ideias flutuando ao redor de autores que sei como quero usar o caderno que recebi. Fiquei tão hesitante para escrever nele, preocupada de não fazer jus às páginas que são tão mais permanentes que uma aba do Google Docs. Era quase como um medo de falar em público, como se o próprio caderno estivesse me observando para confirmar se eu estava escrevendo algo digno dele.

Mas um concurso de contos é algo completamente diferente. Pela primeira vez, outras pessoas vão ler e criticar nosso trabalho. Pela primeira vez, eu não estaria apenas pegando um pedaço de mim e colocando-o em palavras, mas o mostrando para outras pessoas verem também. Isso é digno do caderno. É *importante.*

E assustador. Tão assustador que não consigo decidir se realmente vou mandar alguma coisa. Mas, quer eu mande, quer não, sei exatamente por onde começar.

– Obrigada por isso – digo a Luca, sentindo-me estranha, mas prazerosamente assoberbada.

Luca tira os olhos da prateleira que estava olhando.

– Pelo quê?

– É só que... nunca me imaginei escrevendo tanto, muito menos compartilhando com outras pessoas. Pensei que seria assustador demais. E meio que é... – digo. – É só que não me sinto assim trocando coisas com você.

Luca abre um sorriso tímido.

– É, então. Deve ser porque sou a pessoa menos intimidante do planeta.

– Não. É porque você me apoia e não tem preconceitos e dá *feedbacks* de escrita muito, muito bons – digo.

Luca pisca, como se esperasse uma das nossas brincadeiras de sempre, e a sinceridade do elogio não encontra lugar. Sinto uma pontada solidária ao pensar que ele não deve ter muitas pessoas na vida que falam com ele dessa forma, pelo menos quando o assunto é escrita. Pelo que entendi, a família dele é bem unida – tanto que todos trabalham no restaurante da família –, mas eles não estão exatamente na mesma página – literal ou figurativamente – em relação a isso.

– É sério – digo enquanto saímos da livraria. – Eu nunca estaria considerando algo tão grande quanto um concurso se não tivesse você pra conversar sobre escrita. Poder trocar ideias com você é sempre uma das melhores partes do meu dia.

Luca fica quieto como nunca por alguns passos. No silêncio, percebo como fui ridícula em ficar decepcionada com a ideia de que o caderno possa ter vindo dele. Aqui está essa pessoa que está não apenas tão entusiasmada quanto eu para começar do zero, mas tão aberta para isso que nem preciso pensar duas vezes antes de mandar ideias estranhas para ele no meio da noite, porque já consigo sentir nossos estilos de escrita começando a mudar e evoluir enquanto nos alimentamos um da empolgação do outro.

– É muito bom ter alguém com quem conversar sobre escrita – ele diz. – Estou tão aliviado porque você vai ficar. Sério. Você não faz ideia.

Sorrio.

– Pois é. Está difícil pra Manhattan se livrar de mim este verão, hein.

Fiz o anúncio hoje cedo quando acordamos no terraço. Jesse soltou um uivo de comemoração e saiu adoidado acendendo o isqueiro de um lado para o outro. Luca se levantou de um salto e me abraçou como se eu tivesse acabado de declarar um segundo Natal. Mariella não ficou nada surpresa, muito menos humilde, abrindo o calendário do celular e dizendo:

– Argh, já estava na hora de você oficializar. Agora posso parar de fingir que não incluí sua carinha em todos os planos que fiz pro verão.

Tom não contou imediatamente para os outros que estava planejando ir embora, mas o incentivei a contar para Mariella. Pensei que, se ele deixaria outra pessoa no comando do aplicativo, essa decisão deveria ser mais dela do que dele, e ele concordou de imediato.

Mas não sei dizer quanto progresso foi feito em relação a encontrar alguém – não só Tom não estava procurando tanto assim desde antes, como também Mariella processou essa missão dando um tapinha no ombro dele e dizendo:

– Não.

– Não? – Tom repetiu.

– Não – disse Mariella. – Você estava planejando administrá-

-lo remotamente até encontrar alguém, certo? Faça isso. O filho é seu. Então, não.

Não sei se eles chegaram a resolver alguma logística entre eles desde então, mas estou secretamente grata por pelo menos Mariella e eu pensarmos o mesmo.

Tudo isso para dizer que Luca e Jesse ainda não sabem da partida iminente de Tom, então faz sentido que Luca pergunte:

– Ainda vamos tentar terminar a Lista de Refúgios este verão?

– Sim – digo. – Só restam dois itens. Um é uma viagem de carro, então acho melhor a gente começar a pensar nisso logo.

Mas sinto que a pressão desse item não está tanto nos meus ombros. Em um momento ou outro, Tom vai ter que sair da cidade. Se ele tem esperança de fazer isso com relativa paz e tranquilidade, bom, azar o dele. Ele tem amigos demais que vão querer se despedir dele.

– Tomara que "a gente" se refira a você e Jesse, porque acho seguro afirmar que nenhum dos nova- iorquinos sabe dirigir – diz Luca. – Pra onde vai ser essa viagem?

Dou de ombros.

– No primeiro ano do ensino médio, Tom e eu sempre falávamos de fazer uma viagem de carro juntos quando nos formássemos. Foi a primeira coisa que colocamos na lista, na verdade. Mas não tínhamos nenhum lugar em mente.

Era assim nos velhos tempos. A gente se encontrava sem fazer planos para o dia, sem fazer ideia de onde ele nos levaria. Desde que tivéssemos um ao outro, não importava aonde fôssemos. Quando pensamos nessa viagem de carro, sei que nenhum de nós imaginava que levaríamos quatro anos para fazê-la.

– Bom, e a outra coisa? – Luca pergunta.

– É estranhamente específica, mas facilmente realizável – digo. – Sabe aquela famosa casa de brownie a alguns quarteirões daqui?

– Brownie Bonanza? – Luca pergunta, com um tom inesperadamente agudo.

– Sim. Essa mesma. Dá pra fazer seus próprios brownies lá mesmo, certo? Com todas aquelas massas e recheios secretos diferentes?

– Dá – diz Luca, subitamente muito interessado em olhar o oceano holográfico na capa do seu novo livro de *Marés do Tempo*.

– Bom, você sabe que Tom tem uma coisa por sobremesas que na verdade são dez sobremesas diferentes ao mesmo tempo, então aquele lugar é meio que um sonho pra ele. Ele queria muito ir quando estourou, deve ter sido...

– Perto do Natal – Luca responde.

– Isso – digo, me lembrando de todos os vídeos e artigos de influencers de comida com o tema "Fui à Brownie Bonanza" que viralizaram alguns meses atrás. Fiquei grata por eles na época porque me deram uma desculpa para bombardear Tom com links, e ele até respondeu alguns. – Era quase impossível conseguir reserva.

Na verdade, foi por isso que esse lugar foi acrescentado à Lista de Refúgios na época – depois que ficou claro que a oferta era absurdamente menor que a demanda, concordamos que iríamos juntos na próxima vez que eu estivesse na cidade, quando o *hype* passasse. Além disso, alguém precisava cuidar para que Tom não mergulhasse de cabeça em todas as opções de ingredientes e coberturas e se recusasse a sair do recinto. Isso teria deixado uma marca muito estranha em sua ficha criminal.

– Sim. O lugar é, hum... muito popular mesmo – diz Luca.

Eu me crispo, pensando se já perdi a chance este verão.

– Eu deveria ter reservado antes, só queria pesquisar primeiro por causa da alergia de Mariella a amendoim.

– Ah, vamos ficar bem. É um estabelecimento livre de amendoim.

A voz de Luca está estranhamente distante, tanto que paro a um quarteirão da sorveteria e viro a cabeça para ele.

– Você não gosta de brownies ou coisa assim? – pergunto.

Luca solta uma risada esbaforida.

– Não sou muito fã de doces, na verdade – ele diz. – Mas, hum… não vamos ter problemas pra entrar.

– Por quê?

– Conheço alguém – diz Luca. O que seria algo objetivamente bastante nova-iorquino e descolado de se dizer se ele não tivesse falado com o entusiasmo de uma pessoa prestes a entrar numa prova de cinco horas.

– Se me permite perguntar… alguém quem? – digo, com cautela.

Luca balança a cabeça.

– Esse alguém ficaria animadíssimo – ele diz. – Esse alguém vai me abraçar e criar todo um alarde pela situação. – Então ele suspira fundo e esclarece: – Alguém são minha mãe e meu pai.

– Espera, *quê*?

Luca me olha com um ar de tristeza.

– Minha família é dona da Brownie Bonanza – ele murmura.

Paro no meio da rua.

– Como é que é? E você estava pretendendo nos contar isso *quando*?

– Nunca. Sou meio que a desgraça da família – diz Luca,

cuja cara de cachorrinho está prestes a desabar. – Um monstro que não gosta de doces.

– Então por que é que estamos comprando sorvete agora? – questiono.

– Não sei! – Luca exclama.

Eu nos guio para longe da sorveteria abruptamente.

– Certo, não sou mais sua amiga escritora. Sou sua amiga coach. Para de deixar que as pessoas arrastem você pra lugares que você não quer.

Luca ri e diz:

– Não, você ainda pode ser minha amiga escritora. Já levei essa bronca de Mariella na semana passada.

– Bom, aparentemente ela precisa te dar outra bronca então, porque aquela não vingou!

Luca dá risada de novo, seguindo-me pela calçada, corado e contente.

– Então quer dizer que você e Mariella estão saindo? – pergunto.

Não tenho intenção de botar lenha na fogueira agora, porque Mariella deve ter apagado o fogo. Mas está claro pelo dia de hoje que, se Luca teve algum sentimento por mim no começo do verão – a ponto de me mandar algo pelo aplicativo –, esse sentimento não passa de entusiasmo literário agora. Não posso deixar de imaginar que isso significa que outros sentimentos podem ter se desenvolvido nesse meio-tempo.

– Sim – Luca responde. – Fico achando que ela vai se entediar comigo, mas acho que tem vários lugares que ela quer fotografar que também são bons lugares pra escrever. Além disso, acho que ela não gosta de tirar fotos sozinha.

Isso está se tornando cada vez menos verdade à medida que o verão passa – embora Mariella tenha aceitado algumas ofertas para que eu fosse sua espectadora de apoio emocional, ela já está confiante o bastante para se virar sozinha na selva. Sinto que preciso incutir isso em Luca, então me viro para ele e coloco as mãos em seus ombros.

– Luca, você é uma companhia muito boa. É por isso que Mariella te chama pros lugares. Você é um ser humano extremamente generoso com uma imaginação gigante e absurdamente divertida e parece não ter paladar pra doces, o que é mais uma prova de como você é um bom amigo por estarmos todos dispostos a te perdoar por isso.

Ele vacila por um momento, como se houvesse algo que ele quer dizer, mas não sabe se deveria.

– Obrigado por falar isso – ele diz por fim, com um ar tão definitivo que sei que ele quer que eu deixe o assunto de lado. – Mas não sei se a parte dos doces vale pro Tom.

– Tem razão. O resto de nós vai levar seu segredo pra cova – prometo. – Agora, onde podemos comer um salgado por aqui?

Antes que Luca possa responder, meu celular solta um apito alto.

– Se tiver que pegar uma entrega, por mim tudo bem – diz Luca.

Suspiro.

– Não é uma entrega. É minha mãe.

É mais uma mensagem indicando que ela ainda está vivendo na realidade em que vou voltar em meados de agosto, como planejado, e que meu "vou pensar" estava na verdade já pensado e decidido. Na semana passada, ela mandou uma foto da seção de volta às aulas do mercado: Quer que eu compre alguma coisa antes das aulas começarem? Hoje é um lembrete de que as matrículas são na semana que vem, caso eu queira dar mais uma olhada na lista.

Eu colocaria um ponto-final nisso, mas fico tão grata por ainda estarmos nos falando que ainda não consigo fazer isso. Conversar com Mariella me fez entender que já passou da hora de termos uma conversa, mas eu não estava contando com isto: o alívio de ter um pouco de normalidade de volta com minha mãe, mesmo que seja apenas uma sombra do que era antes.

Luca espia a mensagem por sobre meu ombro e faz uma careta.

– Certo, então. Vou ser seu amigo coach hoje também. Responde que ela pode ir sonhando.

Sorrio, porque a imagem mental de Luca chegando na minha mãe e falando isso na cara dela é mais divertida do que todos os contos juntos que escrevi no verão.

– Quem sabe um dia – digo, relutante.

Ele me dá um tapinha nas costas com a autoridade adorável de alguém que nunca teve muita autoridade na vida.

– Ela vai entender. E um dia vamos voltar àquela livraria e ter livros com nossos nomes neles, e vai ter valido a pena decepcionar nossos pais que amam sobremesa e odeiam Nova York.

Sorrio de novo, porque essa ideia tem um ar de magia impossível. Torço apenas para ter coragem suficiente para correr atrás disso, sabendo que posso não ter o apoio da minha mãe nem Tom ao meu lado quando chegar a hora. Sabendo que é o tipo de magia que vou ter que fazer acontecer sozinha.

– Também precisamos botar o lixo pra fora pra ela não ver as embalagens dos burritos e pensar que está chegando em casa pra cuidar de dois casos extremamente avançados de escorbuto – digo.

Tom tira os olhos da geladeira que estamos limpando e diz:

– Confia em mim. O corredor poderia estar cheio de garrafas de vodca vazias e acho que minha mãe nem estranharia.

– Vamos colocar isso na lista de coisas que nunca vamos dizer pra minha mãe, nunca mesmo – digo, abrindo o saco de lixo que estou segurando.

Não estamos limpando para valer, porque Tom me garantiu que uma diarista sempre vem para faxinar a casa de cima a baixo um dia antes de a mãe dele voltar para a cidade. Mas, quanto mais perto chegamos do regresso de Vanessa, mais nervoso Tom parece, como se não conseguisse por nada nessa vida se concentrar em nenhuma tarefa por mais que alguns momentos. Imaginei que a faxina poderia ser uma maneira construtiva e acolhedora de entender o que está consumindo Tom, motivo por que estamos fingindo ser habitantes responsáveis do apartamento, e não duas pessoas que sobreviveram basicamente à base de Pop-Tarts o verão inteiro.

– Você nunca me disse o que sua mãe pensa sobre essa coisa de "sair de Nova York" – digo, pensando se sua inquietação está relacionada a isso.

Tom dá de ombros.

– Ela só disse que seria legal botar o papo em dia com minha tia.

Minhas sobrancelhas se franzem.

– Ela entendeu que você está, tipo, se mudando, *se mudando*? Que não é uma visita social?

Ele dá de ombros de novo.

– Não sei se ela notaria que eu estou fora.

Não sei o que é mais preocupante, as palavras que saem da boca dele ou a naturalidade como ele as diz. Como se ele tivesse aceitado isso como uma verdade tão permanente que elas não chegam nem perto de causar o efeito que deveriam.

– Eu me sinto mal ocupando o resto do seu tempo com sua mãe quando ela voltar. Posso ir embora mais cedo – digo. – De verdade. O quarto libera daqui a dois dias. Além disso, assim posso me estabelecer como a alfa do apartamento e colocar os meninos na linha.

Em uma reviravolta decepcionante para todos os robôs da Craigslist para quem mandei mensagem sem querer em busca de um quarto, descobri que Jesse e a banda encontraram um apartamento permanente para alugar que tem um pequeno mezanino com espaço suficiente para um colchão e uma mesa de cabeceira improvisada. Embora não seja exatamente *dentro da lei* morar ali, é definitivamente barato e vem com a vantagem adicional dos colegas de quarto que definitivamente não vão cortar meu cabelo para vender enquanto durmo. (Algumas das histórias de fantasma de Luca da outra noite eram um pouco específicas *demais* para o meu gosto.)

– Longe de mim impedir você de entrar nessa *fanfic* particular de *New Girl*, mas se você não se importar de ficar... não sei – diz Tom. – Ela é só...

– Muita coisa? – completo.

Pode fazer anos que não vejo Vanessa, mas isso não quer dizer que a impressão que ela deixou seja menos profunda. Pelo que ouvi de Tom nas últimas semanas, a tendência dela de agir como um pêndulo humano (distraída e desligada num segundo e, depois, lançando um holofote mais brilhante que o sol sobre você no segundo seguinte para compensar) só ficou mais acentuada.

Tom se ajeita, desconfortável.

– É estranho. É como se eu achasse que nunca sou... interessante o suficiente pra ela.

Volto os olhos para ele, colocando devagar o saco de lixo no chão. Eu tinha o pressentimento de que a faxina poderia levar Tom a se abrir um pouco, mas não esperava que ele dissesse algo tão triste.

– O que você quer dizer? – pergunto.

Ele aponta vagamente para o espaço à frente.

– Quero dizer... ela quase nunca quer saber o que está rolando na minha vida. E de repente ela quer, e tem todas essas perguntas sobre tudo, tipo... meus amigos e minhas aulas e o que ando fazendo na cidade. E, mesmo quando adapto a verdade pra fazer parecer que não sou um completo fracasso, ela simplesmente se distrai de novo.

Meu coração se parte um pouco mais a cada palavra por alguém tão inteligente e gentil e verdadeiramente apaixonante como Tom possa se sentir *monótono*. Ainda mais para a pessoa que mais deveria conhecê-lo e amá-lo.

Ele solta uma risada sussurrada e constrangida, e diz:

– Não que isso importe. Ela nem se lembra de metade das coisas que eu conto. Tentei falar de Mariella e ela a chamou de "Gabriella" por, tipo, um ano.

Há muitas coisas que quero enfiar na cabeça de Tom agora sobre como isso é culpa de qualquer pessoa menos dele. Mas primeiro olho em seus olhos e digo:

– Tom... sua mãe não faz ideia de como você está sofrendo aqui?

Seus olhos se baixam para o chão imediatamente e sinto meu estômago se embrulhar.

– Conversei com ela sobre isso quando chegamos. Ela tentou ajudar, mas meio que só... começou a me levar pra todos os lugares com ela. Como se ela achasse que estava fazendo alguma coisa por mim se estivéssemos no mesmo lugar. – Ele me olha com tristeza. – Adivinha? Ela basicamente não tinha tempo pra mim mesmo assim.

Não sei nem por onde começar. Eu sabia que as coisas não estavam bem entre Tom e Vanessa, mas, na minha cabeça, era só porque ela estava ocupada demais para notar as dificuldades de Tom. Não imaginei que ela fosse ativamente parte do motivo que o fez sentir que não era importante o bastante nem para ser ouvido.

– Você chegou a conversar com ela sobre... tudo isso? Tipo, não sobre você estar sofrendo, mas sobre ela nem te escutar? – É difícil manter a voz firme, com a raiva ardendo sob minhas costelas. – Porque, porra, Tom. Isso é uma merda.

Os olhos dele ficam vítreos.

– Sinto que é um pouco culpa minha também. Como se talvez, se eu fosse diferente... – Ele balança a cabeça, e a dor que atravessa seu rosto detém a objeção que está prestes a sair da minha boca. – Ou se eu fosse a mesma pessoa que era. Lá em Virgínia. Ela não era assim na época. Eu mudei. Você viu. Você sabe.

Para alguém tão alto, ele parece prestes a desabar. Estou com medo de que, se estender a mão para tocá-lo, ele se estilhace como vidro. Ele parece mais com sua versão criança do que nunca, não porque está à beira das lágrimas, mas porque está à beira de algo mais: uma incerteza no fundo da alma. A necessidade humana básica de amar e ser amado em troca.

Estendo o braço e o puxo junto a mim. Não é como nossos abraços habituais, em que praticamente competimos para ver quantos ossos conseguimos quebrar. É delicado e firme. Sinto que ele solta um suspiro trêmulo encostado em mim, relaxando.

– Tom, você não mudou – digo em seu ouvido. – Você se adaptou. Você precisou encarar essa vida nova e deu seu melhor com o apoio que tinha, o que aparentemente era bem próximo de zero. – Aperto a mão atrás de seu pescoço como se tentasse imprimir as palavras em sua espinha, para ajudá-lo a se sustentar de novo. – Foi sua mãe quem mudou. E virou alguém com quem eu gostaria de gritar agora, pra ser sincera.

Tom ri, mas eu, não. Não há nada de engraçado nisso. Estou tão brava por ele que, mesmo enquanto o abraço, o calor que cresce em meu peito me faz sentir como se eu estivesse prestes a cuspir fogo.

Tom me solta e diz com os olhos vermelhos:

– Não estamos indo muito bem no front materno agora, né?

Esse abismo gigante que existe entre Tom e sua mãe faz o que quer que esteja rolando entre minha mãe e eu pareça uma fratura minúscula. Fico mais uma vez triste comigo mesma por adiar a conversa com ela porque, sim, vai ser um saco. Provavelmente vai envolver algumas lágrimas e alguns gritos e muitas coisas que nenhuma de nós quer ouvir. Mas sei que nunca haverá um único momento, durante nem depois, em que vou questionar se as coisas que digo importam para ela. Se *eu* importo para ela.

Minha mãe pode ter agido mal, mas nunca tive por que duvidar que ela fez tudo por amor.

– Tom, minha mãe e eu não estamos vendo as coisas da mesma forma. A sua não está nem te vendo.

Ele tenta dar de ombros, mas está desarticulado feito um boneco.

– Sim. Bom. Meio que aconteceu. Só não quero que aconteça o mesmo entre você e sua mãe. Vocês sempre foram superpróximas.

Não conversamos muito sobre isso, mesmo sendo um dos fios mais grossos que nos uniu a vida toda: sermos crianças que só tiveram uma mãe e mais nada. Não apenas isso, mas sermos crianças que nossas mães escolheram ativamente ter sozinhas, sem a contribuição de ninguém. A mãe de Tom usou um doador de esperma, e minha mãe decidiu me ter em uma idade em que muitas outras pessoas não teriam – algo cuja profundidade estou começando a entender só agora que estou perto daquela idade e tenho certeza de que não decidiria isso para mim.

– Não precisa se preocupar com a gente – digo. – É com você que estou preocupada.

Tom parece prestes a dar de ombros de novo, mas para antes.

– Sempre me preocupo com você – ele diz. – Esse é nosso lance.

Dou um passo pequeno na direção dele, pois já estamos tão próximos que não resta muita distância para cobrir.

– Sim – digo. – É por isso que realmente acho que você deveria me deixar sair antes da sua mãe chegar. Venho pra jantar ou passear. Mas acho que, antes de você ir, vocês precisam ter uma conversa de verdade. Você disse que, quando ela volta, fica toda hiperfocada em você... talvez assim a ficha dela caia.

No rastro disso vem outro pensamento que só agora está me ocorrendo, que eu não tinha como formular antes porque não sabia da situação. Que talvez não seja Nova York que Tom está tentando abandonar; talvez Nova York nem seja o problema.

Parece egoísta perguntar, pois não dá para negar que tenho meus próprios interesses, mas sinto que preciso falar.

– Você acha que isso talvez tenha a ver com você querer sair de Nova York? Que talvez sua decisão seja menos sobre Nova York e mais sobre essa questão com a sua mãe?

Tom hesita por um breve segundo antes de balançar a cabeça em negativa. Mesmo assim, parece que ele não tem forças para o gesto, como se o pensamento o puxasse para baixo.

Nenhum de nós diz nada por um momento, e me sinto mais inútil do que nunca – dividida entre o que Tom precisa que uma amiga diga e o que posso estar dizendo pelos motivos errados. Não tenho como não fingir que insistir nisso não é só mais uma maneira de perguntar: *Você não pode mesmo ficar?*

Tom torce o lábio para o lado e diz:

– Vou conversar com ela. Prometo. Mas é meio que tudo, sabe? Preciso de um novo começo.

Há um caráter definitivo em sua voz, o tipo que beira a súplica, então deixo para lá. Assinto, limpo a garganta e digo:

– Está bem. – Não consigo ignorar o mal-estar em meu peito, a raiva ainda se revirando no meu estômago pela situação dele, mas não posso fingir por ele.

– Está bem – diz Tom em resposta, encerrando a conversa com firmeza.

Só que nenhum dos dois sai do lugar, e Tom diz de repente:

– Pelo menos fica com a chave da casa, tá? Se não der certo morar com a banda, você sempre pode dormir aqui.

Resisto ao impulso de revirar os olhos com sua preocupação materna, porque ele já ofereceu isso umas cinco vezes desde que falamos sobre minha situação de moradia, que está parecendo mais uma cópia de uma série de comédia.

– Por mais que eu vá sentir falta da lixeira chique do prédio e de bater papo com os porteiros, tenho certeza de que vou ficar bem – prometo.

Tom fica me observando com atenção. É como se estivéssemos suspensos em movimento – a essa altura, todas as pretensões de faxina foram abandonadas, mas ficamos muito, muito imóveis, como se soubéssemos que algo é inevitável nesse momento, mesmo que não saibamos o que ainda.

– Pode ser um comentário estranho – ele diz, devagar. – Mas acho que o motivo por que estou curioso sobre você morar com a banda é que... parecia que talvez ainda rolasse algo entre você e Jesse quando você chegou. – Abro a boca, sentindo uma risada subindo pela garganta que para quando o rosto de Tom cora das bochechas até o cabelo. – O que quero dizer é... ele ficou tão feliz em ver você e... sei lá. Pensei que as flores eram dele.

– Ah. – Acho que não existe mais motivo para guardar segredo sobre isso. Mais do que tudo, fico surpresa que as flores ainda estejam na cabeça de Tom. – Na verdade, eram.

– Ah – Tom solta. Sua expressão não muda, mas algo abaixo dela fica estático. Como se ele estivesse se preparando para o que vou dizer a seguir.

– Mas não foi nada. A gente só tinha algumas pontas soltas pra resolver. Tipo, muito antigas – digo. Tento sorrir só para enfatizar que não significou nada mesmo, mas há algo na maneira como ele me observa, como se estivesse testando o peso de cada palavra que estou dizendo, o que me deixa insegura. – Conversamos sobre isso no outro dia. Somos amigos, só isso.

Tom leva um momento para refletir.

– Como eu e você? – ele pergunta.

Só então compreendo como estamos próximos um do outro. No calor da minha raiva com a mãe dele, cheguei tão perto do seu rosto que ainda estou a poucos centímetros, de uma forma que de repente me deixa muito consciente do meu próprio coração batendo no meu peito.

– Sim – digo. A palavra sai um pouco engasgada, mas estou mais firme quando digo: – Como eu e você.

Os olhos de Tom percorrem meu rosto, pairando em meus lábios, pousando em meus olhos. Tento não me arrepiar, tento não ficar na ponta dos pés para encarar seu olhar de frente.

– Sabe – ele fala, baixinho –, quando estávamos tentando determinar aquilo... a gente não chegou a se beijar.

– Não mesmo – digo. Meu coração não está mais batendo, mas subindo pela garganta, porque Tom não apenas diz as palavras; ele se aproxima tanto que mal há ar entre nós.

– Então isso está... realmente descartado? – ele pergunta. – Sem uma análise minuciosa, digo.

Eita, porra. Eita, *porra*. Encaro Tom quase como se para testar se é um blefe, mas ele responde meu olhar tão fixamente que entendo na hora que não é. Que ele está me dando espaço para deixar para lá se eu quiser, mas agora não é como da última vez, quando a sensação era a de que estávamos aceitando mais um desafio do que um beijo.

Preciso engolir em seco antes de dizer:

– Acho que não.

Há mil motivos para não me entregar e atravessar a distância entre nós agora, mas um motivo fala mais alto do que todos: eu quero esse beijo. Quero tanto que sinto que é a única coisa que já quis na vida, como se fosse um impulso tão natural que iria contra as leis da natureza *não* querer.

No fim, não sou eu que me entrego, mas nós dois. É diferente da última vez, quando parecia que tínhamos algo a provar. Desde o momento em que nossos lábios se tocam, o ruído do verão se transforma em estática – e isso é algo tão inconfundivelmente *nosso*. Está no soluço surpreso na minha garganta, no gosto quente como mel dele, na maneira como tremo de satisfação antes mesmo de começarmos. No jeito como nos buscamos, aturdidos pelo impacto um do outro, nos puxando com mãos e braços apressados e ardentes que têm apenas um objetivo, que é de algum forma, por mais impossível que seja, ficar mais perto do que nunca.

Isso é o caos descontrolado. Isso é Tom e Riley, Riley e Tom. Nos separamos ofegantes, os dois corados e incrédulos, mas nem um pouco surpresos. Pela primeira vez, não estamos lendo a história – somos a história. Como se isso estivesse escrito desde o começo, e estivesse só nos esperando.

Tom encosta a testa na minha, com a mão logo abaixo do meu queixo.

– Riley – ele diz.

E algo em mim se arrepia ao mesmo tempo que uma pedra se afunda em meu peito. Ele nunca disse meu nome assim antes, mas consigo ouvir tudo em seu tom com tanta clareza que é como se ele tivesse falado em voz alta.

Ele também me ama. Não da maneira que sempre nos amamos. Mas de uma maneira completamente diferente, uma que nos une mais profundamente do que pensei que meu coração seria capaz.

– Não podemos – digo, com a voz rouca.

Tom não se mexe e eu também não. Ainda estamos encostados um no outro, mas subitamente ficamos rígidos feito estátuas. É quase como se nenhum de nós quisesse ir para a frente nem para trás, e quiséssemos apenas continuar a ser as pessoas que éramos cinco segundos atrás, quando não importava a realidade depois desse beijo.

– Você vai embora – digo. – E, se... se um dia... Tom. Preciso que você entenda. Você é importante demais pra mim.

– Vou ficar – Tom fala imediatamente.

Faço que não com a cabeça com tanta firmeza que as lágrimas que nem percebi que estavam se formando escorrem pelo meu rosto.

– Porra. Não. Não... – Seco os olhos com o dorso da mão, furiosa comigo mesma. – Não posso deixar que você faça isso.

– Você não estaria deixando. Eu estou decidindo.

Sacudo a cabeça de novo, apertando as mãos no peito. Tenho toda intenção de empurrá-lo, mas não consigo. Estou me inclinando para perto dele e ele está se inclinando para trás, nós dois num equilíbrio tão perfeito que parece até natural.

– Você passou a vida toda preocupado com os outros. Fazendo amizade com excluídos como eu. Cuidando de todos com suas mochilas gigantes de provisões. Preocupado com o que sua mãe está pensando, quando é ela que está fazendo merda com você. – Ergo o braço e envolvo a mão que está sob o meu queixo, entrelaçando os dedos nela. – Mas não vou permitir que você faça isso por mim. Eu te amo demais pra deixar.

Ele engole em seco, estudando os meus olhos.

– Você quer que eu vá?

Porra, não. Quero que ele fique bem aqui, onde quer que seja *aqui*. Quero que fique do meu lado desde o momento em que ele foi embora, e vou querer isso até o dia da minha morte.

– Quero que você seja feliz – digo.

Sua voz embarga tanto que quase quebra minha resolução.

– Sou feliz com *você*.

Respiro fundo. Balanço a cabeça de novo. Essa parece a coisa mais difícil que já fiz na vida.

– Não é isso... não acho que seja assim que funciona – digo. Cada palavra é como uma lixa na minha língua, mas elas precisam ser ditas. Eu o amo demais para não dizer. – Você precisa ser feliz consigo mesmo. E se eu atrapalhar isso... nunca, *jamais*, vou me perdoar.

Uma baita de uma maneira de dizer, porque também não sei se um dia vou me perdoar. Por chegar tão perto do que mais quero na vida e deixar que ele escape por entre os meus dedos.

Por dizer essas palavras com a esperança de preservá-lo e saber que o estou machucando mesmo assim.

– Sinto muito – digo de um fôlego só por falta do que dizer.

Tom volta a si de uma forma que parte meu coração, porque sei que ele está fazendo isso por mim. Ele me dá um beijo na testa e diz:

– Não sinta. Você tem razão. Quero... se um dia fizermos isso, quero fazer do jeito certo.

Eu não achava que o alívio pudesse machucar até ele dizer essas palavras, mas aí está: uma faca quente encostada nas minhas costelas pouco antes de se cravar no meu coração. Algo que de alguma forma cura, mas abre mais uma ferida, cujo formato ainda não sei, e da qual não sei se vou me recuperar.

Nos afastamos. É estranho estar no comando do meu corpo de novo tão súbita e tranquilamente, como se tivesse me beliscado para voltar a mim. Um acontecimento doloroso e instantâneo.

– Que tal o seguinte? – Tom fala com um olhar firme, embora sua voz esteja vacilando. – Você precisa ter uma conversa com sua mãe. Uma conversa de verdade sobre essa coisa do ensino médio. E eu vou ficar aqui mais alguns dias pra conversar com a minha.

Esse é um acordo que podemos fazer. Um acordo que deveria ser mais fácil do que qualquer um que já fiz na vida. Mas estou presa na sensação de que algo mais já foi quebrado, algo que nenhum de nós tinha poder para impedir.

– Sim – digo. – E se precisar de mim pra isso... estou aqui.

Tom assente.

– Eu sei – ele diz, com sinceridade, ao contrário das vezes em que trocamos mensagens nos últimos anos, quando eu corria atrás e ele corria para longe. Desta vez, ele está me encontrando no meio-termo. – Obrigado por isso. Por tudo isso.

Sorrio e digo:

– Você é meu melhor amigo. Se me agradecer por esse tipo de coisa de novo, vou te dar uma surra.

Tom sorri em resposta, embora o sorriso esteja tão exausto quanto o meu, e responde:

– Eu não esperaria menos.

Capítulo vinte e um

– Eita porra – diz Jesse francamente, encarando a fila que dá a volta no quarteirão enquanto Luca nos guia pela entrada lateral da Brownie Bonanza. – É como se a gente estivesse passando pelo guardinha da balada.

Dito e feito, todas as pessoas da fila nos encaram como se quisessem atirar massa de brownie na nossa cabeça. Luca fecha a porta atrás de nós rapidamente, como quem treinou e não tem certeza de que eles não vão tentar.

Ele nos guia por um corredor que sai da entrada principal com paredes roxas e brilhantes cheias de fotos gigantes de brownies em molduras néon. Pela adoração intensa de doces de Tom, sei que a Brownie Bonanza tem quatro sabores fixos e dois que alternam toda semana, então reconheço alguns deles no hall da fama de brownies – um gigante com granulados de arco-íris recheado de massa de cookie, um com rosas de glacê recheado de geleia de maracujá e café, outro com uma crosta salgada que é ao mesmo tempo doce e picante e recheado de caramelo.

Tom está olhando embasbacado para a parede, como se fossem cartazes das suas celebridades favoritas. Ele está com uma expressão não muito diferente de quando experimentou aquele Pop-Tart em casa e nasceu Tom, o Fã de Doces.

– Ah, olha só você em sua Disneyland particular – digo.

Ele inspira fundo como se quisesse absorver tudo.

– Não acredito que vou chegar ao meu auge aos dezoito anos.

Abro um sorriso rápido em vez de cutucar suas costelas como eu faria normalmente. Faz dois dias desde o beijo de "surpresa, parece que tínhamos sentimentos recíprocos e profundamente intensos um pelo outro todo esse tempo" e, desde então, é como se estivéssemos encarando nossa amizade no modo de segurança: impreterivelmente educados e evitando nos tocar sempre que possível.

Está tudo bem, exceto pela parte que eu talvez esteja perdendo a cabeça assim tão perto dele, sabendo como é ter *toda* a proximidade para mim. Mas é para isso que servem os banhos frios e os mergulhos em tentativas de encontrar ideias para contos.

– Espera. Conheço este lugar – diz Mariella.

– Acho bom – diz Tom, aparentemente indignado em nome dos brownies.

– Não, quer dizer... não tinha uma confeitaria diferente aqui? – Com olhos atentos, Mariella olha de um lado para outro pelas paredes. – Uma confeitaria que não tinha coisas interativas nem nada, só uma fachada normal.

– É a mesma – diz Luca, que está de volta ao modo murmurante. Ele está entrando e saindo desse modo desde que nos encontramos na casa de Tom uma hora atrás para forrar o estômago com almoço, como uma espécie de aquecimento para a sobremesa. – Teve uma reforma alguns anos atrás, pouco antes de viralizar.

Mariella abre a boca, como se fosse fazer uma objeção, quando dois humanos baixinhos e entusiasmados que só podem ser os pais de Luca saem de uma porta lateral, seguidos por humanos ainda *mais baixinhos* e entusiasmados que só podem ser os irmãos de Luca. Em toda a comoção, escuto fragmentos de "que prazer conhecer os *amigos* de Luca" e "você deve ser Riley!" e uma voz clara e aguda voltada para mim e Tom, que diz "eles são tão *altos*". Não sei como, mas nessa bagunça, somos todos abraçados um de cada vez pelos pais de Luca, cutucados por pelo menos um dos irmãos e guiados para uma das salas dos fundos, onde aniversariantes podem planejar e assar seus próprios brownies.

O caos não diminui em nada o impacto da sensação de cair diretamente numa sala da fábrica de Willy Wonka. As paredes laterais estão preenchidas por uma lista de um dourado reluzente com todos os sabores disponíveis de massas de brownie, recheios, coberturas e combinação inesperadas. A parede dos fundos abriga uma enorme mesa cheia de tonéis de diferentes chocolates, doces e confeitos para rechear a massa. Perto do meio há cinco estações de trabalho, cada uma com um cartãozinho com nossos nomes escritos em letras infantis e gigantes polvilhadas com glitter que só podem ser obra de um dos muitos mini-Lucas.

Olho de canto para Tom e concluo que, mesmo se não tivéssemos realizado os outros itens da Lista de Refúgios este verão, teria valido a pena ver a alegria na cara dele agora, digna de manhã de Natal.

A porta é fechada e Mariella se vira para Luca com os olhos arregalados e os cachos ligeiramente desgrenhados, parecendo tão varrida pelo vento quanto me sinto.

– Hum, esse furacão é *toda a família Bales*?

– Sim. – Luca respira para se acalmar, pegando o avental roxo no balcão ao lado dos brancos. – E eu vou ser seu Brownie Bonanzer esta tarde.

Mariella ri, mas Luca continua a agir com naturalidade enquanto amarra o avental em torno da cintura, com o logo da Brownie Bonanza inconfundivelmente bordado no peito, e ela diz:

– Espera um minuto... você trabalha aqui?

Só então me dou conta de que estávamos tão ocupados no almoço, conversando sobre qual tipo de brownies íamos fazer, que nem eu nem Luca nos demos ao trabalho de explicar *como* ele nos colocaria para dentro, deixando Mariella e Jesse no escuro sem querer.

– Sim – diz Luca para os próprios pés, ainda no Território Murmúrio, população: ele. – Minha família inteira trabalha.

– Mesmo quando era a antiga confeitaria? – Mariella pergunta.

– Sim – ele fala e, emendando depressa para que Mariella não consiga dizer uma palavra, ele continua: – Enfim, a essência básica da coisa toda é...

– Espera, que *doideira* – diz Mariella, entusiasmada. – Eu vinha aqui o tempo todo depois da aula. – Não acredito que nunca nos cruzamos antes.

Luca murmura algo tão indistinto que, se sua boca não estivesse se movendo, eu não saberia se veio dele. Até Tom para no meio da sua reverência browniana.

– Desculpa, o que você disse? – Mariella pergunta, com ironia.

O sorriso zombeteiro se esvai do rosto dela quando Luca ergue os olhos receosos, quase como quem pede desculpa.

– Bom, nós nos cruzamos, sim. Tipo, entrecruzamos e cruzamos e cruzamos de novo – ele diz. – Eu trabalhava no caixa, então te via, tipo, o tempo todo.

Sinto meu queixo começar a cair de surpresa enquanto o de Mariella cai completamente.

– Não pode ser.

Luca ainda está mexendo nos barbantes do avental, como se nunca tivesse dado um nó na vida.

– Você sempre estava com um monte de amigos, então… – ele fala, como se isso fosse um pensamento completo.

É um erro de principiante com Mariella, que é a última pessoa a deixar que ele saia impune depois dessa.

– A gente está se vendo esse verão todo e você nunca disse nada?

Jesse e Tom têm noção suficiente para fingirem estar muito, mas muito interessados na lista de recheios na parede, embora Tom já os tenha memorizado a ponto de estarem tatuados em suas pálpebras, mas eu só sigo embasbacada como se tivesse entrado em um reality show por acidente.

– Eu anotava seu pedido dia sim, dia não, e você nem me reconheceu – Luca diz, mexendo-se sem jeito.

As bochechas de Mariella coram.

– Talvez não, mas juro que eu sentia que tinha *alguma coisa* familiar em você. Por que é que você nunca disse nada? Tenho certeza de que eu teria lembrado.

– Porque eu tinha um *crush* vergonhoso em você – Luca desabafa.

– Eita, porra – diz Jesse, que está fazendo um péssimo trabalho em fingir distração agora.

Entre o rosto vermelho-vivo de Luca e os olhos chocados de Mariella, estou achando que a sala vai cair num silêncio excruciante. Mas não é o que acontece, porque Mariella retruca sem nem hesitar:

– Ah, que ridículo, porque passei o verão todo com um crush vergonhoso em *você*.

Luca pisca.

– Quê?

– Quê? – Mariella retruca.

Aí vem o segundo de silêncio excruciante que eu estava esperando, o qual Tom morde como se fosse uma massa de brownie.

– Ah. Bom. Essa foi fácil de resolver.

Jesse concorda, colocando uma gota de chocolate que pegou do pote de ingredientes na boca.

– Vocês podem ter um brownie de várias camadas no casamento.

Mariella faz que é besteira, evitando obstinadamente olhar para qualquer um de nós quando diz:

– Luca *tinha* um *crush* em mim, no passado. Ele gosta da Riley agora.

Antes que eu possa pular lentamente pela janela para me retirar dessa narrativa, as sobrancelhas de Luca se franzem de confusão.

– Quem disse?

– Você disse, mandando coisas pra ela pelo aplicativo! – diz

Mariella. – E, sim, sou uma sacana por saber isso, mas o fato é que sei, então não adianta mais ficar de rodeio.

Luca parece genuinamente ofendido, mas não pessoalmente.

– Do que você está falando? Se eu tivesse um crush em Riley, não mandaria *queijo.*

– Ei – protesto.

Ele se vira para mim com um leve pânico.

– Não, quer dizer... não que você não seja... sabe, ótima e tal...

– Quis defender o queijo, não eu mesma – digo, fazendo sinal para ele continuar.

– Então foi você? – Tom pergunta.

Luca alterna o olhar entre Tom e eu, como se todos o tivéssemos arremessado em outro planeta.

– Vocês estavam discutindo tão intensamente sobre tábuas de queijos de mármore falso bem trabalhadas que pensei que seria um jeito divertido de dizer "bem-vinda a Nova York". Vocês não entenderam que fui eu?

Tom se engasga tentando não rir, mas não tenho o mesmo autocontrole. Por sorte, Luca e Mariella parecem mutuamente chocados demais para ficarem chateados com a gente.

– Não entendemos, mas agradecemos profundamente – digo. – Você tem um gosto impecável pra entregas aleatórias de queijo.

– Obrigado – diz Luca, que parece genuinamente ofegante agora, como se essa conversa fosse uma aula de ginástica pela que ele não estava esperando. Ele olha para todos nós, um de cada vez, fixando o olhar um tanto desafiador em Mariella, e acrescenta: – Agora podemos por favor voltar a fazer esses brownies? Tenho uma reputação profissional a zelar.

Palavras que poderiam ter mais peso se Luca não tivesse amarrado o avental na cadeira atrás de si e, consequentemente, derrubado um pequeno pote de glitter comestível, que criou uma nuvem que, por sua vez, cobriu todos nós, deixando nosso grupo brilhando dos pés à cabeça. Na distração criada na sequência, quase deixo de notar o sorriso furtivo se abrindo nos lábios de Mariella e o leve rubor sob as sardas de Luca quando ela o direciona para ele, mas não exatamente.

– Certo, Brownie Bonanzer – diz Tom a Luca enquanto coloca um avental coberto de glitter sobre a camisa igualmente coberta de glitter. – Mostra pra gente como é que se faz.

A hora seguinte é tão deliciosamente desregrada quanto estávamos prevendo, e mais um pouco. Depois de certa deliberação, cada um decide seu sabor, baseado em grande medida na ocasião para a qual se destina. Jesse vai levar Dai para ver música ao vivo no parque hoje à noite, então opta por uma combinação de seus sabores favoritos – massa normal recheada de chocolate com pedaços de caramelo e massa de cookie, além de confeitos pretos e azuis nas cores da banda. Mariella e Luca parecem estar numa espécie de confronto preparando brownies *um para o outro*, uma disputa sobre a qual lavo minhas mãos, considerando a aversão de Luca a doces (Mariella optou por uma base de *blondie* e uma quantidade *nada* pequena de uma geleia de limão com pimenta) e a aversão de Mariella a chocolate (decidi não fazer muitas perguntas depois de ver Luca começar a filetar balas de goma).

Meu coração se aperta um pouco quando noto Tom recheando o dele com geleia de framboesa e favos de mel e nada mais, porque são os sabores favoritos de Vanessa, não os dele. Mas ela volta hoje à noite e ele passou o dia inteiro nervoso com isso. Se ele precisa de outra pessoa para proteger seus verdadeiros interesses brownostísticos, tenho o maior prazer em criar uma versão *verdadeira* para Tom, que recheio até demais com massa de cookie, caramelo salgado, biscoitos de bichinhos esfarelados, pretzels, gotas de chocolate e marshmallows, com cobertura de granulados e flor de sal.

Luca precisa dosar a massa e o recheio de cada um a fim de garantir que as proporções não obliterem seus fornos – o que é esperto, considerando que a massa que fiz poderia facilmente dominar o Upper West Side inteiro se não for supervisionada –, quando Tom recebe uma ligação e sai.

Mariella vai até Luca com uma expressão solene. Jesse e eu nos ocupamos para dar espaço para eles, Jesse mandando selfies purpurinadas para Eddie e Dai numa tentativa de convencê-los de que isso deveria ser parte do próximo *rebranding* da banda, e eu limpando minhas mãos de tantos doces pegajosos que poderiam encher uma sacola inteira de Halloween.

– Ei. Só pra você saber… o pessoal com quem eu andava na época… eram uns babacas – diz Mariella.

Os lábios de Luca se contraem em um sorriso compreensivo.

– É. Tive uma noção naquele karaokê.

– O que quero dizer é que eu provavelmente estava ocupada demais tentando impressioná-los pra notar pessoas que *realmente* valiam a pena – ela diz, chegando mais perto dele. – Pessoas que são profundamente bem-informadas sobre a proporção adequada de recheio e massa de brownie e como otimizar as temperaturas de forno com base neles.

Luca não cora nem fica envergonhado como sempre. Apenas encara Mariella e diz com sinceridade:

– Desculpa por não ter falado antes. Acho que foi meio que... uma segunda chance pra uma primeira impressão, talvez? Ou só uma primeira, já que não falei nada na primeira vez.

Mariella balança a cabeça de um lado para outro.

– Sou eu quem precisava de uma segunda chance – ela diz.

Luca apenas sorri e diz:

– Não. Eu gostei das duas impressões.

Fico olhando fixamente para as minhas mãos para eles não verem que estou tentando conter um sorriso. Os dois ficam brincando sobre quem vai gostar mais dos brownies do outro por tanto tempo que volto a cara franzida para a porta, curiosa para saber por que Tom está demorando tanto. Estou prestes a botar a cabeça para fora quando Mariella se vira para mim abruptamente, com uma expressão triunfante no rosto.

– Acabei de me tocar que agora que sabemos quem mandou as flores e o queijo, o mistério do seu clichê de comédia romântica está resolvido – ela diz.

Jesse mencionou as flores para Mariella no almoço de hoje, já que eu acabei amassando-as entre alguns dos livros didáticos gigantescos de Tom para preservá-las quando não sabia de quem eram. Elas deram um toque eclético à sala praticamente vazia de Vanessa.

Pela minha expressão, Mariella ergue as sobrancelhas e diz:

– A menos que o mistério *não* esteja resolvido?

Seco as mãos com os olhos ainda focados nelas.

– Teve outra coisa – confesso.

Mariella bate a palma na mesa com entusiasmo.

– Espera, que outra coisa?

Não sei o que me faz contar. Talvez seja o consolo de ver todos bem resolvidos neste momento ou, pelo menos, prestes a se resolverem. Jesse está planejando se declarar para Dai hoje à noite. Mariella e Luca estão claramente prestes a dar o fora daqui e materializarem seus crushes mútuos. Eles conseguiram uma conclusão e, na verdade, eu também: Tom está indo embora. Sabemos a medida exata do que somos e do que podemos ser. Sabemos o que vai acontecer agora.

Mas este verão ainda tem uma ponta solta e, de repente, não consigo resistir ao impulso de puxá-la. Como se desvendar isso pudesse impedir que o verão acabasse, mesmo que seja por apenas mais alguns segundos.

– Alguém me mandou um caderno.

Olho para cada um deles como se a pessoa fosse se entregar, mas suas expressões permanecem inalteradas: Jesse está curioso; Luca, confuso e Mariella, estranhamente determinada.

– Que tipo de caderno? – ela pergunta.

– É só… um caderno simples – digo, sentindo minha cara começar a arder. – Não é nada de mais.

Os olhos de Mariella se fixam em mim com um ar astucioso.

– Sua cara diz que é algo de mais.

– Minha cara é a mesma de sempre.

– Apaixonadinhos se reconhecem – ela diz, o que faz a cabeça de Luca se inclinar com ainda mais confusão e leva Mariella a tirar o celular do bolso. – E agora já deu.

Pisco.

– Espera… o que você está fazendo?

– Abusando do meu poder – ela diz.

Chego ao lado dela rapidamente.

– Você vai olhar o *back-end* do "Com amor" de novo?

– Só porque a essa altura parece minha responsabilidade

cívica – ela diz para a tela do celular. – Acho que posso falar por todos nesta sala quando digo que seu lance de "vai ou não vai" com Tom já passou do limite legal. Precisamos de clareza.

– Na verdade, não precisamos – digo rapidamente, mas sou ignorada por Luca, que fala:

– Espera, temos certeza mesmo de que queremos fazer isso?

E por Jesse, entoando sem sutileza alguma:

– Faz, faz, faz.

Mariella não demora nem cinco segundos para agir, e aí é que está: eu não a impeço. Não tiro o celular das mãos dela nem faço alarde nem penso em nenhuma das consequências. Deixo acontecer com tanta facilidade que é quase como se eu mesma estivesse apertando os botões.

– Espera… é você quem está mandando coisas pro *Tom*? – Mariella pergunta.

Sinto uma versão mais forte da pontada rápida e defensiva de ciúme que tentei conter o verão inteiro.

– Não – respondo.

– Mas tem várias entregas pro número de Tom, e todas têm o mesmo código de área que o dele. O de Virgínia.

Olho por sobre o ombro dela, reconhecendo o número imediatamente. Tom insistiu que decorássemos todos os números de emergência um do outro quando tínhamos oito anos.

– Não, esse número é da mãe dele – digo, perplexa demais para pensar duas vezes.

– Espera, quê?

Todos olhamos tão chocados quanto personagens de desenho animado para Tom, cujo corpo de um metro e oitenta e tanto entrou pela porta sem que nenhum de nós notasse. Ele está chateado, mas não da forma espantada e acusatória como provavelmente deveria estar. Ele parece esgotado. Sem vida. Estranhamente resignado.

– O que foi? – pergunto. – Quem era?

– Hum – ele consegue dizer. O que quer que estivesse rompendo sua fachada, ele ignora e se recompõe rápido quando sente o peso de todos os nossos olhos nele. – Era minha mãe. Acho que ela não vem hoje, afinal. Diz que está achando que vai rolar na semana que vem.

Merda.

Dou um passo à frente por instinto, mesmo sabendo perfeitamente que não posso abraçá-lo como quero agora – se Tom está determinado a fingir que está tudo bem, a última coisa que vou fazer é chamar mais atenção para o fato de que não está. Ele encontra meus olhos mesmo assim, e a dor neles é tão brutal que é como se eu a estivesse vendo de uma vez – todos os momentos nos últimos anos em que ele esperou algo de Vanessa e ela o decepcionou.

– Por que sua mãe te mandaria coisas pelo aplicativo? – Mariella pergunta. – Pensei que ela não soubesse que você o administrava.

– Não sei – diz Tom, com uma voz inexpressiva, encarando o celular dela agora. – Não sei.

Há um segundo que nenhum de nós sabe bem como preencher, esperando para ver se Tom vai dizer mais alguma coisa.

– Bom, ela vai explicar quando voltar – digo, com firmeza.

Estou prestes a acreditar que vou ficar com Tom até lá, prestes a oferecer teorias sobre o que sua mãe está fazendo com o aplicativo, caso ele queira discuti-las, prestes a largar o que estamos fazendo aqui e sair com ele para ele me contar tudo o que ela acabou de lhe dizer no telefone.

Tom apenas balança a cabeça. Em seguida, inspira fundo de maneira tão resoluta que começo a juntar forças para suas próximas palavras antes mesmo de saber o formato delas.

– Eu só vou... embora da cidade mais cedo. – Ele está falando para o grupo, mas está praticamente olhando para mim. Como se quisesse permissão, talvez. Ou perdão. – Como planejei originalmente. Assim vou embora antes de ela voltar.

– Vai pra onde? – pergunta Jesse.

Meu coração se aperta não apenas pela dor clara que Tom está sentindo agora, mas pelo caráter definitivo disso. É ridículo, eu sei. Mas existia uma parte teimosa, obstinada, excessivamente otimista de mim que estava torcendo para talvez o destino intervir. Para Tom e sua mãe terem uma oportunidade de resolver as coisas, para que isso aliviasse essa dor. Para que talvez, se o mantivéssemos um pouco mais aqui – aqui com seus amigos e nossas desventuras variadas, aqui nesta cidade que ele está vendo sob toda uma nova luz este verão, aqui *comigo* –, ele mudasse de ideia.

Tom abre um sorriso quase arrependido, quase envergonhado.

– Vou me mudar – ele fala, com tanta naturalidade que fica claro que está tentando fingir que não é nada para não deixar ninguém preocupado. – Era pra eu ter falado antes. O verão passou e nem percebi, só isso.

Meu coração não apenas se parte, mas se estilhaça. Não era apenas uma esperança teimosa, percebo. Havia um motivo para Tom esconder isso de todos nós por tanto tempo. Acho que ele também não acreditava tanto assim.

Quando pisco para me livrar da dor desse pensamento, percebo que estão todos voltados para mim. Com expectativa. Esperança, até. Como se eu fosse intervir agora e dizer algo milagroso para impedir que isso aconteça.

Quero fazer isso. Sei que sou a única que pode fazer isso. O problema é que, considerando tudo que tenho em jogo, sou a última pessoa que deveria fazer isso.

– Tom... – Jesse começa.

Mas Tom pega o celular rapidamente e diz:

– Enfim, hum... Estamos com poucos entregadores hoje, então vou ajudar com algumas entregas rapidinho. Desculpa sair assim de repente.

Todos sabemos que é mentira, mas ninguém fala nada, nem mesmo Mariella com o aplicativo aberto a trinta centímetros da cara dela. Eu o observo com cuidado até seus olhos encontrarem os meus, até ele conseguir ver a pergunta neles. Ele faz um não rápido com a cabeça. Aonde quer que esteja indo, ele quer ficar sozinho.

Ele sai e um silêncio tão grande cai que ninguém sabe o que fazer com ele. Tom tem o hábito de preencher os cantos e recantos dos espaços daquele seu jeito reconfortante, mesmo quando não está falando muita coisa, e não há nada tão alto quanto o silêncio que ele deixa para trás.

– Merda – diz Jesse. – Ele não pode estar falando sério.

– Está – digo, tentando manter a voz leve. Tentando sustentar a história de Tom ou talvez a minha: de que está mesmo tudo bem.

Luca não para de balançar a cabeça, como se estivesse confuso ou rejeitando a ideia toda, e os olhos de Mariella estão em mim, vasculhando meu rosto. Ela deve ver a certeza triste neles, porque inspira fundo.

– Bom, acho que só nos resta uma coisa a fazer – ela diz. – Que é obviamente dar um jantar de despedida pra ele que seja tão bom que ele vai cair em si e ficar onde está.

Luca concorda com a cabeça, mas com um certo espanto.

– Por que tenho a impressão de que vamos todos ser presos por sequestro até o fim da noite?

– Luca – diz Mariella, erguendo a mão para dar um tapinha carinhoso na cabeça dele. – Não dá pra ser preso se você não for pego.

Capítulo vinte e dois

Há uma cena no quarto livro de *Marés do Tempo* em que a pedra do tempo racha no meio da missão, e Claire e um de seus melhores amigos são separados no fluxo temporal. Vários longos capítulos são dedicados a encontrá-lo, mas os instrumentos temporais dela conseguem achar apenas sósias. Ela descarta a maioria facilmente, mas, depois de um tempo, começa a se questionar. Começa a se perguntar se não deveria voltar atrás e conferir se não estava sendo apressada demais – se talvez não aconteceu algo no fluxo temporal distorcido que o fez se esquecer dela e, sem querer, ela o deixou em um tempo que não era o dele por causa disso.

Quando ela o encontra, já viu tantos sósias, incluindo aqueles que tentaram enganá-la para que ela os levasse consigo, que ela não sabe se pode confiar nele. "Diga algo que só você saberia", ela pede, por via das dúvidas.

Mas ele não diz. Ele lhe mostra uma série de gestos com a mão, um conjunto daqueles que eles faziam na aula juntos, quando tentavam conversar sem serem flagrados. Ela sabe no mesmo instante que o encontrou, e eles o trazem de volta à escola do tempo, onde – durante as páginas seguintes, pelo menos até a minhoca temporal atacar – tudo está bem.

Lemos aquele livro pouco antes do verão em que Tom e eu tínhamos dez anos, o mesmo verão em que Vanessa o levou embora para Los Angeles por um mês para se reunir com os produtores e começar as conversas sobre um de seus primeiros grandes roteiros. Foi o maior tempo que ficamos separados desde que nos conhecemos, tanto que parecia que eu não conseguia medir esse tempo, apenas temer. Naquela época, fazia apenas dois anos que éramos amigos e, por algum motivo, meu cérebro infantil tinha certeza de que um mês seria mais que suficiente para desfazer tudo. Como se Tom na minha vida fosse uma espécie de acidente feliz do universo, mas que, assim que ele deixasse de acontecer, ficaria perdido para mim – como o amigo de Claire no fluxo temporal. Ele voltaria como um sósia de si mesmo, alguém tão mudado que finalmente cairia em si e se daria conta de que não me queria mais por perto.

Esse pensamento irracional foi parcialmente alimentado pela sensação de que estarmos separados nem sequer parecia incomodar Tom nos dias que antecederam a viagem. Portanto, tentei fingir que isso também não me incomodava. Fiz de tudo para cumprir os planos com meus primos e Jesse e nossos outros amigos. Contava para Tom sobre eles de maneira espalhafatosa e com grandes detalhes sempre que tinha a chance. Fiz isso como se o estivesse punindo por se importar menos do que eu; fiz isso como se fosse um teste para ver se ele realmente se importava.

Mantive a farsa toda até o Dia da Independência dos Estados Unidos, um dia antes de Tom ir embora. Os fogos de artifício começaram a estourar e todos estavam concentrados no céu e, com todos os olhos seguramente ocupados, comecei a chorar de um jeito humilhante. Era como se alguém tivesse aberto uma torneira em mim – lágrimas grandes, grossas e silenciosas escorreram pelas minhas bochechas tão rápido que a coisa mais parecia uma pane que um choro. Como se alguém tivesse digitado o botão errado no meu cérebro.

Não demorou mais que alguns segundos para Tom pegar minha mão e dizer: "Vamos tomar sorvete". O que parecia absolutamente ridículo até eu entender que ele estava usando isso como desculpa para me tirar de perto das nossas mães e nossos amigos sem que ninguém notasse que eu tinha me tornado um gêiser, o que só me fez chorar ainda mais, porque ali estava ele sendo *bonzinho* comigo, sendo que eu tinha passado o começo do verão inteiro me gabando de como eu ficaria perfeitamente bem sem ele.

Ele encontrou um banco longe da multidão e a gente se sentou. Ele não disse nada, apenas me deixou ficar ali e chorar, e foi melhor assim, porque minha garganta era um grande nó e eu não teria conseguido falar nada nem se tentasse. Os fogos de artifício continuaram chiando e estourando e brilhando no céu, mas nenhum de nós ergueu os olhos. Ficamos apenas observando a luz tênue deles cruzar nosso rosto, o meu desolado e o dele mais solene do que nunca.

Depois de um tempo, voltei a mim o suficiente para me dar conta de que precisava inventar algo para me explicar. Só que, quando abri a boca, tudo que consegui foi dizer imediatamente as palavras roucas:

– Não quero que você vá.

Tom não fez o que os adultos faziam quando estavam tentando fazer você se sentir melhor, como dizer que não ficaria fora por muito tempo ou que era para eu pensar no lado bom. Em vez disso, ficou apenas em silêncio, com tanta naturalidade que fiquei envergonhada por pensar, mesmo que por um segundo, que ele poderia não sentir o mesmo.

– Também não quero ir. Vou sentir muito sua falta.

O alívio poderia ter me derrubado, se já não estivéssemos sentados. Eu ainda estava chorando, mas era quase gostoso chorar depois disso. Sabendo que eu não estava sozinha nesse sentimento.

– E se a gente for totalmente diferente quando você voltar? – perguntei mesmo assim.

Parecia inteiramente plausível. Tom fazia amigos aonde quer que fosse e não parecia muito seletivo com eles. Eu me via como o maior exemplo disso. Depois de dois anos, ainda ficava confusa sobre o que o havia feito se importar o suficiente para me esperar pacientemente lá no começo.

Ele ficou pensativo daquele jeito que quase sempre ficava perto de mim. Ele não demorava com nossos outros amigos, quase como se tivesse medo de deixar os silêncios se prolongarem demais. Parecia uma pena, porque Tom sempre tinha algo inteligente para dizer depois deles.

– Vamos fazer o que Claire fez em *Marés do Tempo*. Criar nosso próprio aperto de mãos – disse Tom. – Vamos fazer antes de eu ir embora e quando eu voltar. Assim, vamos saber se nada mudou mesmo.

Passamos o resto da noite inventando nosso aperto de mãos absurdo, ridículo e maluco, que pratiquei sozinha toda noite depois que Tom foi embora. Quando voltou, ele estava um pouco mais bronzeado, um pouco mais alto, mas com um sorriso tão radiante que, mesmo antes de fazermos o aperto de mãos – de maneira pública e impecável e muito, mas muito espalhafatosa para o divertimento das nossas mães e vários transeuntes –, eu soube que tudo ficaria bem.

Na realidade, precisávamos muito mais do que imaginávamos daquele aperto de mãos. Aquela viagem para Los Angeles foi a primeira de muitas. Tom ficaria fora nas férias de primavera, nas férias de verão e às vezes até alguns dias no meio do ano letivo. Até que um dia, finalmente, aconteceu o inevitável: ele se mudou de vez.

Era para ser uma sensação familiar a esta altura ver Tom me deixando para trás, mas não é. Esta é a primeira vez que ele me deixa por escolha própria.

Esta é a primeira vez que sinto que ele está levando um pedaço de mim consigo.

Volto ao apartamento depois de um longo passeio no parque e encontro aquela mesma mochila que vi no primeiro dia. Mas, desta vez, ela já está apoiada na cadeira perto da porta, com uma bolsa esportiva embaixo dela, e Tom está me esperando com um ar tímido a poucos passos.

Não digo nada e ele também não. Ele dá um passo à frente primeiro, envolvendo-me em seus braços. Afundo o rosto na curva de seu pescoço, inspirando seu cheiro, equilibrando-me nessa fronteira estranha do que somos e do que poderíamos ter sido.

– Que horas seu ônibus sai amanhã? – pergunto.

Tom pousa a mão na minha nuca e sinto nela um pedido de desculpas silencioso.

– Vou hoje à noite.

A surpresa força meus olhos a se abrirem e o ar a entrar em meu peito.

– Hoje?

Nenhum de nós se afasta, como se pudéssemos nos absorver – meu choque, seu pedido de desculpa, nossa mágoa mútua.

– Tom, o que sua mãe disse? – pergunto, com a cara enfiada em sua camisa.

Ele balança a cabeça e fala:

– Ela não disse nada. Foi a assistente dela que ligou. Perguntei a ela se poderia colocar minha mãe na linha e ela disse que não conseguia encontrá-la e... bom. Já faz várias horas agora. Estou imaginando que ela não vai retornar a ligação e, pra ser sincero, estou só... cansado.

Abraço-o mais forte agora, mas sua voz é surpreendentemente firme. Sei que não devo supor que ele está em paz com isso tudo, mas ele parece achar que está. Que ir embora assim é um alívio para essa situação.

– Você não está curioso sobre as coisas que ela te mandou pelo aplicativo? – pergunto.

Ele apenas balança a cabeça de novo.

– Aposto que foi a assistente dela. E, mesmo se não fosse... é ainda mais perturbador, de certo modo. Saber que ela estava disposta a fazer isso, mas não a conversar de verdade comigo. E eu tentei. Tenho tentado.

– Eu sei – eu disse.

Recuo apenas o bastante para ver seu rosto. Suas mãos ainda estão ao redor da minha cintura, minhas mãos ainda apertando seus ombros. É a primeira vez que ficamos assim, mas talvez o estranho seja isso: nunca termos tentado até agora. É estranho termos passado toda a vida sem saber como nos encaixamos bem.

– Vou pegar o ônibus com você – ofereço.

Algo ainda não me cai bem pensar em deixar que ele vá embora sozinho dessa forma. Sei que ele não quer ouvir isto, mas, mais do que nunca, parece que ele só está indo embora porque quer ficar longe de Vanessa, para que ela não possa decepcioná-lo mais.

Mas, a julgar pela cara dele, ele também já sabe disso. E ainda quer ir.

– Esta é sua casa agora, Riley. Todo mundo consegue ver. E você tem planos pra amanhã e pro dia seguinte e pro outro também, porque os dias são finalmente todos seus. – Ele diz isso com tanto orgulho que sinto meu rosto esquentar, apesar da preocupação avassaladora, apesar da confusão de todo o resto. – Não quero tirar você daqui, nem mesmo por um dia.

Tenho mais uma carta na manga. Chego perto, encostando a testa por um breve momento em seu nariz.

– A última coisa na Lista de Refúgios – eu o lembro. – Nossa viagem. Vamos fazer isso.

Quando recuo, o sorriso de Tom tem um peso que poderia partir um coração.

– Vamos fazer outra lista – ele diz. – Em vez de ser o último item, pode ser o primeiro. Vamos começar do zero.

– Odeio isso – digo para ele, tão bruscamente que consigo ver a sombra de um sorriso em seus lábios. – Odeio muito, mas muito mesmo.

Ele ainda está com um sorriso no rosto, suave e carinhoso e comovente.

– Mas você ama Nova York.

– Amo você – digo. – E não estou falando isso pra você mudar de ideia. Estou falando pra que você nunca duvide disso, por mais longe que esteja. Estou falando porque você é tão fácil de amar que me dói pensar que você acreditou que não é. E estou falando porque sou egoísta demais pra guardar isso só pra mim.

Tom está prestes a chorar de novo, mas há um sorriso em seu rosto mesmo assim. Um sorriso discreto, que ele parece reservar apenas para mim.

– Sabe, Riley – ele diz, com a voz baixa. – Pensei a mesma coisa sobre você desde a primeira vez que te vi.

– Fui uma babaca na primeira vez que a gente se viu – eu o lembro.

Tom balança a cabeça em negativa e diz:

– Na primeira vez que você *me* viu. Eu te vi antes disso. Você estava saindo do carro com sua mãe, contando pra ela uma história sobre seu primo. Você estava dando o maior sorriso que eu já tinha visto, falando com a voz mais alta que eu já tinha ouvido, e eu simplesmente... pensei que poderia esperar pra sempre pra te fazer rir daquele jeito de novo, nem que fosse só uma vez.

É estranho sentir uma vergonha tão atrasada por algo de que não me lembro direito, mas lembro o suficiente. Até quando eu era pequena, já tinha noção de que eu era um pouco *demais*. Falava alto demais, tinha a língua afiada demais, era curiosa demais. Mesmo naquela idade, eu fazia de tudo pra não ser assim, porque estava tentando não chamar atenção pra mim mesma. Tentando não ser diferente.

Fazia um tempo que eu não pensava nisso. Não desde que encontrei nosso grupo de amigos e todas as nossas pequenas manias e peculiaridades, que foram crescendo e se encaixando umas nas outras. E definitivamente não desde que me mudei pra cá, onde me senti livre o suficiente pra falar mais alto e ter a mais língua afiada e ser mais curiosa que nunca.

Tom ajeita uma mecha de cabelo rebelde atrás da minha orelha.

– Mas você ficava tão quietinha perto da maioria das pessoas. Eu não conseguia entender. Acho que agora entendo, mas na época isso partia meu coração também. Porque acho que eu já te amava naquela época. Antes de saber o que isso queria dizer, eu já sabia o que seria. – Ele inspira tão profundamente que sinto que estou inspirando com ele, depois diz: – Se vamos colocar todas as cartas na mesa hoje, você deveria saber, Riley. Sou apaixonado por você há muito tempo. Desde antes de vir pra Nova York.

As palavras são acompanhadas por uma ternura que vem do fundo da sua alma, que me acolhe feito um cobertor quentinho depois do frio da rua. Sinto aquele palpitar logo abaixo das costelas que passei o verão inteiro sentindo, o mesmo que tentei ignorar tão desesperadamente, e pela primeira vez eu me permito sentir. Deixo que ele se espalhe pelo meu corpo – um calor silencioso, reverberante, seguro.

Nunca senti nada assim antes. É ao mesmo tempo tão estabilizador e aterrorizante que quase não sei o que fazer, exceto soltar as palavras estranguladas:

– Eu não sabia.

Ele aperta a mão que ainda está na minha cintura, uma pulsação rápida e tranquilizadora. Há uma suavidade na sua voz que quase beira a provocação.

– Porque eu não te contei. – Depois ele acrescenta, baixo: – Eu não sabia se você sentia o mesmo. Não queria colocar esse peso em você.

É justo. Eu também não sabia o que teria pensado – se estaria pronta para esse tipo de sentimento como estou agora. Eu claramente não estava pronta com Jesse, pois pensava que começar e terminar com alguém era tão fácil quanto calçar e descalçar um sapato.

– E, já que estamos botando tudo pra fora... você é o motivo de eu ter criado o aplicativo – diz Tom. – Comentei que tinha conversas imaginárias com você. Bom, na verdade, era mais, tipo... eu escrevia cartas que não mandava. *Querida Riley. Com amor, Tom.* Como se fosse um diário, só que eu só escrevia pra você. Coisas que eu queria muito te dizer. Não apenas o que estava rolando em Nova York, mas o que eu sentia por você. E só achei que... – Ele respira fundo de novo para se firmar. – Eu podia estar solitário, mas não estava sozinho nisso. Em sentir que tem coisas que você quer dizer pras pessoas que ama, mas que não está pronto pra dizer ou que ainda não sabe direito como. Me fez pensar naquelas brincadeiras que a gente sempre fazia com nossos amigos, colocando coisas nos armários deles às escondidas sem dizer uma palavra, pra eles se sentirem melhor. Daí eu tive a ideia do aplicativo. E Mariella... eu vi o que aconteceu com ela. Vi uma pessoa tão solitária quanto eu. Pensei que daríamos um bom time e, bom... o resto você sabe.

A história finalmente faz sentido, agora que entendo as origens dela. Eu estava certa. Ele não fez isso pelo dinheiro. Não fez isso nem para poder fugir. Fez isso para seguir fazendo a mesma coisa que sempre fez, mesmo que não fosse da mesma maneira – ajudar a unir as pessoas. Fazer com que se sentissem amadas.

– Eu ainda preferia que você tivesse me contado – digo. – Assim eu poderia ter sido essa pessoa pra você.

– Eu sei. Até te falei isso em algumas das cartas: "Você ficaria tão brava comigo se soubesse destas cartas" – ele diz, dando uma risada baixa. – Mas é como eu disse antes. Se eu nunca te mandasse as cartas, ainda poderia ser o Tom que era quando estava com você.

– Você sempre é esse Tom, seu bobo. Você sempre tem a mim.

Digo isso mesmo sabendo que fiz uma versão da mesma coisa com ele. Vim para Nova York por muitos motivos. Para recomeçar. Para fazer minhas próprias escolhas. Para descobrir que tipo de pessoa eu queria ser. Mas todos esses motivos eram impulsionados pela ideia de vir aqui para encontrar meu antigo eu antes de poder ser uma pessoa nova – um eu que eu só poderia encontrar em Tom, que me conhecia como eu era antes, que ainda guardava essa versão de mim em seu coração, como se ela nunca tivesse ido embora.

Mas não seria possível preservar esses velhos eus um para o outro. Somos pessoas muito diferentes agora, por bem ou por mal. Queria poder mudar as partes do passado que nos deixaram assim – poder reescrever a solidão de Tom, poder me dar o controle que eu não percebi que havia perdido até ser tarde demais. Mas então talvez não tivéssemos essa clareza que temos agora. Essa compreensão de que não temos que ser nossos antigos eus para nos encaixar, porque esse amor sempre vai mudar de forma conosco.

– Sei disso agora – Tom diz. – Espero que você saiba também. Que sempre tem a mim.

Vejo uma hesitação em seus olhos. Eu poderia insistir agora e ceder a minha vontade se eu quisesse, e tudo que bastaria é uma palavra: *Fica.*

Contenho a palavra dentro de mim, selando-a como um envelope, como minha própria carta não enviada de "Com amor". Acho que é impossível dizer essa palavra sem que eu me torne a pessoa mais egoísta do mundo.

– Fico preocupada – admito em vez disso. – Com você indo embora desta forma. Sem nem se despedir dos nossos amigos. Parece tudo muito repentino.

Tom baixa os olhos para o chão. Acontece rápido, mas percebo o laivo de decepção, quase como se ele estivesse torcendo para que eu dissesse outra coisa.

– E sem querer soar como minha mãe agora – digo, tentando manter o tom leve –, mas você conhece alguém lá além da sua tia?

Quando ele ergue os olhos de novo, aquela hesitação em seus olhos se foi. Sua expressão é branda, mas resoluta.

– Sei que parece repentino, mas já faz um tempo que pensei nisso. E me despedir de todo mundo... não quero que pareça um grande começo e um fim. É uma mudança, só isso. Vou voltar pra visitar. Nada de mais.

Ele completa a fala com um leve sorriso na intenção de me tranquilizar. Mas não sou a mãe de Tom nem nosso grupo de velhos amigos nem nenhuma das pessoas próximas o bastante para receber esse sorriso e cair nessa.

Mas concordo com a cabeça, porque ele precisa de mim para ser tranquilizado. Concordo, embora ele pareça ver minha verdade com a mesma facilidade que vejo a dele. Concordo, porque o amo e talvez essa seja sua chance de ser feliz do jeito que ele merece. Concordo, porque o amo e vou estar aqui se não der certo, assim como ele sempre vai estar aqui por mim.

Ele me abraça de novo e entendo que não é apenas um abraço, mas uma despedida. Sinto aquelas velhas palavras se infiltrando em mim como fizeram tantas vezes na infância: *E se a gente for totalmente diferente quando você voltar?*

Só que, desta vez, não é uma questão de *e se*. Já somos diferentes; e sempre vamos ter isso de um jeito ou de outro.

Não nos beijamos. Não fazemos nosso aperto de mãos. Por um momento, é quase como Tom disse: nem um fim nem um começo, apenas algo que está acontecendo agora. Então ele me abraça um pouco mais forte, diz que vai me mandar mensagem quando chegar e, no momento em que sai do meu alcance, consigo sentir meu coração tirando um instantâneo deste momento – da fração de segundo excruciante entre o antes e o depois; o último momento que tenho para dizer seu nome ou deixar que ele vá embora.

Ele fecha a porta ao sair, um parêntese estranho fechando o verão com cada um de nós em lados opostos da parede. Fico ali, inteiramente insegura do que fazer comigo mesma por alguns longos minutos, até me dar conta de que só existe uma coisa que posso fazer. Pego o celular e ligo para minha mãe.

– Tom está indo embora de Nova York – digo, de um fôlego só.

Por mais inexplicável e impossível que pareça, minha mãe diz:

– Eu sei.

Não pergunto como é que isso pode ser verdade, porque, neste momento, quase não importa. Só preciso ouvir a voz dela, e sei que ela pode ouvir a minha.

– Além disso, estou apaixonada por ele.

Sua voz é mais suave.

– Eu sei.

E então, finalmente, com um peso insuportável de decepção e alívio, começo a chorar.

Capítulo vinte e três

Passo o dia seguinte fugindo da ausência de Tom e, no começo, é fácil. Tenho que encontrar Eddie e Dai para ajudar a levar um sofá usado para o apartamento novo enquanto Jesse está trabalhando numa loja de guitarra. Tenho que arrumar as últimas coisas espalhadas pelo apartamento. Tenho uma entrevista final para um emprego de barista em um café charmoso, uma portinha para a qual alguém não daria nada na East Village, frequentado por Mariella desde criança.

Era para eu estar nervosa pela entrevista, mas é ali na cafeteria que me sinto mais segura do que no resto do dia. Não é só que ele é aconchegante e acolhedor, com suas paredes marrons e espreguiçadeiras desgastadas e piscas-piscas amarelos na parede. É que todos aqui se conhecem – sabem com o que trabalham, como tomam seu chá, quais são os nomes de seus pets. Há uma parede dos fundos tão coberta de panfletos que não dá nem para ver o papel de parede atrás dela, com propagandas de shows iminentes de bandas indies, oficinas criativas, trabalhos estranhos na comunidade. Quanto mais tempo passo em Nova York, mais tenho a impressão de que não é o universo novinho em folha que eu imaginava – é apenas o lar de uma centena de milhares de pequenos universos como este, que existem uns pertinho dos outros, às vezes nunca se tocando, às vezes se dividindo para criar algo novo.

Olho para aquela parede de panfletos e sinto como se fosse a manifestação de todas as Rileys que eu poderia ser aqui, que vou ter a chance de experimentar. Entro na entrevista com um sorriso radiante e seguro. Mostro todos os truques que aprendi à sombra da minha mãe na cafeteria lá da minha cidade. Saio não apenas com uma proposta de emprego, mas com uma pergunta sincera:

– Quando você pode começar?

Abro a boca para dizer *amanhã*, mas, em vez disso, digo:

– Tudo bem se eu começar na semana que vem?

Algumas ideias me vêm à mente nesse momento. Vou fazer uma viagem sozinha; oito itens e meio de nove ainda é melhor do que oito. Vou pegar o trem para o norte, para onde iríamos acampar, e dar uma volta pela cidadezinha perto do camping. Vou comprar uma passagem de ônibus para visitar uma das locações de *Marés do tempo* perto da cidade que sempre pensei em ver. Vou levar meu caderno em branco para algum lugar para tentar ter ideias para o concurso de contos que me manteve acordada todas as noites essa semana, ainda em dúvida sobre se quero ou não me arriscar. Vou pegar um metrô, um trem, um ônibus, apenas por um tempo, só para sair da minha cabeça, mas isso não impede minha cabeça de fazer exatamente o que fez ontem à noite: dar voltas e voltas.

Preciso ir para casa.

Isso deveria ter ficado claro durante a conversa breve e praticamente unilateral que tive com minha mãe ontem à noite. Ela permaneceu comigo na linha pelo maior tempo que pôde, mas ela tinha que fechar o café, então praticamente tudo que fiz foi desabafar: falei que estava determinada a não me apaixonar por Tom, mas que me apaixonei mesmo assim. Que ela estava errada sobre ele ser a pessoa que forçava as coisas, porque ele estava sendo a pessoa que cuidava de todos durante o verão. Que eu estava com medo por ele, porque ninguém cuidou dele durante todos esses anos, e agora ele estava indo embora.

Minha mãe não tentou discutir comigo – nem chateada ela ficou. Ela apenas disse muitos "eu sei" naquele tom reconfortante que as mães fazem quando você não sabe se elas sabem mesmo ou não, mas não importa, porque elas sabem de *você*.

Ela tentou ficar na linha por mais tempo, mas falei para ela ir quando ouvi pessoas a chamando. Prometi que falaria com ela no dia seguinte. Mas, agora que falei com ela, a dor da saudade é profunda demais para ser ignorada. É como se ouvir o "eu sei" dela me permitisse finalmente inspirar fundo o bastante para sentir a profundeza desse sentimento.

Preciso conversar com ela cara a cara. Não apenas sobre tudo que contei ontem à noite, mas sobre tudo que evitei falar durante o verão todo, e ainda mais. Todos ao meu redor já foram corajosos este verão, seguindo suas paixões e tendo conversas difíceis e começando do zero. Passei o tempo todo torcendo por eles, mas fui uma hipócrita. Está na hora de seguir seus exemplos e ser corajosa também.

Minha mala já está pronta, então é só descobrir qual ônibus da rodoviária de Port Authority vai me levar mais rápido de volta à Virgínia. Meu nariz está afundado nas tabelas de horários quando abro a porta para sair do apartamento de Tom e dou de cara com minha mãe do outro lado.

Por um momento, ficamos atordoadas demais para reagir, como se nós duas estivéssemos nos recuperando da sensação inquietante de quase dar de cara com um espelho, porque nossas expressões vacilam ao mesmo tempo. Então nossos braços se estendem tão rápido que já estamos enroscadas antes mesmo que eu consiga dizer a palavra "*mãe*".

Ela me abraça com força, cheirando a café e xampu de lavanda e lar. Ficamos ali paradas na porta por tanto tempo que parece que ficamos um milênio separadas em lados opostos do mundo. Sinto que mudei tanto, mas que também existem certas coisas que não vão mudar nem se eu tentar, o que é reconfortante. Sempre tivemos isso, e eu reconheceria essa sensação antes mesmo de ter as palavras para ela – nós duas somos um time. Podemos ter desejado coisas diferentes nos últimos anos, mas, no fundo, ainda somos as mesmas. Ainda desejamos tudo que há de bom uma para a outra porque, por muito tempo, fomos tudo que havia uma para a outra.

Ela me solta, mas continua com as mãos nos meus braços, olhando-me de cima a baixo como se quisesse confirmar que estou aqui. É só então que ela vê a mochila nos meus ombros, e suas sobrancelhas se erguem, questionadoras.

Olho para ela de cima a baixo também. Para sua boa e velha camiseta floral vermelha e sua calça jeans desbotada e seu cabelo tão ondulado e descolorido pelo sol quanto o meu, como ficamos todo verão.

– Estava com saudade – digo. – Que bom que você apareceu agora, senão estaríamos nos cruzando em sentidos opostos na I-95.

Minha mãe me dá outro abraço, arrancando a mochila dos meus ombros e nos fazendo voltar à sala. Ela nunca esteve aqui antes, mas isso não a impede de descobrir facilmente, sabe-se lá como, que a porta escondida na cozinha de Vanessa é na verdade a geladeira, e pega duas águas com gás. Ela me dá uma enquanto paramos na janela que ocupa a parede toda, contemplando a vegetação do Central Park, a extensão do centro de Manhattan e o trânsito zumbindo na rua lá embaixo.

– Uau – ela fala. – É como estar no topo do mundo.

Quero sorrir, mas há algo na maneira como os olhos dela admiram a vista, silenciosa e reverente, que pesa em mim: a compreensão de que eu estava certa. Que, apesar de todo o discurso de "faça o que digo, não faça o que faço", ainda somos iguais – consigo reconhecer tudo o que sinto sobre este lugar refletido nas luzes em seus olhos.

Nenhuma de nós faz menção de se sentar. Ficamos apenas contemplando a vista.

– Nada comparado com a parede de tijolos do beco escuro do apartamento novo da banda – brinco.

– É, aposto que não – ela diz, contrafeita. Seus ombros relaxam um pouco, resignados. – Você não estava pretendendo voltar de vez, estava?

Passa-se um segundo em que ainda tenho medo demais de responder. Consigo ver que ela já aceitou, mas sinto como se fosse algo mais profundo até do que isso. A maneira como Tom insistiu que sua partida não era um grande começo nem um fim – finalmente dizer para a minha mãe cara a cara transformaria essa decisão nisso. Nem um grande começo nem um fim, de uma vez por todas.

– Não – admito. – Eu deveria ter te falado antes. Eu só… estava com saudade. Não queria afastar você de novo.

Ela balança a cabeça em negativa.

– Você não me afastou. Eu estava… tentando te dar espaço

pra deixar que você tomasse suas próprias decisões. Eu estava focada nas decisões que tomei na sua idade. Mas sei que isso não foi justo com você.

– Bom – digo, olhando para o quarto vazio de Tom. – Você ainda pode ter seu momento "Eu avisei" sobre essa coisa de eu me apaixonar por Tom.

Estou dizendo isso em parte para aliviar a tensão, mas também para ela não ter que dizer o que sei que deve estar na ponta da língua dela desde o momento em que atendeu minha ligação ontem à noite. Em vez disso, ela espera até eu olhar em seus olhos e diz com cuidado:

– Talvez. Mas já conversamos tanto nas últimas semanas que nós duas sabemos que o que você está tentando fazer aqui não tem nada a ver com ele.

O alívio de ouvi-la dizer isso é como água fresca nas minhas veias. Tom estar aqui não tinha nada a ver com o verdadeiro problema do qual eu estava fugindo nem com o futuro que eu estava perseguindo. Amar Tom é algo independente disso. Estou aprendendo que boa parte de amar é isso – dar espaço em nome do futuro um do outro. Tipo quando Tom se recusou a me deixar ir com ele. Quando eu não pedi a ele que ficasse.

Mas sinto falta dessa mesma resolução com minha mãe, porque não é a mesma coisa. Ela já viveu uma versão dessa vida que escolhi. Desde que estou aqui, este tem sido um ponto de atrito ente nós, mas agora que chegou, estou entendendo que isso nunca deveria ter acontecido. Deveria ter sido um ponto pacífico.

– Eu estava errada em achar que você e Tom se meteriam em encrenca, mas você também precisa entender minha posição. – Os olhos dela descem do meu rosto para a vista à frente de nós e, por um momento, penso que nem ao menos estamos olhando para a mesma Nova York. – Sei que você já ouviu um pouco ao longo dos anos. Mas, quando cheguei aqui, eu tinha exatamente a idade que você tem agora. Eu tinha grandes sonhos sobre ser artista, mas nunca fiz um plano. Eu me envolvi com uma pessoa em quem pensei que poderia confiar. Achava que ele era meu melhor amigo também. Não demorou pra eu me deixar levar pelo mundo dele em vez do meu, porque era assim que ele queria que fosse. Tudo tinha a ver com a música dele. As festas. Os shows. As viagens. Antes que eu me desse conta, estava esgotada e dura e passando mais tempo tentando sustentá-lo do que me sustentando. Perdi o controle sobre mim antes que eu me desse conta de quem eu era.

Há muito mais que eu queria perguntar para ela sobre isso enquanto a porta inesperada para seu passado está aberta, mas ainda estou enrolada no presente. O machucado daquela conversa que tivemos no começo do verão ainda não cicatrizou. Preciso voltar nisso antes para que ele possa se curar.

– E aí eu cheguei – provoco.

Minha mãe balança a cabeça, virando-se para mim e dizendo com firmeza:

– Eu tinha perdido o controle dos meus planos antes disso. Fazia meses que eu não fazia nenhum teste de seleção de atrizes. Sei que não conversamos muito sobre isso, e é principalmente porque eu não queria que você achasse que tinha alguma coisa a ver com por que desisti desses sonhos. Preciso que você saiba que saí de Nova York antes de descobrir que teria você.

Ela espera, como se quisesse ver o alívio em meu rosto, mas não o sinto ainda. Volto ao machucado com mais intensidade.

– Você estava com muito medo de que eu fosse cometer o mesmo erro e acabaria grávida também – eu disse, incisiva.

Ela coloca a água com gás na mesa e põe as mãos em meus ombros, esperando que eu olhe em seus olhos.

– É isso que eu deveria ter deixado claro desde o começo. O erro nunca foi esse, Riley. Eu estava me perdendo em nome de outra pessoa. Não preciso que você vá a determinada faculdade ou more em determinado lugar. Só preciso que você viva sua própria vida, em seus próprios termos. – Ela me aperta de leve enquanto seus olhos se umedecem. – Tenho sorte de ter dado um jeito de fazer isso lá em casa depois do meu tempo aqui, mas eu só... você é tão vigorosa e tão parecida comigo naquela época, e a última coisa que quero é ver essa sua chama ser apagada por outra pessoa.

Meus olhos também estão lacrimejando, e falo, cheia de frustração:

– Mas é isso que não entendo. Você viu Tom crescer. Você sabe que ele não é assim.

– Sim – ela responde, com cautela. – Mas, mesmo assim, vocês dois têm um histórico de encrenca. E podia ser tudo inofensivo, mas foi difícil pensar isso quando o resto dessa história me deixou tão atordoada... você se mudou tão de repente e praticamente pra morar na casa dele. Era como ver meu eu do passado numa máquina do tempo. Ainda mais no começo, quando parecia que você não tinha um plano. Eram tantos paralelos. Fiquei assustada.

– Também fiquei assustada – eu disse, subitamente insegura, com as bochechas ardendo pelo estranho alívio da confissão. – De ficar aqui sem você. E achar que... você estava brava comigo por isso. Que talvez tivesse sido eu a responsável por estragar tudo pra você, se você queria isso tanto quanto eu quero agora.

Ela me envolve em seus braços depressa e fala com firmeza em meu ouvido:

– Eu me arrependo muito de como lidamos com esse verão, mas, se você pensou, mesmo que por um segundo, que não foi a melhor coisa que já me aconteceu, esse é de longe meu pior arrependimento. – Ela recua para me olhar nos olhos de novo, segurando-me ali. – Você é tudo pra mim, e sou grata todos os segundos da minha vida por tudo o que construímos juntas.

Não é nada que eu já não soubesse, nada que ela já não tenha me falado com outras palavras antes. Mas isso me toca de outra forma agora, penso, porque é a primeira vez que não fomos apenas mãe e filha, mas duas adultas. Antes que eu me dê conta, estamos as duas piscando para conter as lágrimas.

Ela solta meus ombros e fala, tão emocionada quanto eu:

– Eu estava com medo de perder você, e você deve saber que nunca vou deixar de sentir isso. Mas sei que as coisas precisam ser diferentes agora. Você é você, por mais que lembre a antiga eu.

– Mãe – falo, entre lágrimas, tentando rir. – Eu nunca, jamais, usaria botas de strass da Ugg.

Ela abre um sorriso irônico.

– Não critica antes de experimentar.

Vamos para o sofá e nos sentamos lado a lado, de frente para a vista ampla da cidade. A maneira como as luzes se projetam em seu rosto me dá a impressão de estar deslocada no tempo. Como se eu estivesse olhando para uma versão dela de antes de eu existir, uma versão que deve ter sentido a mesma magia no brilho daquelas luzes, que andou pelas mesmas ruas e sonhou os mesmos sonhos.

– Somos iguais, mas não somos – digo, baixinho. – Porque você tem razão. Vim aqui sem um plano. Ainda não sei se tenho um. Mas quero descobrir quem eu sou, e acho que... é isso que a cidade faz. Me dá espaço pra descobrir. Pra fazer um plano um dia, mesmo que eu não tenha um agora.

Ela acena com a cabeça devagar, assimilando o que falei. Eu me preparo para suas objeções. Para ela me lembrar de que estou sem ela, ou minhas tias ou meus primos aqui. Que, a partir de amanhã, vou morar num lugar que mais parece uma gaveta de armário e trabalhar no mesmo emprego que eu poderia ter arranjado na minha cidade, e ainda por cima poderia estar guardando esse dinheiro.

Em vez disso, ela diz:

– Quando você virou tão adulta?

Sinto meu rosto corar.

– Engraçado como essa coisa de passagem do tempo funciona.

Ela se afunda mais no sofá, e eu também. Há algo nesse ponto da conversa que já me traz um alívio antes mesmo que ela termine. Essa sensação de que podemos dizer o que precisa ser dito agora, e que o que quer que estejamos abrindo em nós mesmas vai dar um jeito de se fechar.

– Desculpa por não ter escutado antes – minha mãe fala, virando a cabeça para olhar para mim. – Vou tentar melhorar. Mas é uma via de mão dupla, Riley. Você tem que conversar comigo também. Eu não fazia ideia de que você estava tão chateada com os seus horários.

Demoro um momento para responder, apenas porque, apesar de todo o ressentimento dos últimos anos, nunca cheguei a ter uma conversa de verdade sobre isso. Não parecia que podíamos conversar.

– Eu não estava só chateada. Eu odiava ter tudo decidido por mim. Odiava não ter tempo pra fazer o que queria, como escrever ou explorar ou só... ficar com meus amigos. – Agora que comecei, o resto transborda de mim, quase mais rápido do que consigo acompanhar. – Eu sentia que você estava rejeitando todas aquelas partes de mim, e foi ainda pior quando percebi que você estava usando isso pra me manter longe de Tom. Como se você não confiasse em mim pra ficar longe de encrenca ou pra escolher meus próprios amigos. Mas não falei nada, porque achei que você sabia como eu me sentia e só... não ligava.

A última parte é apenas meia-verdade. A outra verdade é que eu não queria complicar as coisas. Ficar amiga de Tom na infância me deu uma nova perspectiva sobre maternidade solo, porque ele e Vanessa sempre tiveram uma vida muito confortável. Acho que, até então, eu não tinha entendido o quanto minha mãe precisava se esforçar para me dar as mesmas coisas que Vanessa dava a Tom, e a última coisa que eu queria era tornar tudo ainda mais difícil para ela.

Mas não posso dizer isso. Acho que ela já deve saber, porque há muitas coisas que ela também fez para esconder isso de mim, para eu não ter que me preocupar. Tanto que estou começando a entender que a questão não é bem que não nos entendemos, mas sim que nos entendemos até demais.

– Sou sua mãe. Eu sempre ligo – ela diz. – Mas nós duas ficamos tão ocupadas nos últimos anos que eu só... desculpa se pareceu que eu estava te rejeitando e se você sentiu que tinha que fazer alguma coisa pra me fazer feliz. Tudo que eu queria era que *você* fosse feliz. Mas sempre pensei mais no longo prazo e, pra mim, isso significava manter você longe de encrenca, e pensei que isso significava manter você longe de Tom. Isso me parecia a coisa certa a fazer. Algo que não tive com meus pais, tanto que passei a maior parte do tempo achando que eles não ligavam. Isso me chateava tanto que eu sentia que tinha que causar confusão pra mostrar algo pra eles.

Minha garganta se aperta, porque me lembro de Tom de um jeito tão dolorido que sinto o sofrimento por ele de novo, só que mais profundo dessa vez, porque também sofro pela minha mãe.

– Nunca soube disso – eu digo.

– Eu não te contei, e devia ter te contado. Ainda mais agora que suas tias abriram a boca – ela fala, revirando os olhos.

Escolho minhas palavras seguintes com cuidado.

– Acho que isso poderia ter me ajudado a entender suas motivações. Eu não estava... eu sempre soube que você se importava – esclareço. Acho importante que ela saiba disso.

Tanto é que ela baixa a cabeça por um breve momento, como se esse talvez realmente fosse um dos medos dela. Como se talvez fosse isso que tivesse motivado toda a sobrecarga e superproteção dos últimos anos. A narrativa na minha cabeça começa a mudar e entendo que essa conversa precisa se aprofundar para chegarmos ao outro lado.

– Sempre soube que posso contar com você. Mas a maneira como você se envolvia... se envolvia demais... dava a impressão de que você não confiava em mim – digo.

– Às vezes eu não confiava – ela admite. – Sempre confiei em suas intenções. Mas em seu discernimento... bom. Eu não contei o que fazia na sua idade porque tinha medo de que isso pudesse te incentivar a se meter em mais encrencas do que já se metia.

Ela já soltou variações disso antes, e são armadilhas das quais não consigo me desvencilhar. Nunca precisei de ideias. Não me faltavam ideias próprias, e elas vinham de um lugar completamente diferente do que ela imagina.

Acho assustador contestá-la, mesmo agora que estamos mais receptivas do que nunca. Não é só o medo de que isso a deixe chateada, mas é estranho apontar as diferenças entre nós, a desconexão.

– Mas nunca quis me meter em encrenca. Eu só queria explorar. – Penso no que Tom me disse no terraço na outra noite, sobre ter tanto potencial por ser curiosa. Não soube como processar essas palavras naquele momento, mas agora estou começando a enxergar a verdade nelas. – Todas aquelas coisas em que nos metíamos quando éramos crianças... era só porque queríamos aprender coisas, queríamos ver do que éramos capazes. Passamos boa parte deste verão fazendo isso.

– Eu sei – ela fala. Não de um jeito relutante, mas confiante, como na outra noite. Como se ela soubesse muito mais sobre nosso verão que os simples detalhes que discutimos por mensagem.

Eu a observo com atenção.

– Você sabe – digo, com o "como?" bem implícito.

– Sim – minha mãe responde. – Você estava certa sobre Tom. Ele estava mesmo cuidando de você. Quando a gente não estava conversando, ele me atualizava sobre o que vocês estavam fazendo. Ele disse que não queria que eu me preocupasse.

Fico imóvel, porque é muita coisa para digerir de uma vez. Tom estava escondendo mais um segredo de mim, assim como fez com o aplicativo.

– Espero que você não fique brava com ele – ela fala rapidamente. – Tenho a impressão de que ele estava preocupado por causa da relação dele com Vanessa.

Não estou brava. Na verdade, estou até um pouco triste. Sei que esse jeito de Tom de guardar segredos é só mais uma maneira discreta de tentar proteger as pessoas a seu redor, seja ou não a melhor maneira de agir. Ele não queria que a relação com a minha mãe seguisse o mesmo caminho da dele, e essa era a única forma que ele encontrou de intervir.

É uma coisa muito Tom de se fazer. Mais uma vez, ele se isolou e assumiu os problemas dos outros. Fico ainda mais preocupada, agora que ele está indo para o meio do nada, mais isolado que nunca.

Por isso, faço que não com a cabeça.

– Não estou brava. Mas é, a situação com Vanessa... bom, por falta de uma palavra melhor, está uma merda.

– Deduzi isso. – A voz da minha mãe é tensa. – Vanessa e eu também mantivemos contato por um tempinho. Eu tinha o antigo e-mail dela e quis chamar atenção escrevendo logo no assunto de um jeito não muito educado que vocês estavam aqui sem supervisão e ela estava lá, tranquilona. Sempre odiei como vocês dois conseguiam fugir bem debaixo do nariz dela quando eram crianças.

Contenho o impulso de sorrir, porque Tom e eu contávamos com isso em todas as nossas aventuras. Mas o impulso desaparece depressa porque, assim como escapávamos debaixo do nariz dela, ela deixou que Tom também lhe escapasse completamente.

– Depois que o verão passou e eu estava falando com você e Tom separadamente, passei a mandar e-mails menos por preocupação pelo que vocês dois estavam aprontando e mais por preocupação sobre o que estava rolando entre Tom e Vanessa – diz minha mãe.

– Você sabia que ela estava mandando coisas pra ele pelo aplicativo?

Ela inclina a cabeça.

– Que aplicativo?

– Existe um aplicativo em que as pessoas podem mandar presentes anonimamente – explico. – Eles entregam pela cidade toda. E, por algum motivo, Tom ficava recebendo presentes toda vez que estávamos fazendo alguma coisa da nossa lista... hum. Toda vez que estávamos com nossos amigos.

– A Lista de Refúgios – ela fala.

Minha pele se arrepia, tão despreparada para ouvir essas palavras saindo da boca dela que a culpa nem sabe onde se encaixar.

– Você sabe da lista?

Sua mochila ainda está em nossos pés. Ela a abre e tira algo que eu tinha certeza de que nunca mais veria de novo: meu capelo de formatura. Ela o vira para mostrar o lado de dentro, onde minha versão da Lista de Refúgios está colada e ainda muito intacta.

– Ah – digo, e antes que eu possa pensar duas vezes: – Merda.

– Você nunca me falou dela – ela diz. Estou aliviada por não ouvir nenhuma ironia em seu tom, embora ela pareça triste. – Por que não?

E aí vem a parte que eu estava evitando; a verdade que não temos mais como contornar.

– Eu não queria que você se sentisse mal. Sei que parte disso era você nos mantendo separados, mas também sei que parte disso era porque estávamos sozinhos.

Ela coloca o capelo no meu colo e não fala nada por alguns momentos, mas não há tensão no silêncio. Apenas compreensão.

– Acho que todos os pais se sentem assim em relação aos filhos. Querendo dar mais do que podem. – Ela baixa os olhos apenas o suficiente para eu saber que é melhor não desviar o olhar. Que essas são as palavras que ela mais precisa que eu ouça. – Mas você não tem que me proteger desse tipo de coisa. Sou sua mãe. Sempre vou querer mais pra você. E sempre vou estar aqui, por mais velha que você fique.

Eu me inclino para frente e ela me puxa de volta para seus braços, e fico grata não apenas por ser a Riley de dezoito anos que sou – a Riley que tem dezenas de abas de escrita abertas no Google Docs e amigos para toda a vida e todo um futuro em que se aprofundar –, mas por todas as versões da Riley que nunca fui. Aquelas que sempre, sempre souberam que esse é meu lugar seguro para pousar.

Nós nos afastamos, ambas um pouco sentimentais de novo. Tenho a impressão de que isso vai acontecer muito hoje. Baixo os olhos para o capelo de formatura que pensei que nunca mais veria de novo, correndo um dedo pelos itens não cumpridos da lista que hoje está praticamente toda zerada. Com exceção de um item – o mesmo que está em algum lugar da Carolina do Norte agora, mais longe do que nunca.

– Se Vanessa sabia pra onde enviar coisas pro Tom antes de vocês saírem em suas aventuras, devia ser porque eu estava contando pra ela. Achei que talvez, se eu a mantivesse informada, ela faria um esforço pra se aproximar por conta própria.

Abro a boca para perguntar como é que minha mãe manteve contato com Vanessa se nem Tom conseguia na maioria das vezes, mas muitas memórias antigas vêm à tona e respondem por mim. Houve um tempo em que ela e Vanessa também eram amigas.

Um tempo que antecedia minha amizade com Tom. Quando Vanessa era como mais uma irmã mais velha para a minha mãe, e minha mãe devia ser como a amiga divertida e sem julgamento que Vanessa nunca teve em seu trabalho corporativo antes de pedir demissão para escrever.

Elas já foram próximas. Tão próximas que parece estranho pensar em como se distanciaram. Mas acho que Tom não foi único que Vanessa deixou cair no esquecimento nessa escalada. Isso me dá um novo contexto para todas as vezes que minha mãe não quis que eu viesse aqui, para o motivo de ela ficar tão preocupada que Vanessa não estivesse em casa para nos "supervisionar" quando finalmente vim. Ela entendeu antes de mim – e até antes que Tom compreendesse direito – que Vanessa estava se dissociando das pessoas que ela ama. Eu me pergunto quantas vezes minha mãe deve ter tentado, sem sucesso, se reaproximar dela.

Puxo os joelhos para cima do sofá e me apoio nela.

– Ela escolheu um jeito estranho de fazer isso.

Minha mãe concorda.

– Não recebi muitas notícias dela, mas, quando me dei conta de como a situação estava grave, falei a ela que deveria ligar pro Tom com mais frequência. Saber o que realmente estava rolando na vida dele. – Ela apoia a cabeça na minha. – Talvez essa tenha sido a forma dela de começar.

Meus olhos se enchem de lágrimas de novo, em parte por causa de Tom, mas sobretudo porque há algo de arrebatador em saber que eu e minha mãe passamos o verão silenciosamente no mesmo time. É como se em certa medida a ordem tivesse sido restaurada, sabendo que nós duas ainda pensamos da mesma forma, torcemos pelas mesmas coisas.

– Não quero que você pense que estou fugindo de você – digo, emocionada de novo. – Sair de casa foi a coisa mais difícil que já fiz na vida.

Ela passa a mão no meu cabelo e diz:

– Eu sei. – Então acrescenta: – E sei que não deve parecer assim, pelas histórias. Mas também foi pra mim quando saí de casa.

Ela sempre foi próxima dos meus avós, mas passei tempo demais na bolha coletiva da minha família para não saber que ainda havia um certo resquício de tensão entre eles. Tensão essa que certamente chegou a um ponto crítico quando ela tomou seu próprio rumo pela primeira vez.

As palavras me escapam nesse momento, porque toda minha bravura sobre Nova York ainda guarda um medo profundo.

– Se eu ficar... vamos ficar bem, eu e você?

– *Quando* você ficar – minha mãe me corrige. – E, Riley, claro. Desculpa se demorei pra me acostumar com isso. É um território novo pra nós duas.

– Vou te visitar – prometo.

– Que bom – ela diz. – E, se eu não for estragar sua reputação com o fantasma das botas da Ugg, eu adoraria vir te visitar também.

As luzes distantes já estão brilhando pela janela faz um tempo, mas parecem estar projetando um calorzinho novo agora. Como se algo tivesse finalmente sossegado entre nós e, agora, o peso fosse tirado dos nossos ombros, nos dando espaço para respirar.

– Pode me mostrar todas as suas assombrações antigas – digo com um sorriso irônico.

– Posso mostrar uma margem muito estreita delas, e não porque eu não confie em você, que fique claro. É só que não consigo olhar nos olhos de ninguém que se lembre de como eu era com o cabelo verde com strass.

– Não acredito – digo, encantada.

– Pode acreditar – ela fala, com um ar sombrio. – Pode ignorar o resto dos meus conselhos se quiser. Mas já aviso, minha minieu, que nem eu nem você ficamos bem com aquele visual.

Eu me aconchego nesse momento, sentindo uma centelha de travessura que não sinto há muito tempo em uma conversa com minha mãe.

– Você vai finalmente me contar da sua época na cidade, então? Eu nem sabia que você queria atuar.

Ela faz algo que eu não a via fazer desde que teve um *crush* no meu professor do quinto ano: ela genuinamente cora.

– Faz tanto tempo – ela diz. Por um instante, penso que ela vai deixar por isso mesmo, que finalmente ultrapassei o limite de aonde essa conversa pode chegar, até que ela acrescenta: – Mas sim, vou te contar. Sob a condição de que você tire só um pouco de sarro de mim. E que me conte sobre suas travessuras também.

Estendo a mão.

– Posso concordar com a maior parte desses termos.

Ela solta uma risada exasperada, pegando minha mão para apertá-la.

– Você é tão sortuda por ser minha filha favorita.

Sorrio. Tenho sorte mesmo. Sorte de, aonde quer que eu vá, ter dois lugares para chamar de casa: um está aonde meu coração me levar, e o outro está bem aqui, desde sempre. Sorte de, por mais tempo que se passe e por mais diferente que eu me torne, o conforto das duas coisas ser exatamente o mesmo.

Capítulo vinte e quatro

Minha mãe passa o resto do dia comigo, nós duas trocando histórias de Nova York e dando voltas pelo Central Park e tomando um café no West Village, onde alguém, inclusive, a reconhece como a "Genny de cabelo verde!" e minha mãe parece que vai morrer ali mesmo. Mas não deixo de notar que ela fica inegavelmente surpresa quando a pessoa atrás do balcão se inclina e me diz como quem conta um segredo:

– Ninguém conseguia arrasar tanto no karaokê quanto sua mãe. Deixava Shania Twain no chinelo.

Ao fim do dia, ela parece quase transformada – como se o brilho que sempre vi sob a superfície estivesse irrompendo a cada esquina que passamos, a cada lembrança maluca e completamente estapafúrdia que elas trazem consigo. Ela está praticamente elétrica quando me dá um abraço de despedida para entrar no mesmo ônibus que eu quase peguei ontem à noite. É uma inversão de papéis estranha ser eu quem dá tchau no meio-fio e a vê indo embora, mas combina conosco. Com o tempo, vamos nos acostumar.

Tom é fiel a sua palavra. Ele me manda mensagem quando chega e algumas outras durante o dia. Conversamos ao telefone à tardinha. Ele me conta que vai trabalhar na parte digital da vinícola da tia e também vai a atender os clientes na recepção depois que eles fazem os tours de hora em hora. Conto que fui adicionada a um grupo de *chat* absolutamente sem lei com a banda enquanto vamos juntando um monte de móveis descartados coletados em sarjetas aleatórias e lojas de móveis usados. Conto sobre a vinda da minha mãe, e ele fica tão genuinamente aliviado que chamo a atenção dele de leve por ter trocado mensagens com ela nas últimas semanas.

– Desculpa – ele diz, com sinceridade. – Só comecei a fazer isso quando você disse no começo do verão que estava triste por não estar conversando com ela. Acho que eu só... não sei o que pensei.

Eu sei o que ele pensou, mas faço algo que tenho feito muito com Tom nos últimos tempos, por mais que isso me faça me odiar um pouquinho. Evito a verdade junto com ele.

Nesse meio-tempo, todos em nosso grupinho estão muito ocupados – Mariella fazendo compras com os primos para sua viagem para Porto Rico, Luca fazendo hora extra para os pais, pois um de seus irmãos está fora da cidade, Jesse e eu com a mudança –, e demora dois dias para todos nos encontrarmos de novo e os outros descobrirem que Tom já foi embora.

No começo, estamos todos espantados demais para que a ficha caia completamente – eu porque imaginava que Tom tinha contado para os outros individualmente, eles porque estão confusos por eu ter deixado isso acontecer.

– Você só tinha uma tarefa, Riley. Uma tarefa! – diz Mariella.

– E você deixou Tom sair da cidade sem que a gente desse uma festa de despedida barra sequestro.

– Infelizmente Tom tem uma coisa chamada "livre arbítrio" – retruco, sem fazer contato visual com ninguém.

– Livre arbítrio é o caralho – ela fala tão alto que faz Dai se sobressaltar enquanto vira a panqueca.

– Essa feia é sua – Dai avisa para ela, quando metade da massa cai fora do molde circular.

Desde que nos mudamos, panquecas são basicamente tudo o que consumimos, graças ao monte de farinha e açúcar a granel que compramos. Começou com as panquecas americanas da minha mãe, depois com os crepes suecos do pai de Eddie, e agora as panquecas japonesas fofinhas da mãe de Dai. Não sei nem descrever como foram desastrosas todas as nossas tentativas coletivas de preparar essas panquecas em nosso fogão ancestral, o que torna ainda mais engraçado que Dai ouse se referir a qualquer uma delas como "feia", mas pelo menos todas estão deliciosas.

– Incorreto. Sou bonita demais pra panquecas feias – Mariella retruca. Ela passa os olhos pelo resto do apartamento, o que não é difícil, considerando que ele tem o tamanho de uma caixa de fósforos, fazendo contato visual com o resto dos nossos amigos. – Vamos mesmo deixar passar essa história de Tom? Tipo, porra. Ele saiu escondido da cidade.

Cai um silêncio desconfortável que tenho quase certeza de que cabe a mim preencher porque, sem Tom aqui, sou a coisa mais próxima de uma representante dele. Estou tão dividida que não sei o que dizer: o que realmente sinto ou o que sei que Tom gostaria que eu dissesse para deixar todo mundo tranquilo.

Mas aí é que está. É Tom quem sabe o segredo para deixar todo mundo tranquilo. Sou eu quem uniu este grupo, tentando lhe dar algo que ele me deu quando tínhamos oito anos – um grupo de amigos em que ele pudesse confiar. Mas é Tom quem nos mantinha unidos. Quem aliviava a tensão com apenas algumas palavras ou uma risada tranquila. Quem sempre tinha a solução ou via o lado bom de qualquer empecilho. Quem às vezes deixava as pessoas à vontade apenas com sua presença, com aquele seu jeito tranquilizador e sem julgamentos.

Faz só poucos dias, mas sinto que tudo fica tenso sem ele. Como se estivéssemos todos sofrendo para encontrar um ritmo novo uns com os outros, já que Tom era o baixo constante sob nós. Sinto uma pontada de culpa. Por mais que eu me preocupasse com como a partida de Tom me afetaria, não pensei tanto em como isso afetaria os outros também. Jesse conhece Tom há mais tempo até do que eu, tanto que Tom devia ser como uma âncora para ele neste novo lugar. Mariella foi o colete salva-vidas recíproco de Tom. Luca, sempre o primeiro a se autodepreciar, começou a quebrar gradualmente esse hábito com as pequenas formas leves de Tom valorizá-lo.

Eu costumava pensar que Tom era como o sol, atraindo-nos todos para sua órbita. Mas não é necessariamente que as pessoas seguem Tom. É só que ele as ajuda a se equilibrarem. Ele é a matéria discreta que nos une.

Está na cara que demorei tempo demais para decidir o que dizer, porque o lábio de Mariella se contorce para o lado.

– Observei Tom nos últimos quatro anos e, bom… ele virou uma pessoa completamente diferente este verão. Mas antes disso ele era, tipo, tão solitário que todos estávamos a isso aqui de espalhar boatos de que ele era um vampiro. E agora ele foi parar numa vinícola cheia de adultos tão sem graça que parece um nível avançado de solidão.

Jesse dá meio passo da cozinha para o sofá com uma expressão igualmente preocupada no rosto.

– Pois é. Mandei um monte de mensagens depois que ele se mudou pra cá e não recebi praticamente nada. Eu só sabia que ele não tinha sido recrutado pra uma missão em Marte porque às vezes ele conversava com Riley. E estou com a impressão de que a mesma coisa já está começando a acontecer – ele diz, erguendo o celular para mostrar nosso grupo de conversa. Está cheio de memes e fotos de cachorros fofos que vimos, notavelmente desprovido de uma coisa: qualquer mensagem de Tom.

Luca olha para mim todo pensativo, sentado tão perto de Mariella em nosso sofá garimpado que eles estão praticamente espremidos um no outro.

– Bom, Riley é a melhor amiga dele – ele diz. – Se ela acha que está tudo bem, então... deve estar, certo?

Jesus. Mesmo se Luca tivesse afiado uma faca para encaixá-la exatamente embaixo dos sulcos das minhas costelas, não teria atingido um ponto tão sensível quanto esse. Isso deve estar escrito na minha testa, porque Mariella estreita os olhos para mim, chegando mais perto.

– Riley acha que está tudo bem? – ela pergunta, fazendo contato visual direto comigo.

Estou sentada no chão por falta de cadeiras, mas estou definitivamente no banco dos réus. Sinto que todos se viram para olhar para mim – Luca e Mariella no sofá, Dai e Jesse diante do fogão, que está perto demais do sofá, até Eddie atrás da tela do seu notebook.

– Eu...

Minha garganta fica seca. Tom não está aqui, e isso me faz perceber que ele não é o único de nós dois que vem escondendo coisas do outro. Posso ter aberto o jogo sobre meus sentimentos por ele, mas não abri o jogo sobre o que acho sobre o que ele está fazendo. Eu talvez tenha arranhado a superfície. Mas evitei entrar demais na questão.

– Não sei – confesso. – Meio que aconteceu rápido demais. Essa história toda da mãe dele... está mexendo muito com ele. Fazia tempo que ele estava querendo ir, então não é como se ele não tivesse pensado bem nisso. Então não sei.

Essa deve ser a pior e mais atrapalhada resposta da história porque, na verdade, tudo que fiz foi tornar ainda mais saliente a tensão na sala.

Mariella aproveita o momento e se aproxima mais.

– Tenho permissão pra desmascarar você na frente de todos esses caras?

Fico quase aliviada com a pergunta. Como se eu já soubesse que ela vai me dar permissão para dizer o que minha lealdade a Tom me impediu por pouco de dizer.

Só que, quando aceno a cabeça, ela se inclina para frente de repente e pega minha bolsa a meus pés, tirando o caderno em branco e erguendo-o.

– Você fica carregando isso de um lado pro outro feito um cobertorzinho de segurança, mas você não escreveu uma palavra ainda.

Resisto ao impulso de pegá-lo de volta como se fosse, de fato, um cobertorzinho de segurança, e pergunto:

– O que isso tem a ver?

– Você fez coisas corajosas. – Mariella fala com uma firmeza que me diz que está prestes a usar esse elogio para atenuar o ataque que vem em seguida. – Você se mudou pra cá e finalmente conversou com sua mãe, mas ainda está pensando demais. É por isso que não está escrevendo seu conto e está adiando o trabalho na cafeteria e ainda não fez o que estamos esperando você fazer o verão todo, que é contar pra Tom Whitz que você está perdidamente apaixonada por ele.

Abro minha boca, mas o olhar de Mariella continua no meu, mais firme que nunca.

– Não estou... quer dizer, isso não tem... – Inspiro de um jeito que mal enche meus pulmões, porque eles estão me denunciando tanto quanto minha cara ardendo. – Independentemente do que eu sinta, isso não tem nada a ver com a partida de Tom.

– Claro que tem – diz Mariella. – Não ouse fingir que não assisti de camarote ao espetáculo "Riley e Tom estão apaixonados um pelo outro" o verão todo. Tenho todos os ingresso pra comprovar.

Os olhos de todos estão em nós agora, claramente esperando que eu fique brava ou abra o jogo. Todos sabemos que não adianta negar, já que fomos tão sutis quanto duas tijoladas em forma de adolescentes.

– Não estou dizendo que não sinto isso – digo, com cuidado.

Jesse aponta um garfo para mim, como se estivesse esperando que eu cedesse apenas um pouquinho para dizer:

– Você precisa se declarar pra ele. Vou forçar você, assim como você me forçou.

– Obrigado por isso, aliás – diz Dai. – Se não fosse você, eu não teria conseguido.

Dai se agacha, de modo que seu rosto fica a poucos centímetros do de Jesse, e os lábios de Jesse se curvam num sorriso tímido e ansioso, mas, logo antes de Dai lhe dar o beijo esperado, ele se agacha mais e rouba o pedaço de panqueca que Jesse tinha espetado no garfo.

– Ladrão! – diz Jesse, indignado.

Dai sorri com a boca cheia de panqueca roubada e aí, sim, dá um beijo nele. Meu coração se aperta com a leveza e a intimidade do gesto, com os poucos momentos bobos como esse que tive com Tom antes de ele ir embora carregando-os consigo.

– Não precisa me forçar – digo, com um sorriso triste. – Ele sabe. Já falei pra ele.

Agora é a vez de Mariella ficar chocada. Seus olhos se arregalam e suas sobrancelhas se franzem ao mesmo tempo em uma expressão tão única que eu daria risada em qualquer outra circunstância.

– Não pode ser – ela insiste. – Não existe literalmente nenhum universo em que você dissesse pro Tom que estava apaixonada por ele em que ele ainda assim vazaria pra qualquer lugar.

Minha voz é baixa quando respondo:

– Na verdade, existe sim. – Engulo em seco, as panquecas que já comi se revirando no meu estômago. – Porque falei pra ele ir.

Ela estende a palma da mão aberta para Dai.

– Me dá a panqueca feia. Vou atirar na cara dela.

– Espera, por que você faria isso? – Jesse me pergunta.

– Porque eu... porque não quero ser o motivo de ele ficar – digo, de um fôlego só. – Não se tenho todos os motivos mais egoístas do mundo pra isso. Não se isso o impedisse de ter a chance de ser feliz em outro lugar.

– Riley – Mariella fala, devagar, como se tivesse medo de que eu não entendesse se ela falasse de outro modo. – Tom *é* feliz aqui.

Faço que não, sentindo meus olhos começarem a arder, porque não quero ter que brigar com ela por isso. Mais do que qualquer um de nós, eu gostaria que isso fosse verdade.

Ela me devolve o caderno. Ela tem razão. Eu o tenho carregado de um lado para o outro como se fosse um cobertorzinho de segurança. Tom nunca nem me disse que foi ele que me mandou, mas acho que eu soube desde o momento em que o segurei nas mãos. É só que isso me assustou, porque significava que de repente eu tinha mais dele do que nunca tive; de repente, eu tinha muito mais a perder.

– Entendo o que está rolando aqui. Você está pensando demais. Você está próxima demais de Tom pra ser objetiva – diz Mariella. – Mas nenhum de nós ficou olhando Tom com os olhinhos esbugalhados o verão todo, então *a gente* consegue, e confia em mim. Tom era feliz aqui.

Estou com os joelhos erguidos tão perto do queixo que mais pareço um nó humano.

– Ele acha que não.

– Porque ele não para de pensar nas merdas da mãe dele, talvez – Mariella argumenta. – Mas disso você já sabia.

Mordo o lado de dentro da bochecha.

– Sim. Acho que ele também sabe. Mas mesmo assim parecia errado impedir que ele fosse.

Mariella assente, visivelmente recalibrando.

– Por motivos nobres, claro. Mas a gente aqui não tem essa obrigação, e temos provas mais que suficientes da felicidade de Tom aqui pra fazer com que ele enxergue a verdade. Primeira prova.

Ela pega o celular e abre a pasta compartilhada onde guarda todas as fotos que tirou do grupo ao longo do verão. Ela desliza o polegar por grandes conjuntos de cores vivas – o dia que passamos no Central Park, as vezes que nos encontramos para comer pizza e pegar um filme mais barato de terça, a noite que passamos acampando. É uma confusão de prédios e corpos em movimento e sorrisos largos, incluindo o de Tom, vezes e mais vezes.

Ela para em uma foto que faz meu coração subir pela garganta: Tom e eu na noite em que fomos ao show de Jesse no terraço do hotel. Ele está com um braço ao redor da minha cintura. Estou com o olhar fixo à frente – envergonhada, eu me lembro, de sentir algo tão intenso com seu toque. Mas ele está olhando fixamente para mim com um sorriso tão suave e radiante que me lembra de como seu rosto fica quando ele está falando de constelações, tão fascinado pela extensão do universo que seus olhos chegam a lacrimejar.

Meus olhos também estão lacrimejando agora, mas, mesmo assim, eu reluto a me deixar influenciar.

– O que você vai fazer, um álbum pra ele voltar pra cidade? – pergunto.

Digo isso como uma piada, mas Mariella se empertiga como se já tivesse pegado a ideia e seguido em frente com ela. Antes mesmo que eu consiga dissuadi-la, Jesse diz:

– Se vamos fazer isso, guardei todos os ingressos e panfletos dos lugares a que fomos.

Mariella e Luca acenam a cabeça com entusiasmo, mas não saio do lugar. Mesmo se quiséssemos fazer isso, temos um problema – é difícil definir, mas dá para perceber que estamos todos sentindo isso nesses poucos momentos de silêncio. É muito bonito documentar toda a diversão que tivemos este verão, mas a vida não pode ser sempre como foi nas últimas semanas. Estamos todos mergulhando em nossas próprias versões agora, separados um do outro, e Tom aparentemente rejeitou a dele.

– Mas Tom já estava aqui durante isso tudo – diz Luca, com tristeza. – Ele sabe.

Sinto uma onda de algo começando a crescer dentro de mim, uma tristeza que tentei conter nos últimos dias subindo à superfície. Uma coisa é conter isso por mim, mas é impossível me segurar quando todos ao meu redor também estão sentindo. Não consigo evitar descartar a ideia.

Meu celular vibra ao meu lado, lembrando-me das minhas entregas da tarde, e de outra coisa completamente diferente.

Tom não rejeitou Nova York. Ele pode achar que sim. Mas ele levou parte da cidade consigo, talvez a mais importante – por mais que ele jure de pés juntos que está farto deste lugar, ele nunca chegou a encontrar um substituto para administrar o aplicativo. Inclusive, quanto mais penso nisso, mais penso que ele nunca nem quis encontrar – ele não teria conseguido contratar alguém sem a aprovação de Mariella. Se levasse isso mesmo a sério, teria contado para ela desde o começo.

– O "Com amor"– digo. – Assim que Tom começou a me falar sobre o aplicativo, fiquei obcecada pela ideia. Vivia pesquisando histórias fofas que as pessoas postavam on-line. Como tweets e vídeos e até avaliações na loja de aplicativos.

Ergo os olhos, sentindo-me estranhamente envergonhada na frente de todo mundo agora que parece que estou envolvida nisso também. Agora que estamos comprometidos com algo, sabendo que existe uma chance de não funcionar mesmo assim.

Limpo a garganta. Mariella tem razão. Fui corajosa, mas essa parte já foi. Agora, preciso encontrar uma maneira de explorar isso – não apenas por Tom, mas pelos amigos que precisam que eu seja corajosa. Eles precisam de alguém para liderar o ataque e, pela primeira vez na vida, me sinto pronta. Como se, mesmo depois de todas essas semanas que passei aqui descobrindo coisas novas sobre mim e o que consigo fazer, eu ainda estivesse me transformando em uma pessoa mais forte, uma pessoa nova.

– Talvez, se Tom lesse as histórias e visse tudo o que fez pra conectar as pessoas aqui, isso o ajudasse a sentir que o lugar dele é aqui – explico.

Por um momento, ninguém fala nada, mas não sinto a centelha de dúvida que estou esperando. Em vez disso, sinto uma diferença notável entre a Riley que eu era quando cheguei e a Riley que sou agora. Uma versão que ainda está tentando entender as coisas, claro. Mas que eu não teria como imaginar no dia em que me sentei naquele salão de formatura, tentando desesperadamente não chorar com a sensação de que todos que eu conhecia estavam me deixando para trás.

Era fácil colocar a culpa daquela sensação apenas no ensino médio, na agenda que minha mãe me impôs e em todas as coisas que me mantiveram distraída. Mas eu simplesmente ainda não havia crescido a ponto de me tornar esta pessoa. Alguém com autoconfiança. Alguém com clareza. Alguém que assumiu o controle de partes suficientes da própria vida para ser capaz de assumir o controle quando mais importasse.

– Porra – diz Mariella. – Que lindo.

Jesse concorda:

– Eu amei.

Luca ergue os olhos, nervoso, e me preocupo que ele esteja prestes a se angustiar por não ter uma ideia própria para contribuir, mas então ele diz:

– Se vocês quiserem mandar as coisas pra mim, posso organizar tudo. Transformar os fragmentos numa história global – ele diz. – Se tem alguma coisa que aprendi neste verão, é a estruturar uma trama.

Mariella dá um beijo na testa de Luca.

– Isso é genial.

Os lábios de Luca se comprimem em um sorriso que faz seu rosto todo parecer um raio de sol. Ergo as sobrancelhas para Mariella, que ainda não me atualizou sobre sua situação com Luca. Então ela me dá uma resposta que deve ser a menos sutil possível quando me lança uma piscadinha marota.

– Tudo isso é ótimo – diz Jesse –, mas o que vamos fazer depois de mandar as coisas? Uma ligação em grupo pra gritar pra ele voltar pra casa?

A ideia que está se formando na minha cabeça agora é bem típica de Riley porque, se seguirmos com ela, vai ser exatamente a minha cara: caos descontrolado. Mas não existe hora melhor para isso do que esta.

– Bom – digo, devagar –, tem mais uma coisa da Lista de Refúgios que ainda não fizemos.

Mariella alterna o olhar entre Jesse e eu, os olhos brilhando em encanto.

– Qual dos interioranos aqui sabe dirigir?

Capítulo vinte e cinco

Ao que parece, ninguém em sã consciência alugaria um carro para um bando de adolescentes de dezoito anos carregados de guloseimas e uma missão. No fim, pegamos um ônibus para Virgínia, onde minha mãe nos encontra com o carro e finalmente conhece todos os meus amigos. Fazemos uma parada rápida para almoçar na cafeteria dela, e quaisquer resquícios de nervosismo que eu tinha sobre essa viagem ficam de lado diante do orgulho de ver minha mãe começando a gostar dos meus amigos, como eu sabia que aconteceria assim que ela os conhecesse. Quando terminamos nossos sanduíches e cafés com leite, Mariella e ela já trocaram tantas dicas de podcast de crime que as duas poderiam ser presas, minha mãe praticamente adotou Luca, e Jesse finalmente arrancou dela as verdadeiras histórias por trás das poucas tatuagens – ele enche o saco dela desde que éramos crianças (a maioria das tatuagens envolvia amigos e Fireball).

Ela me abraça na saída, apertando-me com força.

– Confio em você. Mas toma cuidado.

– Vamos tomar – digo no ouvido dela.

Ela recua sem exatamente me soltar, depois lança um olhar para confirmar que os outros não estão escutando.

– Acho que vou ficar nervosa todo dia que você estiver sozinha na cidade – ela diz. – Mas me sinto melhor sabendo que você tem esse grupinho. Está claro que vocês se preocupam uns com os outros.

Há uma melancolia em seu tom de voz, do tipo que faz eu me perguntar se é algo que ela sente falta de sua experiência em Nova York – pessoas que cuidariam dela, como a gente se cuida. Sei que ela tem isso aqui com meus avós e tias, mas não consigo deixar de sentir uma dor pela versão dela que não tinha.

Ela me dá as chaves do carro.

– Aliás, ninguém tem permissão de beber. Mas é óbvio que todos vocês me devem uma garrafa do vinho da tia de Tom pelo empréstimo do carro.

Bato continência, depois partimos para a estrada. O resto da viagem leva quatro horas, um monte de doces do posto de gasolina e praticamente toda a discografia da Taylor Swift, e, quando nos damos conta, já estamos entrando no estacionamento da Vinícola da Velha Rabugenta, com o sol começando a se pôr atrás da grande colina da loja de presentes e do centro de visitantes.

– Eita, porra – diz Mariella, empertigando-se um pouco ao sinal de que Luca, que estava dormindo com a cabeça apoiada no ombro dela, acordou com um sobressalto e uma fungada adorável. – É possível que vocês tenham que me deixar aqui. Essa mulher é das minhas.

Desligo o motor e estaciono, mas, por alguns momentos, ninguém faz menção de sair. Jesse se vira para mim no banco do passageiro, onde fez o papel de copiloto/DJ swiftie durante as últimas horas, e vasculha meu rosto com uma solenidade que quase nunca vejo.

– Talvez Riley deva ir na frente – ele sugere. – Só pra garantir que Tom esteja pronto para a força total da nossa amizade.

Abro um sorriso grato para ele. Quanto mais conversamos sobre isso nos últimos dias, mais concordamos que essa não era necessariamente uma viagem com a intenção de resgatar Tom, mas sim uma viagem para mostrar para ele que o apoiamos – quer ele queira voltar para a cidade conosco ou não. Alugamos um Airbnb não muito longe para passar a noite, pensando que poderíamos transformar a ocasião numa noite divertida para dar uma despedida decente a Tom com uma combinação de todos os itens da Lista de Refúgios que cumprimos: assistindo a *Marés do tempo*, preparando marshmallows, cantando músicas de karaokê e comendo brownies feitos com a massa que inventei para Tom, que Luca recriou e trouxe consigo em um cooler no banco de trás.

Tudo isso para dizer que ninguém quer pressioná-lo. Todos já tivemos decisões demais tomadas por nós para fazermos isso com nosso amigo. Mas, caso Tom queira voltar e precise de um empurrãozinho, há uma vaga para ele no carro e em todos os nossos corações coletivamente preenchidos de guloseimas.

Entro na loja de presentes da vinícola, que pelo visto está encerrando o expediente por hoje. Ainda há alguns retardatários conversando alegremente no balcãozinho que serve de bar, alguns olhando para os vinhos nas prateleiras com olhos semicerrados, outros na fila do caixa. Não é Tom quem está do outro lado, mas sua tia, com uma cara mais azeda e, por falta de uma palavra melhor, *rabugenta* do que nunca.

Espero na fila para falar com ela, mas seus olhos de águia me avistam imediatamente. Já se passaram cinco anos desde que ela me viu pela última vez, com pelo menos vinte e cinco centímetros a menos e um conjunto de aparelho dentário a mais, mas isso não parece impedi-la de me reconhecer.

– Se estiver procurando por Tom, é melhor correr – ela diz, com um grunhido.

A mulher no caixa parece um pouco ofendida pela interrupção, mas, nesse momento, nenhum de nós se importa.

– Por quê? – pergunto.

A tia de Tom aponta a cabeça para o centro de visitantes.

– O moleque saiu sabe Deus pra onde.

Meu sangue gela mais que todas as geladeiras chiques de vinho pelas quais acabei de passar. Não sei nem como processar o que ela acabou de dizer, exceto que coisa boa não é. Era para essa ser a fuga de Tom. Se ele está fugindo daqui, bom... não sei nem qual é o plano B disso. Só sei que é melhor agir, e rápido.

Saio da loja não sem notar uma prateleira cheia de ursinhos de pelúcia de cara brava com camisetas que dizem NÃO BRINQUE COM UMA VELHA RABUGENTA em seus corpinhos peludos, e entro no centro de visitantes. O lugar está vazio, já que todos os tours de hoje foram finalizados. Os únicos sinais de vida estão vindo de uma porta ligeiramente entreaberta, de onde sai um feixe de luz estreito e tão discreto que quase o descarto, achando que é um almoxarifado.

Então uma sombra atravessa a luz, e o vulto de Tom aparece no batente.

Nós dois tomamos um susto ao nos depararmos um com o outro. É quase como o começo do verão, quando apareci de maneira igualmente inesperada à porta de seu apartamento – só que não. Desta vez, não sinto um friozinho na barriga, mas o coração acelerado. Desta vez, não é sinto adrenalina, mas um alívio impossível de tão profundo.

Desta vez, quando Tom me vê, ele solta uma gargalhada tão intensa que ele se inclina para frente antes mesmo que eu consiga encostar nele. Então, de repente, estou rindo também, sem nem saber por quê, ainda mais porque Tom está com a mochila pendurada no ombro como se estivesse prestes a entrar em um carro de fuga e largar sua vida para trás tudo de novo.

Ele me puxa para um dos nossos abraços esmagadores, de alguma forma menos chocado que eu, apesar do fato de que acabei de invadir sua nova vida a oito horas de distância. Estou tão aliviada em vê-lo em sua forma corpórea que não consigo fazer nem uma piada de *Marés do Tempo*; ainda estou rindo, mas ao mesmo tempo tentando, de alguma forma, não me engasgar com a onda de emoção surgindo dentro de mim. Estou tão grata por tê-lo encontrado antes que ele fosse embora. Tenho medo de pensar para onde é que ele estava planejando ir.

Mas, quando ele recua, não parece um homem em fuga. Seus olhos estão brilhando de divertimento; seus lábios, curvados em um sorriso irônico.

– O que é que você está fazendo aqui? – ele pergunta.

– Depende – digo.

– Do quê?

Aperto bem os lábios.

– Do quanto você está sequestrável hoje – brinco, tentando pegar leve. – Aliás, é bom avisar que tem um carro cheio dos nossos amigos no estacionamento.

Estou preparada para fingir que é tudo uma piada. Para avisar que estamos totalmente dispostos a passar a noite de bobeira no Airbnb, relembrando velhas histórias e espezinhando Tom para ser mais ativo no *chat* do grupo antes de ir embora amanhã cedinho. Só que o sorriso de Tom fica suave e seus olhos, calorosos. Ele está olhando para mim da mesma maneira como olhava naquela fotografia da gente no terraço – como se eu fosse algo cósmico e brilhante, e ele não conseguisse acreditar que estou aqui.

Ele ajeita a mochila no ombro.

– Tem espaço pra mais um? – ele diz. – Se estivermos indo na mesma direção, o carro parece muito mais interessante que mais um ônibus lotado.

Meus olhos se enchem de lágrimas, e todo meu ser ameaça se derramar de alívio antes que meu cérebro consiga assimilar direito suas palavras. Eu me recomponho o suficiente para apontar um dedo firme para ele mesmo assim, enquanto as palavras saem engasgadas:

– Acho bom não estar tirando uma com a minha cara, Tom Whitz.

Ele pega minha mão entre as dele e aperta de leve.

– Não. É só que estou extremamente sequestrável hoje.

Ele precisa afastar as mãos, porque estou me aproximando para lhe dar mais um abraço, desta vez sem a pressão esmagadora de sempre. É como se estivéssemos nos dissolvendo um pouco de tão gratos que estamos por nos vermos e por estarmos na mesma página de novo que, então, não temos escolha a não ser uma reinicialização corporal completa.

– Ai, graças a Deus – digo em seus pescoço –, porque, logisticamente falando, você é alto demais pra caber no porta-malas.

Sinto seu riso baixo reverberando no meu próprio peito e fecho os olhos por um momento, inspirando seu cheiro. Quero tanto que isso seja verdade que não ouso nem perguntar, mas sei que preciso para poder acreditar. Para ter certeza de que ele vai voltar porque quer, não porque acha que precisa.

– O que fez você mudar de ideia?

Ele ajeita o queixo na minha têmpora.

– Você – ele diz enquanto nos afastamos de novo. – E eu mesmo. Saber que você teve toda aquela conversa com sua mãe me fez entender que ainda preciso daquela conversa. Talvez não nos ajude na mesma medida, mas acho que pode me ajudar mesmo assim. A ter um pouco de paz, pelo menos.

Ele parece mais seguro de si do que das outras vezes que comentou desse assunto, mas vejo que está esperando que eu responda antes de decidir de vez. Respondo com um aceno firme de cabeça e digo:

– Que bom.

Ele acena a cabeça em resposta, satisfeito. Depois, passa o peso de um pé a outro com uma expressão pensativa, mas não reservada.

– E também pensei que... nunca conheci Nova York com essa paz. Você estava certa sobre o fato de a história com minha mãe meio que mudar minha perspectiva sobre a cidade – ele diz, encontrando meu olhar com expressividade. – Acho que nunca me dei conta do quanto isso começou a se transformar até ver o *chat* do grupo nos últimos dias e pensar no que estava perdendo. Acho que, se eu começar a lidar com isso tudo, posso dar uma chance real para a cidade. Talvez até encontrar meu lugar, como vocês.

Pego o rosto de Tom em minhas mãos em gesto ao mesmo tempo afetuoso e provocativo.

– Tom, você é um ser humano absolutamente ridículo, além de lindo – digo. – Você já tem o seu lugar lá. Não só com a gente, mas com… Ai, caralho.

A sobrancelha de Tom se curva com divertimento.

– Quê?

Tiro as mãos do seu rosto abruptamente para revirar a bolsa.

– A gente nem teve a chance de te convencer a voltar. Você precisa mentir pros outros e dizer que implorou e esperneou e gritou pra ser deixado em paz até ver isto. Só pelo drama.

Pego o caderno, aquele com capa de couro marrom e as páginas deliciosamente em branco que formavam uma tela perfeita para uma história de verão.

– Mas isto é seu – diz Tom, preocupado.

Abro um sorriso mais largo do que pretendia, porque essa é a primeira vez que ele comenta algo sobre esse caderno. Levei metade de um dia para encontrar um idêntico, mas valeu a pena. É do tamanho perfeito, é bonito e resistente, feito para durar.

– Não é – digo. – O meu está ocupado com outro projeto. Esse é todo seu.

Tom o abre com cuidado, folheando as páginas, e seus olhos logo se enchem de lágrimas antes que ele assimile qualquer coisa. Cada uma das páginas se enruga com memórias antigas, escolhidas com cuidado por mim e Jesse e Mariella e organizadas habilidosamente por Luca. Abro a boca para lhe dizer isso, mas acho que vou deixar o grupo contar. Além disso, Tom parece deslumbrado demais para ouvir qualquer coisa agora.

Ele para devagar na primeira página, onde há um emblema no mesmo lugar em que ele colocou um para mim. A chamada de volta do mantra da pedra do tempo.

– "Do lar onde te conhecem" – ele lê em voz alta. Ele olha para mim com um carinho que faz eu me sentir reconhecida, e sinto um calafrio de alegria em meus ossos. – Que lindo. Mal posso esperar pra ler cada página.

– Vou esperar até encontramos os outros pra gente ver juntos – digo. – Mas... espero que você leia as histórias que as pessoas compartilharam no aplicativo. Breves relatos de como ele melhorou os dias delas, ou as uniu ou as fez rir. Você não tem um lugar só em Nova York, Tom, mas em tudo isso, em todas essas conexões que criou.

Tom engole em seco enquanto me devolve o caderno com cuidado, com os olhos firmes em mim.

– Se isso é verdade, então você também tem – ele diz. – Eu nunca teria feito o aplicativo sem você na minha vida, sempre cuidando pra que eu ainda tivesse minha própria conexão.

Minha cara arde do tanto que essas palavras significam para mim. Do que essa conexão sempre significou para mim e de como tenho sorte por tê-la. Se eu me permitir pensar demais, vou começar a chorar de novo, e já passei tempo demais na última semana fazendo exatamente isso.

Portanto, limpo a garganta e digo:

– Sei que vai ser difícil conversar com sua mãe, mas... vai ser diferente desta vez. Estou a um metrô de distância. Todos nós estamos. Você tem todos nós do seu lado.

Tom assente em silêncio, com os olhos úmidos de novo.

– Não consigo acreditar que vocês estão mesmo aqui.

– Claro – digo. – Nós tomamos conta uns dos outros. Mesmo quando esse outro abandonou a sociedade civilizada pra vender uma variedade de vinhos chamada Saiam do Meu Quintal.

– Esse vende bem – Tom admite, inspirando fundo para se recompor. Depois, pergunta: – E cadê o seu caderno?

– Bem aqui – digo, dando um tapinha na bolsa. Sorrio, sentindo-me quase tímida, e acrescento: – Você não me contou que foi você.

Tom sorri com satisfação, vendo o contorno do caderno na bolsa.

– Não importava de quem era. Só importava que chegasse a você – ele diz. – Mesmo que você acabe não escrevendo, acho que está claro que você é uma pessoa que nasceu pra criar coisas.

Penso na maneira como o caderno chegou a mim quando eu mais precisava: num momento de dúvida, em que eu não acreditava em mim mesma. Tom está certo ao dizer que o importante era que ele chegasse até mim, mas está errado se acha que o caderno não se torna mais especial por ter vindo dele.

– Finalmente comecei a escrever nele – digo.

Tom ergue as sobrancelhas, feliz em ouvir isso.

– Escrever o quê?

– Meu texto pro concurso de contos – digo.

– Você vai se inscrever? – Tom pergunta, definitivamente radiante.

Faço que sim, sentindo um orgulho renovado pela decisão, agora que a digo em voz alta. Depois de todos os questionamentos sobre o que eu podia inscrever, a resposta se formou em minha cabeça tão rápido que não havia mais espaço para dúvidas. Ou talvez eu só finalmente estivesse me sentindo corajosa o bastante para criar espaço para a ideia.

– Acho que já fiz muitas coisas assustadoras nas últimas semanas. Por que não mais uma?

– Você vai arrasar – ele diz, confiante. – Vai ser sobre o quê?

Não é tanto sobre o que vai ser, mas sobre o que já é; rascunhei o esboço em um frenesi, primeiro escrevendo notas e um diálogo errante com tanto fervor que me senti possuída por Vanessa por um momento. Foi fácil depois que começamos a ler todas aquelas histórias do "Com amor" que reuni ao longo dos anos, que cobicei e vivenciei quase como se pudesse me colocar no papel de Tom em Nova York e ver tudo em tempo real. Não eram apenas histórias individuais na minha mente, mas uma história maior em movimento que dá a todas elas uma coisa importante em comum: a necessidade de amar e ser amado. A universalidade e a beleza de todas as formas diferentes e extravagantes e inesperadas de expressar isso.

Portanto, a história vai começar como meu tempo em Nova York começou: com jornadas desconexas e separadas entre os personagens, que vão começando a convergir lenta e satisfatoriamente. Não vai acabar com quatro adolescentes espremidos num sedan velho coberto de embalagens de doce na frente de uma vinícola em que tecnicamente nenhum deles pode entrar por lei, mas vai acabar da mesma forma satisfatória: com o amor que une todos, apesar de todas as circunstâncias que os separam.

– Que tal o seguinte? – digo. – Você pode ser o primeiro a ler quando eu acabar.

Tom sorri.

– Parece um bom acordo. – Em seguida, ele dá um passo abrupto para trás. – Você sabe o que esse reencontro pede?

Sorrio, jogando os ombros para trás e firmando os pés em preparação.

– Vamos lá.

Vejo a boa e velha travessura nos seus olhos quando eles encontram os meus.

– Só um aviso – ele diz. – Pode ser que eu improvise um pouco no fim.

Ainda nem nos tocamos e já me sinto elétrica, captando aquela mesma corrente que nos perpassa desde os oito anos de idade e que assumiu novos ritmos com o tempo. Sempre vamos reconhecê-la como unicamente *nossa*, por mais que ela mude com o passar dos anos. Tom estende a mão direita e eu a aperto, e então começamos, batendo palmas e girando e estalando, puxando e empurrando um ao outro, colocando nossos polegares nos narizes. Bem quando estamos prestes a desatar a rir como sempre, Tom me puxa com firmeza pela cintura e pousa os lábios nos meus.

Estou sem fôlego, completamente mole pelo efeito – esse beijo não é um beijo qualquer, mas daquele tipo que dá vontade de guardar. Um beijo que não vem com condições nem consequências. Um beijo que é doce e lento e ardente, e unicamente nosso.

Estamos os dois corados e sorridentes quando nos afastamos, parando alguns segundos para nos recompor, olhando no fundo dos olhos um do outro.

– É bom você saber que, se vai voltar com a gente, vou querer fazer isso com seu rostinho várias vezes – digo.

Ele ergue a mão e ajeita uma mecha de cabelo rebelde atrás da minha orelha, desta vez deixando os dedos ali, fazendo mais um calafrio subir pela minha coluna.

– É o que meu rostinho mais quer – ele diz em resposta. Depois estende a mão, envolvendo a minha na dele e entrelaçando nossos dedos. – Vamos pra casa.

Quando chegamos ao estacionamento, o resto da turma já saiu do carro e conseguiu arrancar queijo grátis da tia de Tom, que aparentemente não é uma velha tão rabugenta quanto quer fazer sua clientela acreditar. Todos nos avistam ao mesmo tempo, mas é Jesse quem solta um "*Aê*, caralho" antes que qualquer um de nós diga uma palavra, claramente lendo tudo escrito na nossa testa. Luca solta um viva e Mariella revira os olhos pelo drama, mas vejo-a secando uma lágrima com o dorso da mão.

Envolvemos Tom em um abraço coletivo que derrubaria qualquer outra pessoa se não fosse por sua altura e solidez, e o resto da noite é uma confusão feliz a partir daí. Vamos para o pequeno Airbnb com nossas guloseimas e atividades da Lista de Refúgios, e lemos todas as páginas do álbum, uma por uma. Logo estamos de volta nas trilhas sinuosas do Central Park; sentindo o baixo pulsante dos shows de Jesse; o calor gorduroso e delicioso da pizza entre os dentes; o silêncio frágil do pôr do sol no terraço de Tom. Sentindo o entusiasmo e a imprevisibilidade e o medo e a dúvida e a esperança. O laço que formamos juntos, e os laços dos estranhos cujas histórias se entrecruzaram com as nossas pelo aplicativo. As histórias que ainda vão ser contadas, porque agora temos muito mais tempo para criá-las juntos.

Na manhã seguinte, entramos no carro comigo na direção, Tom no banco do passageiro, Luca, Mariella e Jesse no banco de trás. Tom, claro, está com os lanches. Jesse está com o celular conectado. Mariella está com o mapa. Luca está com os jogos de viagem, um mais ridículo que o outro. Eu estou com o volante nas mãos e o coração espalhado por todo o carro. Quando finalmente completarmos o último item da Lista de Refúgios, não vai haver nada além do caminho livre a nossa frente.

Epílogo

– Fecha esse notebook, nerd.

Pisco para sair da tela e erguer os olhos para Mariella, que já está pronta para a festa com um vestido de franjas e glitter nas bochechas. Mesmo com ela agachada a poucos centímetros do meu rosto, levo um momento para retornar da história em que eu estava trabalhando para o mundo real, ou ao menos para esta versão limitada na sala dos fundos da Brownie Bonanza.

Mariella se debruça sobre a mesa em que estou sentada.

– *Fic*, *fanfic* ou foda-se tudo?

Esse é o jeito dela de me perguntar se estou trabalhando em uma ficção original, uma *fanfic* ou se estou escrevendo livremente o que quer que venha à mente, como Vanessa nos encoraja a fazer. O que é uma pergunta justa porque, hoje em dia, há tantas abas do Google Docs cheias de trabalhos em andamento abertas no meu notebook que sinto que meu cérebro está tentando acessar uma quarta dimensão.

– *Fic* – respondo. – Aquele concurso de contos em que eu e Luca nos inscrevemos no ano passado abriu de novo.

Um concurso que, como era de esperar, perdemos, sendo dois novatos inexperientes movidos sobretudo pelo entusiasmo e um total de uma aula de escrita somando os dois. Mas a rejeição foi quase empolgante, de tão nova que era – era nossa primeira experiência em que alguém do mercado realmente lia nosso trabalho e nos dava *feedbacks* personalizados sobre ele. E, claro, embora não fosse exatamente legal ouvir que eu tinha problemas de ritmo e que "explicava demais" pontos da trama, isso despertou algo em mim parecido com a Lista de Refúgios: me proporcionou novos desafios para encarar. Desafios que eu poderia continuar enfrentando vezes e mais vezes, escrevendo e reescrevendo e melhorando um pouco mais a cada vez.

É provável que eu perca este concurso também, apesar de todas as oficinas e aulas que frequentei desde então. Mas não tem problema. Se o último ano e as milhares de palavras novas na minha bagagem me ensinaram alguma coisa, é que escrever é uma maratona, não uma corrida de velocidade. Não estou aqui para ganhar nada, mas porque amo cada segundo disso – poder me conhecer e conhecer minhas capacidades um pouco mais a cada versão, e ainda fazer novos amigos ao longo do caminho.

– Bom, isso explica por que Luca colocou tantas fichas de enredo atrás da porta do quarto que a coisa está parecendo até uma investigação de algum crime – diz Mariella. Ela espera que eu me levante de onde estou sentada e, sem cerimônia, coloca uma assadeira gigante de brownies nas minhas mãos. – Mas temos que correr.

Pisco de novo e olho para o relógio em cima da porta. Como sempre, perdi a noção do tempo. Felizmente, já estou com a minha melhor calça jeans e uma blusa verde esvoaçante que Mariella me emprestou para a ocasião, então estou pronta.

– Dá pra acreditar que fizemos todo um aplicativo juntos só pro seu namorado poder se afogar em massa de brownie hoje? Fizemos de tudo mesmo pra ele, hein – diz Mariella depois que me levanto.

Eu a sigo para a sala dos fundos da loja, onde estamos montando a festa de lançamento do aplicativo nesta tarde de sábado. Está quase tudo arrumado, mas Luca insistiu em dedicar ainda mais esforços ao fazer uma "fornada de garantia" com brownies extras. Parece um exagero, considerando que essa festa é basicamente para os nossos pais, amigos, colegas de classe e os poucos investidores que conseguimos reunir, mas Luca leva a reputação da confeitaria dos pais a sério, mesmo não trabalhando mais aqui.

– Pois é. Mas tenho quase certeza de que todos os caminhos teriam levado aos fins interesseiros e brownísticos de Tom, de um jeito ou de outro – respondo.

Mariella tira uma mecha de cabelo do rosto.

– E não é que é verdade?

Damos um passo para trás e olhamos para a nossa obra – as serpentinas roxas e amarelas, a variedade de sobremesas e miniaperitivos que esquentamos nos fornos da Brownie Bonanza, os pequenos QR codes emoldurados que levam as pessoas ao site no qual elas podem baixar o aplicativo. Estamos mais prontas do que nunca, e muito provavelmente mais cansadas do que nunca.

Mesmo assim, quando ergo a mão, Mariella dá um toquinho sem hesitar e diz:

– Vamos botar pra quebrar.

Verdade seja dita, esta festa é apenas a ponta do *iceberg* do volume de trabalho que tivemos. Criar um aplicativo novo com Mariella exigiu muito de nós – da minha parte, toda a pesquisa de campo e a contratação e testes de experiência de usuário e, da parte de Mariella, toda a programação e os ajustes e as correções meses a fio. Não foi nada fácil para mim conciliar tudo com minhas aulas de escrita e turnos na cafeteria, nem para Mariella, que ajuda a coadministrar o "Com amor" com Tom, ainda mais agora que eles estão começando a fazer testes em duas cidades novas. Mas, depois de muitas noites insones, muitas fatias de pizza de um dólar e muita vista cansada de tanta tela, nosso bebezinho está pronto para sua estreia.

Carregamos os brownies para a parte da frente, onde o nome do aplicativo está pendurado em uma faixa estendida sobre o salão: A LISTA DE REFÚGIOS. Mariella me cutuca com o cotovelo.

– Está bem chique, hein?

Ela tem mais direito de ficar animada do que eu, talvez porque seu último aplicativo teve um *soft launching* discreto, sem a fanfarra que o nosso está tendo. Inclusive, o único motivo por que estamos fazendo tanta fanfarra é que Tom optou por divulgar o "Com amor" e seus criadores. Quando ele soube das questões que Mariella tinha com os pais sobre largar a faculdade para trabalhar independentemente no desenvolvimento de aplicativos, ele imaginou que a melhor coisa que poderia fazer por ela era garantir que ela pudesse colocar o aplicativo no currículo com todo o alarde possível.

O que não estávamos esperando era que os investidores e anunciantes começassem a disputar a atenção de Tom e Mariella assim que eles vieram a público. No começo, fiquei com medo de que eles pudessem ficar sobrecarregados – Tom tinha acabado de começar na Columbia, afinal, e estava adorando cada minuto, e Mariella ainda estava decidindo se queria ou não se dedicar à faculdade. Mas, no fim das contas, me preocupei em vão.

"Se isso é o universo dizendo foda-se pra pagar mais um centavo pra faculdade, que assim seja", foi a postura oficial de Mariella sobre o assunto. Tom teve o maior prazer de seguir o exemplo dela, ainda mais porque o impulso na publicidade significou que eles estavam contratando mais entregadores, tanto que todos nós que estávamos trabalhando para o aplicativo viramos uma equipe própria.

– Pois é – concordo com ela, pegando um dos brownies extras. – Chique no último.

Jesse chega atrasado como sempre – mesmo depois de um ano em Manhattan, nunca *não* estou esperando uma ligação dele dizendo que pegou sem querer o trem para o Queens quando deveria estar em casa – e nos esmaga em um único abraço. Por mais que eu valorize o gesto, o que não valorizo tanto assim é que ele está segurando dois sacos grandes de gelo em cada mão enquanto faz isso.

– Que orgulho. Queria poder ficar a noite toda. Queria mais ainda poder deixar isso em algum lugar antes que minhas mãos congelem – ele diz.

– Lá – diz Mariella, apontando para os baldes em que Tom habilmente dispôs um monte de refrigerantes e águas com gás.

Não precisamos de *tanto* gelo assim, mas Jesse insistiu em ajudar, embora os Walking JED tenham seu primeiro show como atração principal no Milkshake Club hoje à noite. Em algum momento, simplesmente o elegemos como o cara do gelo para ele se sentir útil.

Jesse obedece, enchendo os baldes enquanto Mariella e eu fazemos uma última varredura no local, acompanhadas por Luca, que está com os braços tão cheios que eu ficaria com medo de ele tombar para frente se não tivesse bastante experiência no ramo de alimentação.

– Ah. Bem a tempo – diz Luca, entregando a Jesse uma pequena assadeira de brownies. Reconheço as crostas torradinhas e os granulados pretos e azuis dos brownies que Jesse preparou para Dai no primeiro encontro deles. – Acabaram de sair do forno.

– Deus abençoe sua alma confeiteira – diz Jesse, pegando-a da mão dele com cuidado. – Estamos ocupados demais pra pensar em algo elaborado pro nosso aniversário de um ano, então isso é perfeito.

Mariella revira os olhos com a fofura, embora o aniversário oficial dela e de Luca seja na semana que vem. "Não vamos fazer nada cafona", ela me disse várias vezes. (Isso posto, Luca escreveu nada menos que dez rascunhos de poemas para ela, e ela passou a última semana tentando intermitentemente aprender a cozinhar a lasanha favorita dele, e se isso não é cafona, não sei o que é.)

Não sei o que Tom e eu vamos fazer. Até onde sei, vamos invadir os planos de Luca e Mariella – algo que acontece com muita frequência, considerando que Tom se mudou para o apartamentinho de Luca em cima da Brownie Bonanza algumas semanas depois que voltou para a cidade no verão passado. Mas não estou preocupada. Nos últimos tempos, estamos tão ocupados rodando a cidade inteira juntos que todo dia parece uma minicelebração.

Bem nesse momento, Tom entra pelos fundos com algumas embalagens de café gelado. Ele me dá um beijo rápido nos lábios, depois fica imediata e comicamente escandalizado.

– Você me proibiu de comer brownies antes dos convidados – ele diz, sentindo o gosto em meus lábios.

– Proibi? – falo, lambendo os lábios. – Que irresponsável da minha parte.

Ele me beija de novo, com mais intensidade desta vez. Consigo sentir seu sorriso em meus lábios enquanto ele traça a língua sobre meus dentes como se quisesse sentir melhor o gosto.

– Feliz? – pergunto, com ironia.

– Sim – ele responde, com as bochechas adoravelmente coradas. – Então você acabou escolhendo os pedaços de caramelo, né?

Mariella faz barulho de quem vai vomitar e diz:

– Vamos lançar um aplicativo aqui, não uma comédia romântica insuportável.

Tom começa a arrumar os bicos e copos para fazer o café gelado, com um sorriso ainda no canto da boca. Olho ao redor e, quando percebo que não resta muito a ser feito, me aproximo e me apoio nele.

Tom encosta o queixo na minha cabeça por um breve momento.

– Legal que a cafeteria te deu essas caixas de graça – ele fala para os cafés gelados.

– Sim – respondo, ainda usando-o preguiçosamente como poste humano. – E bem dentro do tema.

A questão é que, se não fosse pela cafeteria, não sei nem se esse aplicativo existiria. O lugar ficou um pouco badalado quando Luca foi contratado e ajudou dando consultoria sobre algumas das sobremesas – apesar da sua aversão a doces, ele tem um talento inegável para criá-los, e seus croissants recheados de gouda com caramelo e seus donuts de chocolate com pimenta nos colocaram no mapa *hype*. Não demorou para os turistas escolherem o lugar para a primeira parada na cidade e depois não terem ideia do que mais fazer na região. Como um nova-iorquino nativo e alguém que se mudou para a cidade recentemente, Luca e eu nos tornamos os responsáveis por dar ideias para essas pessoas, e começamos até a afixar listas escritas à mão de lugares aonde as pessoas poderiam ir.

Por alguns meses, não pensamos muito nisso. Estávamos começando a organizar encontros semanais de escritores do bairro e refinando mais alguns contos para mandar para oficinas e entrar em concursos, como tínhamos feito desde aquele que perdemos. Não demorou para as listas escritas à mão ficarem tão longas que ficou difícil negar a verdade.

– Porra – eu disse para Luca um dia. – Elas parecem muito com a Lista de Refúgios.

Em menos de um mês, Mariella e eu já estávamos planejando uma versão dela em aplicativo, algo que pudéssemos compartilhar não apenas com os turistas da cafeteria, mas com todas as pessoas que estivessem visitando ou morando na cidade. Começou quase como uma brincadeira. Acho que agora que arranjamos investidores de verdade e temos uma data de lançamento para daqui a alguns dias e camisetas com nossa logomarca estampada, a brincadeira virou realidade.

Tom me dá um copo de café gelado.

– Coragem líquida – ele diz.

Aceito, grata, e viro metade como se fosse um shot. Naturalmente, minha mãe entra nessa hora, seguida por Vanessa, as duas me vendo exagerar na cafeína com um certo espanto.

– Oi, filho – diz Vanessa, puxando Tom em um abraço.

Minha mãe faz o mesmo comigo, embora eu já a tenha visto no café hoje cedo. De todas as reviravoltas da minha vinda a Nova York, talvez a maior tenha acontecido seis meses atrás, quando ela terminou a graduação e decidiu se mudar para cá também. Ela está trabalhando em uma pequena agência de publicidade e fazendo teatro local no tempo livre. Ela se adaptou tão rapidamente que me lembrou do que me disse quando estava tentando me convencer a voltar para a casa: que a cidade ainda estaria esperando por mim depois. Está claro pela maneira como ela está aproveitando cada minuto de seu tempo aqui que isso era algo que ela própria precisava ouvir.

– Ficou demais – ela fala, com um brilho inconfundível de orgulho nos olhos. – Tem alguma coisa em que possamos ajudar?

– Não – respondo. – Você já fez coisa demais.

Aliás, além de ajudar a planejar a festa, tanto ela quanto Vanessa atuaram como caçadoras de eventos para o aplicativo – minha mãe, ajudando a mantê-lo atualizado com as coisas que rolam na cena teatral, e Vanessa com escrita e arte. É uma maneira divertida de todos nós nos reconectarmos, em especial minha mãe e Vanessa. Elas não retomaram a amizade exatamente de onde tinha parado, mas estão encontrando uma nova versão para ela agora.

Vanessa diz algo que faz Tom rir. Ela dá um tapinha nas costas do filho e depois o solta, um pouco empolgada demais, mas Tom não parece notar. Ele apenas parece feliz em tê-la aqui.

Queria poder dizer que as coisas estavam muito bem entre Tom e Vanessa, mas tudo que posso falar é que eles estão trabalhando nisso. Descobrimos que Vanessa vinha enviando coisas para ele pelo aplicativo sabendo que Tom o havia criado. Ela sabia desde o começo, pelo bem ou pelo mal. E presumiu que, quando Tom estava retraído ou distante dela, era porque estava se dedicando ao aplicativo. Ela também presumiu que Tom sabia que era ela quem estava enviando os presentes, já que ele estava no comando da operação, e não considerou que Tom tentaria proteger o anonimato da plataforma em todos os níveis. Foi basicamente uma confusão de falhas e falta de comunicação que chegou a um ponto crítico durante uma série de longas conversas que Tom teve com Vanessa no verão passado.

Acho que conviver com minha mãe ajudou em certo grau. Ver a maneira como a gente atravessou a nova versão do nosso relacionamento – em que estamos próximas, vivendo de maneira independente, mas ainda em contato uma com a outra – foi um exemplo para Vanessa sobre como lidar com Tom. Ou seja, realmente falando com ele e estando presente, em vez de partir da certeza de que ele sabe que ela se importa. Realmente ouvindo o que ele precisa dela, em vez de encontrar uma maneira de resolver os problemas dele com as mordomias convenientes da sua vida nova.

É um trabalho em andamento, mas Tom está mais feliz. Abraçando a cidade de maneira genuína e verdadeira, agora que está vivendo de maneira independente da mãe e fazendo amigos com os outros nerds da Ivy League na faculdade. Além disso, ele está assumindo um papel mais publicamente ativo no aplicativo que criou, tanto que consegue ver com seus próprios olhos a alegria que está espalhando. Ele está sossegado de novo – não como seu antigo eu, mas um meio-termo feliz entre os dois. O Tom que une as pessoas e o Tom que sabe exatamente a sensação que leva as pessoas a se afastarem.

Ele me pega encarando-o e sorri com tanta naturalidade que não consigo evitar sorrir em resposta. É o tipo de sorriso que me acalma. Que faz esse grande momento de nossas vidas parecer apenas mais um de muitos: não temos nada com que nos preocupar, mas muito com que nos entusiasmar.

A festa começa para valer alguns minutos depois, e vira um turbilhão de apertos de mão e explicações sobre o aplicativo e corridas de um lado para o outro para garantir que temos bebidas e comidinhas suficientes circulando. Não fico nervosa com nada disso. Trabalhamos muito no último ano e sabemos exatamente do que o aplicativo é capaz – graças à experiência de Tom e Mariella e a todos os testes que fizemos. A tarde dá lugar à noite e todos estamos nos sentindo triunfantes e exaustos enquanto limpamos o que foi deixado para trás (ou melhor, comemos o que foi deixado para trás).

Depois que terminamos, eu me afundo em uma espreguiçadeira e digo:

– Isso foi extroversão demais até pra mim. Vou ficar feliz se nunca mais tiver que falar com outro humano de novo.

– Bom, foi um prazer conhecer você – diz Mariella, afundando-se na cadeira ao meu lado.

Ela estende o punho para mim e trocamos um olhar que diz todas as coisas sentimentais que sei que é melhor não dizer para ela na frente de uma plateia: que estamos orgulhosas para caramba do que fizemos, e mais orgulhosas ainda de termos feito isso com a melhor amiga.

Depois que temos nosso momento, eu me afundo ainda mais e digo:

– Se alguém precisar de mim, vou estar na lua.

Então Tom surge e estende a mão.

– Na verdade – ele diz –, tenho uma ideia nessa linha. Se você topar.

Olho para ele e vejo uma nuance daquele olhar conspiratório em seus olhos que ele tinha quando éramos crianças e estávamos prestes a sair para alguma aventura impensada. Só que esse olhar mudou nos últimos tempos. É firme e deliberado e combina com Tom. Nova York é uma aventura que não tem fim nem começo, e passamos o último ano realizando o maior número possível delas – não mais seguindo a Lista de Refúgios, mas uma que nos planta raízes novas a cada vez.

– Você tem uma espaçonave estacionada nos fundos? – pergunto.

– Quase isso – ele disse. – Mas vai envolver um trem.

No fim das contas, eu estava errada sobre não fazermos nada para o nosso aniversário de um ano porque, quando dou por mim, Tom e eu estamos indo para o camping que acabamos não conhecendo no ano passado para passar o resto do fim de semana. Minha mãe está envolvida no plano e já preparou uma mochila para mim. Na verdade, parece que quase todos estão envolvidos, porque Jesse abriu a porta para ela e Mariella escolheu uma roupa de trilha com o melhor "potencial instagramável". Tudo que preciso fazer é seguir Tom e curtir a vista.

O sol está começando a se pôr quando encontramos um lugar para montar nossa barraca. Nos atrapalhamos no começo, rindo um do outro durante a coisa toda, mas damos um jeito, como sempre. Tom traz sanduíches de uma lanchonete que amamos e acendemos nossa fogueira e assamos marshmallows e revivemos o horror mútuo das histórias de terror mais recentes de Luca (sinceramente, Stephen King que se cuide). Depois, nos recostamos um no outro em um silêncio contente, observando as últimas brasas se apagarem.

– Deveríamos tornar isso uma tradição – diz Tom. – E sair pra acampar todo ano pra comemorar nosso aniversário.

É fato que temos muitos anos a nossa frente, mas mesmo assim sinto um calor com essas palavras e a premissa por trás delas. Eu me viro e afundo a cabeça na curva do seu pescoço.

– Sim – digo. – Mas, da próxima vez, vou te ajudar a fazer a mala. Não trouxemos doces suficientes pra você.

Consigo sentir o sorriso na voz de Tom quando ele coloca o braço ao redor de mim, puxando-me mais para perto dele.

– Talvez. Mas tenho tudo de que preciso mesmo assim.

Não demora para estarmos deitados de costas sob uma cortina de noite preta e estrelas brilhantes, olhando o céu e sentindo o ar fresco e doce do verão. Nenhum de nós aponta para as constelações agora que elas são algo pacífico e compartilhado entre nós. Eu as reconheço em silêncio mesmo assim, deleitando-me com a estranha proximidade que sinto delas agora que as conheço pelo nome – como algo que sempre me pareceu tão distante e de repente está tão próximo que eu poderia estender a mão e alcançar.

Quanto mais desfruto dessa sensação, mais a reconheço. O desconhecido se tornando conhecido. Um lugar estranho se tornando um lar. É algo que estou compreendendo a cada dia que passo em Nova York, observando novos lares sendo construídos ao meu redor – esse lar que nunca foi um lugar, mas um sentimento.

Está no grupo de alunos da Columbia que Tom reuniu para os grupos de estudo na terça à noite em um café perto do campus. Está na rede de bandas que Jesse e os Walking JED vão formando devagar a cada temporada. Está nos ciclistas do "Com amor" e nos exploradores do aplicativo Lista de Refúgios, para quem Mariella organiza noites de karaokê e boliche. Está nas oficinas de escrita que Luca e eu começamos a fazer e em todos os encontros de escritores que organizamos. Está na minha mãe e Vanessa finalmente se reconciliando e se encontrando no meio do caminho, vindas de lugares muito distantes.

Está bem aqui ao lado de Tom, no calor da sua mão na minha. Está em qualquer lugar em que eu queira. Está na família que conheço e nas que encontrei e naquelas que ainda não conheci. Está no poder das escolhas, cujos limites adoro testar a cada dia.

Vim para Nova York um ano atrás sem nenhuma diretriz. Para fugir. Para encontrar algum lugar a que pertencer. Talvez Nova York parecesse o lugar certo para isso, mas, no fundo, talvez esse *algum lugar* estivesse dentro de mim esse tempo todo. Eu só precisava de espaço para descobri-lo e de pessoas que me ajudassem ao longo do processo.

Não vejo nenhuma estrela cadente no céu hoje, e fico contente por isso. Não preciso fazer pedidos agora; tenho minhas próprias escolhas. Que sempre estarão baseadas em amor, esperança e esferas infinitas, colossais e belas de possibilidade.

Agradecimentos

Meu primeiro agradecimento é para um objeto inanimado, que é meu banco favorito no Central Park, onde escrevi a maior parte deste projeto no verão de 2022. Fiz tantos amigos novos e cruzei com tantos amigos antigos sentada naquele banco. A maioria tinha forma humana. Mas muitos, não! Alguns conheci apenas por uns minutos, outros espero conhecer pelo resto da vida. Nunca vou entender a estranha magia desta cidade, mas deve ser por isso que existem tantas confeitarias boas aqui – é só ingerir serotonina suficiente que não vamos quebrar o cérebro pensando demais nisso.

Obrigada a Alex e Cassidy por todo amor e cuidado e "!!" que vocês infundiram a esta história e, como sempre, a Janna por ser o motivo por que escrevo essas histórias. Obrigada a todas as pessoas na Wednesday Books por ajudar a dar vida a esses pequenos acontecimentos por trás dos bastidores. Nunca vou superar a sorte que tenho por trabalhar e aprender com uma equipe tão esforçada e talentosa. Juro que não estou digitando isso para bajular ninguém a fim de conseguir mais ARCs de outros autores da

Wednesday nem folhas de adesivos (digitou ela, enquanto imitava o emoji de diabinho).

Um "eu te amo" abrangente para todos os meus amigos. Muito desse amor está entretecido neste livro em todas as aventuras que fizemos e aquelas que ainda vamos planejar. Fico grata por estar bem no meio delas nessa vida bem tantã e desregradamente boa de todos vocês.

Obrigada à cidade de Nova York por sempre acabar com a minha raça e me fazer rir disso, e por me proporcionar os momentos mais mágicos da minha vida e me fazer chorar. Equilíbrio é para os caretas.

Como sempre, meu último e maior agradecimento vai para a minha família. Fiz muitas listas enquanto crescia, mas nenhuma de refúgios – sou um ser humano de sorte por ter vocês ao meu lado, acreditando em mim apesar de todos os itens desmiolados, ridículos e muitas vezes baseados em doces que marquei ao longo do caminho.

SUA OPINIÃO É MUITO IMPORTANTE

Mande um e-mail para **opiniao@vreditoras.com.br**
com o título deste livro no campo "Assunto".

1ª edição, abr. 2024

FONTES Electra LT Std 11/16,3pt;
Handelson 35/16,1pt
PAPEL Luz Cream 60g/m²
IMPRESSÃO Geográfica
LOTE GEO040324